二十几岁小美女成长经

全欧洲最畅销的女孩风尚手册

[法]索妮雅・菲查克/著　陈太乙　戴玫/译　[法]卡黛儿/绘

L'ENCYCLO DES FILLES

陕西师范大学出版社

关于本书

你想成为一名独一无二的绝佳女孩吗？

女孩，翻开本书，我们将教给你欧洲当今最流行的轻熟女养成私房秘诀。

两百多个与女孩紧密相关的话题，有时尚美丽的诀窍，有身心健康的细节，有生活上的实用技巧，有人生基本问题，也有一点点哲学，有让人悲伤或快乐的事，有关于爱情和性方面的事，另外还有家庭和事业，男朋友和女朋友……总之，所有与你切身相关的话题，都是本书想网罗的题材。作者仿佛一个亲爱的闺密，用生动幽默的语言，娓娓讲述变身为时尚、得体的轻熟女的各种技巧。让你在愉快的阅读氛围中，轻松掌握这一切！

所有内外兼修的话题都能在此书找到解答。系统地应用本书教给你的各种实用技巧，从内到外，彻底地改变你自己，让你成为一名独一无二的绝佳女孩！

幽默且诗意的插图

本书所有插图都是由法国著名插画家卡黛儿所绘，风格既幽默又富有诗意，是欧洲最新流行的风格，为本书做了最精彩的图像诠释。

趣味知识小PS

这些知识小补充对话题进行发散式的说明，能给你带来有益的小知识、小趣味，有时还能带给你一些小惊喜。

漂亮的双手是保养出来的

你肯定认为，看手相是一种迷信吧？其实，从某种意义上说，“看手相”并非毫无根据，人的双手是会说话的。因为，过去，百分之九十九的人都要用双手劳动。比起身体其他部位，双手的状态、清洁或变形情况，是可以透露很多信息的。如今，时代变了，但我们仍然需要依靠双手来接触世界——握手、运动、进食、抚摸、书写等，双手的作用真是太多了。

所以，我们很应该维持双手的美丽。关于美体的那条金科玉律同样适用于万能的双手——没有丑手，只有没被好好保养的手。手部保养并不复杂，花费又少，只需要保持规律，持之以恒就可以了。

保养双手，你需要的基本工具是：一把尖头磨指甲刀，方便剔除指甲缝里的脏污；一把小刷子加上香皂，确保指甲清洁干净；指甲刀和磨指甲片，可用来修剪出你想要的形状，手部保养霜让你的肌肤柔嫩。如果你是个完美主义者，还可以增添软化乳液，柔软指甲边的硬皮，再用锉刀推去软化了的皮屑，使指甲看起来比较大片，再涂上透明或粉红色的指甲油（那就还需要去指甲油的亮光水）。

同样，这些手部的保养小技巧也可以用在脚脚上哦！

保养指甲的三种方法

准备一盆热肥皂水，将双手伸进去，浸泡五分钟。然后将十只手指头分别涂上软化乳液。用棉签直接推去指甲边的死皮。然后，将指甲修剪整齐。

如果你的手指又细又长，指甲可以留稍微长一点；但如果你的指头有点粗，短短的指甲反而较能凸显手部的线条。修磨指甲边缘，让它们看起来清爽有型。把双手浸入肥皂水中，仔细刷洗，用清水冲干净，然后小心擦干。如果指甲看起来还不够白，再用修磨刀的尖端把细小的污垢剔除，最后涂上护手霜，顺便按摩一下每一根手指头。

你还可以用指甲刀把指甲周围的硬皮清除干净。然后，要不要上指甲油，就随你了。但别忘了，若指甲油已出现斑剥，就要赶紧去除。否则看起来很恐怖的！

60

“悦读”新体验

欧洲最新流行的版式风格，全彩四色印刷，精彩纷呈的内容，给你带来前所未有的“悦读”新体验！

潮女话题解码

欧洲最新流行的与女孩切身相关的时尚话题，囊括流行时尚话题的方方面面，将其“一网打尽”。全书共有时尚话题210个。

如何应对因陌生而产生的害怕情绪

这种情况在你身上发生过吧：一个人在国外待一年，或在堂表兄妹家度几个月假。你离开自己的家一段时间，感觉很不舒服。是的，离开自己家的确实会引发一大堆压力，你感到很多不适，并隐隐有说不出的焦虑。该怎么应对这种情况？

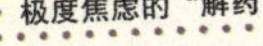

极度焦虑的“解药”

为了找出令你焦虑的原因，请尝试一下这种方法：如果你因为害怕错过火车而感到异常焦虑，那么你可以找个记事本仔细记下所有你可能需要的信息：出发和到达的时间，站台号，检票口的位置等。尽管你不会用到所有你写下来的信息，但是充分的准备工作，还是会令你解除焦虑，更加安心的。

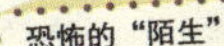

恐怖的“陌生”

通常，陌生的事物总是会令人感到恐惧的。面对一个陌生人时，你会想到所有可能发生在你身上的不幸。但其实，你忽略了这个周末或这个假期将会带给你多么美妙的经历！是的，你太过紧张了。放松下来吧，世界这么大，总有我们不认识的人和不熟悉的环境。就把它们当成路边的风景吧，没有什么大不了的。这样，你就会好过多了。

培养“熟悉”

为了使自己少受折磨，顺利地旅行，请在如下方面做好准备工作：行程表，地图，地址和电话号码，手机充电电池，收拾整齐的箱包等。你一定会发现离开的时候压力减轻了很多。

249

多角度的话题之旅

将时尚话题可能涉及的方方面面都给予充分全面的解答。这样的解答，可以使读者对话题有更明晰、更有条理的认识。

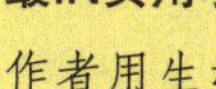

最IN实用小妙招

作者用生动幽默的文笔，让你在愉快的阅读氛围里，轻松掌握实用的自我养成诀窍。更简易，更有效！

作者序

致亲爱的读者

亲爱的女孩，你们好：

通过这本书，我试着回答一些问题，即一个年轻女孩转变为成熟女性时会提出的各种疑问，而你，应该就是这样一个女孩吧！

翻开这本书，你会发现许多主题都讨论到了，有生活上的实用技巧，有人生基本问题，有科学上的疑难杂症，也有一点点哲学，有让人悲伤或快乐的事，关于爱情和性方面的事，另外还有家庭和学业，男朋友和女朋友……总而言之，所有与你切身有关的事，都是这本书想网罗的题材。

你可以根据自己的喜好、生活的方式、攻读的科系或年纪，随时阅读相关的词条。有些主题是你比较感兴趣的。当然，一定也有些是与现在的你毫不相干的——或许有一天会与你有关，也或许永远跟你无关。就让每个人从这本书里找寻适合自己的部分吧！关于这一点，我必须先告诉某些年纪还小的美眉们：你们可能会想从姐姐或“老”表姐的书里找信息，而在这本百科大全里，有些关于“大女孩”的主题，等你们再长大一些，一定会有足够的时间去慢慢发掘。

为了尽我的全力来解答你的问题，我拜访过许多医生、教授、心理学家和各种其他方面的专家。有时候我会听从他们的建议，有时候则完全不理。然后呢，我也花很多时间和很多看过我的书的女孩们沟通，从中得到鼓励和批评。现在我依旧在这么做。在插图方面，我属意卡黛儿，因为她的笔触既风趣又富有诗意，这可不常见哦！

最后，请记得，所有问题我都会去解答，但是有时候必须多花一点儿时间。

祝阅读愉快！

索妮雅

CONTENTS 目录

作者序 /4

心理测验集 /9

时尚风格大展示

学院风/21　Bo-bo风/22　哥特风/23　洛丽塔风/24　公主风/25
自然风/26　运动风/27　知性风/28　说唱风/29　艺术家风/30
明星风/31　中性风/32　异族风/33　摇滚朋克风/34
性感风/35　优雅风/36

一　你不可不知的时尚“美丽经”

她为什么这么骚包？/38　谁说戴牙套不可以美丽？/40　打扮自己并不难/41
青春痘，走开/42　日光浴是怎么一回事？/44　享受日光浴/45
你不喜欢自己的头发？/46　保养与呵护秀发/48　整形手术/50
美人痣/51　巧穿丝袜，性感又优雅/52　清爽，从早晨开始！/53
你觉得自己太胖？/54　你觉得自己太瘦？/55　个人卫生要牢记/56
女性卫生/57　天生丽质难自弃/58　找到你的最佳外型/59
漂亮的双手是保养出来的/60　你需要化妆吗？/61　化妆轻松上手/62
镜子，照你千遍也不厌倦/63　我怎么这么丑？/64　该不该追求流行时尚？/66
身体的气味/68　芳香之旅/69　你太矮了？/70　你太高了？/71
美容用品的保存/72　眉毛的修整/73　跟高跟鞋亲密接触/74
美腹运动/75　眼镜有型/76　你想像模特儿般完美？/77
减肥，一二三/79　多吃进营养/80　微笑是脸部重要的饰品/81
穿合适的内衣/82　刺青和穿环/83　让你双唇更诱人/84
化妆包是美丽的承诺/85　怎样选择牛仔裤？/86　学学美腿的小花招/87
鼻子的烦恼/88　清洗污斑的小窍门/90

二　气质内涵是这样炼成的

建造友谊城堡/92　你是“高材生”？/93　互联网守则/94
拥有个人私密空间/95　轻松写日记/96　少女杂志知多少/97
选哪一个职业好？/98　模仿中找自己的风格/99　文字用处何在？/100
培养组织能力/101　关于歌唱/102　唱歌的小诀窍/103　阅读能增加你的内涵/104

三　上品佳人的爱情私房秘诀

解读一见钟情/106　他爱我吗？/107　男女间的友谊/108
当爱来临/109　搞定远距离恋爱/110　法式接吻大揭密/111
你是同性恋吗？/112　不忠、出轨的处理方法/114
“我爱你”这样说/116　情书的修炼技巧/117　虚无缥缈的白马王子/118
主动分手/119　面对失恋/120　珍视你的罗曼蒂克/121
二人世界需要恒久耕耘/122　不计代价取悦别人不可取/124　诱惑男孩很简单/125
跟男生“出去”/126　学一学爱的语言/127

四　生活需要优雅地过

你不敢当众跳舞？/130　派对准备须知/131　派对准备行程表/132
参加派对的打扮方案/134　吃零食，小心身材！/136
吃零食，小心你的牙齿！/137　找到自己的幽默/138　来听音乐/140
打工须知/142　听广播的注意事项/144　疯狂大笑的尴尬/145　快乐做运动/146
打电话的注意事项/148　看电视的时间表/150　度假计划书/151
找到最适合你的品牌/152　睡衣大聚会/153　保养好你的包包/154
布置一个温馨的房间/156　加入或创建一个俱乐部/158

五　我的身体我在乎

多吃各种食物但不过量/160　　让牙齿长久健康/162　　喜爱你自己的身体/163
脸部皮肤的清洁工程/165　　皮肤的滋润与保湿/166　　改善膳食，改善肌肤/168
看妇科，不可怕/169　　为什么有白带？/170　　毛发长在屁屁上/171
毛发长在胸部/172　　体毛大作战/173　　漂淡体毛/174
剃刀和除毛霜的使用/175　　拔毛的技巧/176
永久除毛，彻底bye-bye/177　　面对残障/178
胸部不够大？/179　　胸部太大了？/180　　如何使用卫生棉？/181
远离厌食症/182　　小心贪食症/184　　声音练习/186
如何才能睡得香？/187　　脊背，请挺起来/188
怎么吃最健康？/189　　一定要吃早餐/190　　脚部护理不松懈/191
如何才能精力充沛？/192　　这么做，你就不会怕冷了/193
如何消除疲惫的感觉？/194

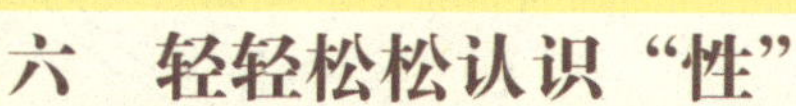

六　轻轻松松认识“性”

身体爱情/196　　与身体爱情相关的问题/197　　重要的初体验/199
如何有效避孕？/201　　欲望、兴奋是怎么一回事/202　　性幻想并不可怕/203
一个小生命的诞生历程/204　　堕胎，你需要注意些什么/205　　性病重在预防/206
远离艾滋病/208　　常见的传染性性病/209　　自我安慰很正常/210
避孕药的使用方法/211　　事后避孕药/212　　鱼水之欢/213　　安全套一定要戴/214
认识你最私密的部位/215　　贞洁是你的自由/216

七　烦恼魔障全走开

成长的烦恼/218　　了解自残/219　　度过沮丧坏心情/220
害羞的女孩/221　　假如你爱比较/222　　摒弃自卑情结/223

信心是一种强大的力量/224　了解忧郁症/225　有点烦恼其实挺好的/226
美慕渴望一点点就好/227　在侮辱中保护自己/228　难免的嫉妒/229
如何消除紧张的情绪/230　莫名的恐惧/231　想哭就哭/232　受欢迎并不难/233
什么时候该看心理医生？/234　脸红了怎么办？/235
情绪起伏就任它漂流/236　神经敏感/237　孤独时刻/238　摒弃自杀的念头/239
大男子主义/240　与父母发生争执/241　如何对待不公平和不公正？/242
如何面对边缘化/243　身体的小缺点/244　如何才能保持冷静/246
了解自己的性格/247　假如你想要完美/248　如何应对因陌生而产生的害怕情绪/249
面对偏爱，怎么办？/250　青春的分离/251　假如你不喜欢自己的名字/252

八　家庭永远是你的依靠

怎么处理与继母的关系/254　怎么处理与继父的关系/255　你是家庭的一分子/256
兄弟姐妹之间/257　跟母亲感情好像死党/258　不通情理的老妈/259
听见妈妈和继父在“嘿咻”/260　爸爸和以前不一样了/261
父母离异，你有应对措施/262　堂（表）兄弟姐妹/263
亲爱的闺密/264　你是双胞胎的一员/266

九　别让这些事情困扰你

飘飘然的酒精饮料/268　钱永远不够用？/269　防止受骗的招数/270
如何应对骚扰/271　懂得说“不”/272　你很想出名？/273　勇敢迎击批评/274
懂得怎么做选择/275　香烟适合你吗？/276　药物服用过量/277
毒品的杀伤力/278　晚上出门的对策/279　性别歧视不可怕/280　如果你被勒索了/281
强暴的伤害/282　暴力的出口/284　如果你被小偷光顾/285　宗教信仰/286

附录

一. 简易体操教室/288　二. 快速缝补法/292
三. 教你调制几种鸡尾饮料/294　四. 速成头巾包发/295

心理测验集

测验一　你是哪个类型的“美食家”

1.有人说“吃东西是为了活下去，但活着不是为了吃。”你的看法是：

■确实如此。

▲是这样没错。但是，可口的美味毕竟也是人生一大享受。

●为了吃而活，有何不可？

2.你最要好的死党竟然惹怒了你。为了重振精神，你会：

▲播放一张专辑，打开嗓门吼歌。

●一口气啃掉半条巧克力。

■穿上直排轮，用最快的速度狂奔。

3. 今天晚上爸妈要出门，剩下你自己在家，你会：

■吃得比较少。

▲跟平时差不多。

●吃得比较多。

4. 你理想中的早餐是：

▲一杯柳橙汁、一杯热饮、一个可颂面包。

●一杯热巧克力、早餐片、一个荷包蛋、几片奶油烤土司。

■一杯现榨鲜果汁。

5.刚吃完一顿丰盛大餐，爷爷突然登门造访，还带了一个好大的泡芙。这时你会：

■你很婉转地向爷爷道歉，真的没办法了，你什么都吃不下了。

●你贪婪地向泡芙进攻，因为这种好东西可不是每天都有的啊！

▲你用小汤匙挖三口尝尝味道。

6.你的小猫取名叫：

▲甜腻腻。

■黄飞鸿。

●小肥球。

7.一份甜点当前时，你会：

●你大口大口地咬。

■完全没食欲，除非是嚼起来脆脆的面包，你偶尔会吃一小块。

▲口水都快流下来了，但是，你试着控制自己。

测验结果

算算答案中● ▲ ■各符号的数目，看你得到最多的是哪一种。

● 贪吃型

你活得一定很精彩。但是，小心你的饮食习惯！你不见得吃得很多，但却不够均衡。而且，进食似乎成为你逃避压力的方法。这是常有的事，也不必太担心。不过，还是尽量不要每次都向美食的诱惑屈服。最理想的状态是每一种都吃，但必须要定时定量。关于进一步的信息和秘诀，可以参考第四章有关“吃零食”的内容。

▲ 美食家型

你欣赏好吃的食物。人家说“一分钱一分货”，真的没错，在吃的方面，你是个不惜散尽千金的大小姐。不过这倒也值得庆幸。只要你懂得掌握分寸，就别失去这份享受。在吃得有点儿过头的时候，你必须要知道怎么做，才能回复到原来的情势。虽然你不一定会去做！别忘了让自己喜欢的人也享受一下你的美食品味，在烹饪书籍和网络上可以找到很多美味的食谱。

■ 无所谓型

你对食物没兴趣。显然，你不是传说中的“大胃王”。不过，还是要注意：要吃就要吃得均衡。在你这个年纪，需要摄取多种营养，身体才能发育良好，变成美丽的女人。你不必吃得很多，只要每种东西都吃一点儿就好。若想给你丰富的每一餐加分，可以参考第一章“多吃进营养”的内容。

测验二　你是个怎样的情人

1.这十天以来，你仿佛置身云端，因为吉米跟你开始交往，你会：

■你很高兴地盘算着你们的每一次约会。

▲你不停地凝望贴在书桌上的那张吉米的照片。

●你的心不断飘回到那些曾经和吉米热情拥吻的地方。

2.你觉得以下哪种定义和你的恋爱观最相近？

▲“爱上一个人时，不是互相注视对方，而是两人朝同一方向观望。”（安东尼·圣修伯里）

●“爱情啊爱情，一旦被你逮住，我们几乎可以宣告：永别了！谨慎之心。”（尚·拉封丹）

■“爱情不过是两个奇想异念之间的交流和两种传染病的互相接触。”（尼古拉·尚弗）

3.你觉得，吉米第一次吻你的地方应该在哪里？

●很隐蔽，在一棵枝叶茂密的大树下。

■在电影院里，那种为黏得分不开的恋人所设计的新型双人包厢里。

▲上完体育课，刚结束排球比赛时。

4.你比较喜欢用哪种方式和吉米沟通？

■电话。

●短信。

▲亲吻。

5.走在街上，吉米和你——

▲看起来像普通朋友。

■互相搂着脖子。

●手牵着手。

6.下课的时候，你看到吉米和另一个漂亮女生聊得很起劲儿，你会：

▲你告诉自己：“他们一定有什么有趣的事必须告诉对方，不过，我不喜欢这样。”

■你假装没看见他们，从旁边走过，既生气又心灰意冷。

●你一句话也没说，直接在他颈子上重重地亲了一下，然后飘然离去。

7.吉米把他最喜欢的棉衫忘在你家里了，你会：

▲你写一张情话绵绵的小纸条藏在里面，这样他下次穿它时就会发现。

●你把棉衫铺在枕头上，嗅他的味道。

■你赶快把那件衣服放进书包，免得忘记明天上学时带去还给他。

测验结果

算算答案中● ▲ ■各符号的数目，看你得到最多的是哪一种。

● 浪漫情人

对你而言，恋爱是一段美妙的故事。第一个眼神、相遇、亲吻、情话，这一切构成你的爱情小说，也就是你的罗曼史。你充满激狂与热情。你一旦爱上了，就会全心投入，不会惺惺作态。长大一点之后，试着读读罗兰·巴特所写的《恋人絮语》，你一定会喜欢这本书的。目前呢，你可以先读本书第三章的“珍视你的罗曼蒂克”。

▲红颜知己

你直觉地知道：恋情需要靠共同分享的时刻来支持。两人共度的时光织成你（你们）的故事脉络。你觉得，体验恋情比谈论恋情更重要。你很少刻意打扮，更不会模仿别人。你有烦恼，就会直接说出来。“爱情”和“友情”都是一种感情。你应该是先以朋友的身份喜欢之后，才转变成恋人的身份去爱吧？如果是这样，你可以从本书第三章的“男女间的友谊”中找到共同点。

■小鸟依人

对你而言，谈恋爱就是要天天腻在一起。对你的情人，你会很娇宠他，轻轻抚摸他，随时陪在他身边，而你也喜欢他这样对待你！总之，你很性感，尤其在爱情方面，比其他方面都拿手。你不但用心去爱，也用身体去爱。此外，你无法想象没有对方的日子。涌上心头的所有情感都会立刻化为温柔的肢体动作。如果你有兴趣多了解这方面的问题，可以参考本书第六章的相关内容。

测验三　你是哪种类型的朋友?

1.和你最要好的朋友玛丽安在一起，你最喜欢做什么?

■安排活动（晚上和朋友的聚会、游戏等）。

▲逛街血拼。

●两人谈心。

2.你的一个朋友新买了件T恤，你觉得很漂亮。你会:

▲毫不迟疑，你马上买一件一样的来穿。

●你会买一件一样的，但是挑另一个颜色，即使你觉得这个颜色没那么好看。

■你问她，如果你也买一件一样的T恤，她会不会感到困扰。

3.你和死党玛丽安最美好的回忆是:

■两人在恶劣天气下一起露营。

▲你们在晚会上化装成电影明星。

●一起看了一整晚DVD，并边看边聊天。

4. 对你来说，男孩和女孩间的友情是:

▲完全不可能的。

●有可能存在，但是，最后一定会转为爱情，所以那段友情绝对持续不了太久。

■当然是可能的。

5.玛丽安打电话给你，她听起来很沮丧。她哥哥不断对她进行骚扰，她非常烦恼。你会:

■你们立刻约出来见面，一起想一套防卫对策。

●你建议她到你家来睡。

▲通过调查，你们发现玛丽安的哥哥有很多吓人的化名。

6.玛丽安越来越常去她的新邻居莎拉家度周末。这时你会:

▲你觉得无所谓，不过你不太喜欢莎拉借给玛丽安戴的那些首饰。

■你希望玛丽安能把莎拉介绍给你，她看起来很友善。

●你觉得自己被抛弃了，有一种被玛丽安背叛的感觉。

7.暑假时，你和玛丽安暂时不能见面。你会:

●你一个星期给她写好几封信。

■你把暑假中所发生的事都记载在旅游手记上，等开学时给玛丽安看。

▲你一直用手机跟她聊天，把月租费全花光了。

测验结果

算算答案中● ▲ ■各符号的数目，看你得到最多的是哪一种。

● 知心死党

你是个开诚布公的透明死党。你热爱你的姐妹淘，对她们忠心耿耿。对你来说，朋友之间的情谊非常非常重要，所以绝不该受到谎言或虚伪的污染。你认为，你对你的朋友应该能够无话不说，朋友也应该如此对你。结果是，你可能会显得有点专横固执。假如你的朋友也是这样的话，倒也是件好事。记住：因为你对自己很严格，所以虽然你对她们要求很高，她们还是能接受。想了解更多吗？请参看第八章的“亲爱的闺密”。

▲镜中人

这么说一点也不过分，因为你和你朋友很相似！而且不只是想法接近。因为你认为，好朋友就是要意气相投，有共同的兴趣、相同的品味。有时候，你和朋友甚至会有相同的感受！和朋友在一起，你会觉得自己的胆子也变大了。和她（他）们一块儿的时候，你也更有自信。你应该很难和一个你不怎么欣赏的人，或与你极端不同的人成为朋友。若想更深入了解这方面的问题，你可以参考第二章的“模仿中找自己的风格”。

■ 冒险家

对你来说，交朋友就像在进行一段历险。不一定是像印地安纳·琼斯那样伟大的冒险，应该说是有着许许多多的亲密交流，游戏、挑战、共同目标、一起笑、一起疯狂大笑、恐惧害怕等的冒险。在友情方面，你从不忸怩矫情。你的朋友有女生也有男生，这就是原因之一。对你来说，女性朋友和男性朋友没有什么大的不同！然而，事态也是有可能改变的。想知道更多吗？请参考第三章的“男女间的友谊”。

测验四　如果你是大明星

1.有人替你拍照，你会：

■你挺高兴的，但并不是很自在。所以，你常会故意搞笑。

▲你任由别人拍你心不甘情不愿的脸，因为你很讨厌这种事。

●你超喜欢的，要你摆什么姿势都可以。

2.你是大明星，在街上被粉丝认出来了，你会：

●你依旧对她们和颜悦色。

■你反过来跟她们要签名。

▲无法想象。你出门时从不忘戴太阳镜，绝对没有人会认出你！

3.你平时最喜欢的穿着：

■双色篮球鞋，搭配一件花色上衣。

▲牛仔裤、软底平底鞋、毛线衫。

●紧身洋装加上一大堆配饰。

4.在康城影展的星光大道上，你的装扮会是：

▲永远流行，简单利落的圣罗兰中性套装。

●Thierry Mugler的亮片紧身洋装。

■Christian Lacroix的花裙，搭配Kooka的背心。

5.你被邀请参与电视节目的录制，角色是：

■《两代电力公司》里的女助理。

●《明星学园》里的一员。

▲《新闻搜查线》里的实习记者。

6. 像纳奥米·坎贝尔一九九三年在薇薇安·维斯特伍德的时装发表秀上那样，你也在一大堆摄影镜头前摔了个四脚朝天，你会：

▲你马上满脸通红。

●你惊呼："即使T台这么高，还是会受地心引力影响啊！"

■你大笑不止。

7. 让我们再想象一下：你是个超级大明星哦！你希望去某家很有名的餐厅进晚餐，可惜门口挂出"客满"的牌子，你会：

●你请人把老板叫来，你告诉他，接待像你这样的客人，对他的餐厅是个天大的好机会，假如他让你进场的话，你可以替他大大宣传一番。

■你问老板可不可以打包外带。

▲你选择去远一点儿那家有露天座位的啤酒屋。那里人比较少，你不用等那么久。

测验结果

算算答案中● ▲ ■各符号的数目，看你得到最多的是哪一种。

● 闪闪发亮型

你应该是名演员、名模、舞蹈家或是歌星。总之，你是大明星，一看就知道！在取悦大众的同时，你自己也获得许多乐趣。你能够在“做梦”和“让人做梦”之间作出完美的协调。你应该很喜欢引人注目，而且，你很可能极富这方面的天分。闪光灯、摄影镜头、各种镜子，你都不怕。何止不怕呢！你心里其实非常清楚，这些工具所产生的影像，能使你的形象更加完美。若你想试着走进镜子里面，可以参考第一章的“镜子，照你千遍也不厌倦”。

▲低调型

你是明星这件事或许连你的邻居都不知道！对你而言，重要的不是名气，而是成就感。你可能是导演但不是演员，是作家而不是名模。不过，即使你是（或几乎是）有史以来最顶尖的超级名模，你也不会摆出这个架子。你很少出现知名女明星的那种任性。对于“明星的运作方式”，你的看法应该是清楚而有条理的。想检验一下吗？你可以细读第九章的“你很想出名？”一节的内容。

■性格派

身为一个明星又怎么样？正好可以好好利用这个身份，让人们发笑，捍卫你所坚持的理念，或者只是享受灵巧的头脑就足够了。无论在哪个领域，你都是个有个性的人物。你总是让人惊奇，聪慧耀眼，又令人不知所措，和你在一起，绝不会感到厌烦。你一定有一种特殊的幽默感，或者你对幽默的理解高人一等。若想针对这方面再做修饰，更上层楼，你可以参考第四章的“找到自己的幽默”。

测验五　你是哪一种梦想家?

1.你去看一场魔术表演。

■你最不想知道的就是魔术师变出花样的秘密。

▲你不由自主地想找出每一场魔术的秘诀。但是，事实上，如果真的知道了，你又会感到很失望。

●你全神贯注地寻找魔术师的漏洞。

2.你有一只不同凡响的宠物，那会是：

▲一只猫。

●一只能懂三百个字的狗。

■一只独角兽。

3. 关于鬼，你的看法是：

■你相信世上有鬼，而且不得不承认你还挺怕的。

▲你不相信世上有鬼，不过倒挺想碰上看看。

●你一点儿都不相信。

4.有一天，你的彩票不可思议地中了奖，赢得一趟旅行，你的旅行将前往：

▲一个遥远的星球，也许有人居住。

●人类足迹尚未到过的南极处女地。

■月球。

5.在外层空间里，你觉得你会遇见：

■小王子。

●火星人。

▲《丁丁历险记》里的丁丁，在他那架红白格相间的火箭里。

6.如果你是个有超能力的女孩，你会是谁?

▲哈利·波特的朋友赫敏。

■仙女小叮铃。

●《家有仙妻》里那个女巫娇妻。

7.半夜十二点，你从朋友家出来，天下起了雨。有一条回家的近路，但是必须经过墓地，你会：

●你不是很放心，但依然毫不迟疑，决定抄近路。

■你宁愿淋成落汤鸡，也不要走“那条小路”。

▲即使那条路不是近路，你也觉得半夜经过墓地非常刺激。

测验结果

算算答案中● ▲ ■各符号的数目，看你得到最多的是哪一种。

● 适度有节制

无论你的想象力是贫乏还是丰富，结果都一样：你的梦整整齐齐地收纳在内心或脑子的某个角落。对你而言，梦幻属于想象的世界，定义非常清楚。你不会让幻想与现实混淆不清。或许应该这么说，当你梦想时，其实是心有所求，所以你会尽一切能力去使美梦成真。无论梦境深藏在心底还是鲜明强烈，那终究是你的梦，属于你个人且唯一的梦。当然，你绝不会被想象左右！想确认自己是否如此，请阅读第二章的“少女杂志知多少”的内容。

▲梦想无止境

对你来说，做梦是生存的必需。你的梦里必然有着与众不同的惊人想象，简直就像“启动的喷射引擎”。你满脑子幻想，所以常常把不是常理所能解释的梦境当真！但事实上，你还是能清楚区分幻梦与现实的。只不过，你宁愿尝试改变现实，而不想变更梦想。你应该是个生性浪漫的女孩！想知道什么叫浪漫，请阅读第三章的“珍视你的罗曼蒂克”内容。

■ 梦得清醒

任由梦境带你遨游，再也没有比这更令你兴奋的事了！想象是你最拿手的事。无论是你自己或某个艺术家创造出来的梦境，你总是轻快飘然地滑入各种假想世界。你可以说是梦想得既深入而又清醒，你的想法总在梦幻与现实间游移。虽然你喜欢出门环游世界，却也可以足不出户，在家神游，行李箱里挂着打开幻境的钥匙。你一定觉得自己很接近诗人吧？请参看第二章的“文字用处何在”。

时尚风格大展示

用发带或天然材质的头绳将头发拢住（亚麻、棉、挽花绳等），但不要梳理得太过严谨。

上衣的材质必须是天然材质的，比如棉，亚麻等（不加杀虫剂的植物材质）。

香水：可以用一两滴精油。

结实的帆布褡裢包。

衣服的纽扣需要简单，比如木质扣、带状或绳子式的扣子（千万别用塑料做的扣子哦）。

不化妆（谨慎起见，可以铺一些学院派或异族风情的粉底）。

棉毛衫。

带式手链。

裤子可以选择暖色调的，或自然色的（米色，棕色），或更严格的三原色（蓝色，绿色，红色）。

光脚穿鞋或穿大毛袜子，都可以。

结实的鞋子。

打扮方法

要穿出学院风并不难，难的是，如何表现出学院风。如果你喜欢这种风格，先别管那么多了，只要努力如此打扮就行了，你的行头将会显示出你的努力。

打扮成学院风有两个原则：首先，先到你的衣柜中寻找适合此种风格的衣服；其次，可能的话，买一些相关品牌的衣服。这些衣服可能不容易买，你可以考虑在网上购买。

Bo-bo风

头发做成特定的散乱状。

超自然妆容。

上衣用小件衣服重叠穿戴（例如，一件吊带T恤配一件V字领运动衫）。

细节决定一切：袖子必须长过手。

长披肩或围巾。

Ipod（几乎是必需的，Bo-bo风格的护符）。

不规则或柔软的包包。

香水：超级精致、素雅，或者不喷任何香水。

讲究颜色搭配（层叠或搭配的颜色）。

正牌的牛仔裤。

平底或小跟鞋（帆布鞋或平底轻便女鞋，一定要精致）。

夏洛特·甘斯伯格
Charlotte Gainsbourg

：：：：：：打扮方法：：：：：：

Bo-bo风格是两个词——小资和波西米亚的缩写，不久前，这两种风格还是相互矛盾的两种风格，Bo-bo风格是这两种风格的融合。这种风格的精髓主要是将高品位、别致、典雅与艺术家的放荡不羁自然融合在一起。这是一种可以自己自由创意的风格，但要细致，此外，选择的衣服，材质越细致越好。

需要提醒你的是，大部分Bo-bo风格的服装都是极其昂贵的。但是，Bo-bo风格要求一切都不要太显露。所以，你正好可以利用这一点，买一些价格比较低的服装来代替。这样，你就可以不必花血本就能穿出Bo-bo风格了。

眼睛：必须是烟熏装。睫毛膏和眼线要描得很精准。

如果可能的话，头发最好是灰黑色的，但不是必须的。一个建议是，你可以将黑色丝带编入发辫中。

必须使用口红：深红，紫红，淡紫或茄色。最好别用黑色，因为黑色嘴唇很不招人喜欢。指甲也一样（指甲可以涂成黑色）。

香水：醉人且带香料味的品种。

银饰或黑珍珠，坠子，长项链，耳环，大戒指。

灰白的皮肤：大量使用白色粉底和白色干粉，但不要用胭脂。

黑色系为基础，但也可以穿一条深灰或深红色的裤子。

层叠穿法：举例来说，可以将黑色披肩搭在黑色无领无袖套衫上。

必须是黑色鞋子，当然要有些女人味才行。

珍妮弗 Jennifer

：：：：：：打扮方法：：：：：：

哥特是一种十分特殊的风格（这是刻意营造出的特色），它所要表现的是美丽的黑暗面。为了达到效果，再多的黑色系也不为过，不过，这样的穿着有时显得很暗沉。为了避免出现这种状况，建议你不要过度勉强，不必非要从头到脚穿一身黑色，也不必非得佩戴那些特别的配件。

精心梳理亮丽的头发，装饰上发带、皮筋或发夹等。

把睫毛中间加重，使眼睛显得又圆又大。

玫瑰色口红+必需的唇彩。

玫瑰色胭脂。

手提包或背包都可以，但尺寸要小，颜色要鲜艳。

建议裙子要短，但别太短，最好是高腰娃娃装（如果你的腰部不是很细，最好不要尝试这类风格，因为你这样穿非常不好看）。

香水：水果甜香。

可以挑选三角短裙，女士贴身T恤等。玫瑰色或带有花形图案的衣服最优。

淡玫瑰色指甲油或什么也不涂。

鞋子：芭比娃娃鞋（也就是说带鞋带扣环的鞋）。

凡妮莎·帕拉迪丝 Vanessa Paradis

打扮方法

对你来说，打扮成这种青春靓丽的风格，并不太难，因为你正处于最适合这个风格的年龄段。穿上青春洋溢的粉彩色系衣服与配饰，就一切搞定了！不过，可别太过火哦。这么穿当然可以，但假装天真无邪，故作煽情就不必了。因为那样，你可能会显得非常低俗，甚至让别人感到不自在。

丝质发卡、发带或一个有点儿杂乱的发髻。

瀑布般的披肩长发或中长发。

极度浪漫，一点飘逸。

飘逸的长裙。

香水：淡雅花香。

可以用很淡的妆，偏苍白的肤色，或粉色。

自然唇色，保持滋润，可能的话涂上唇彩。

露肩的合身背心（使用裹胸）。

古董首饰（到旧货店或老店里淘）。

靴子（冬天）或平跟轻便女鞋（夏天）。

诺文·列雷 Nolwenn Leroy

：：：：：：打扮方法：：：：：：

公主打扮风格起源很早了，直到现在，它还在流行，只不过有些小调整罢了。如果你选择这种打扮风格，很简单，只要遵循“足够的女人+足够的浪漫”的原则就行了。

打扮成“现代公主”并不是很难。唯一要小心的是，不要太过火，免得你的朋友以为你要去参加化装舞会。只要懂得聪明运用布料材质和配件，你平时也可以穿出公主品味，并且不会显得荒诞可笑。

自然风

不要化妆（或铺点儿粉底，但不要太多）。

不涂任何唇膏，保持自然，注意的是，一定要滋润！

风格彻底简单化（但仍要遵循漂亮的原则，“自然”可不是不修边幅哦）。

指甲要自然（短指甲，不涂指甲油，或必要时涂一层透明指甲油）。

鞋子：球鞋或轻便平底鞋。

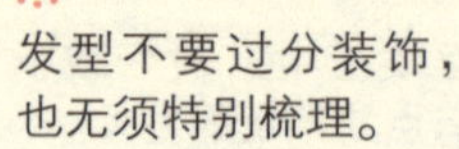

发型不要过分装饰，也无须特别梳理。

不带任何首饰或其他小玩意儿。

香水的味道要清淡。

普通的休闲衫。

牛仔装（裤子或裙子也可以，但不要有任何多余的装饰）。

打扮方法

为了展现你的自然美，你可以试试自然风这种打扮风格。要达到效果，很简单。你只要穿得简单就行了，就好像那些衣服是你随便从衣柜翻出来的一样。但提醒你，要注意颜色搭配哦。

奥黛丽·塔图 Audrey Tautou

短发或马尾辫，或最简单的，用临时的发髻将就一下也可以。

香水：需要用超清新的香水。

织物材质的小手镯（巴西风格的手链）。

比较细的小项链。

指甲要自然（不上指甲油的短指甲）。

运动型手表。

不化妆，或简单铺点儿粉饰，以便脸色更好看些。

背包或挎包。

上衣是有弹力或棉质的坎肩。

裤子需要选用宽松的大筒裤（瑜伽风格的裤子），肚脐部位系腰带（如果你愿意的话，可以加一个绸缎的腰带，使整体更加有女人味）。

劳尔·马纳多 Laure Manaudou

打扮方法

众所周知，绝大多数女孩的衣柜里都填满了运动服。女孩必须很健壮才能做运动风装扮吗？不见得。有些人选择这样的穿衣风格，只是为了更好地彰显他们的性格而已。

要打扮成运动风，很简单，去一家运动服装店挑选衣服吧。几乎所有的款式都可以选择。如果你还想保有女人味且迷人，混搭一些长款上衣和紧身衣就OK了。

知性风

用发卡或簪子束紧你的头发，不要留刘海。

棉质的围巾

至少有一件衣服是黑色的（朴素的风格）。

最好选用一条不规则的长裙。

不化妆或化淡妆（要达到裸妆的效果，这样才显得自然）。

穿舒适的鞋子，比如：软皮靴子，坎贝尔式无带低帮轻便鞋，或球鞋等。

香水：稀有的或有点神秘味道的香水，或者不用香水。

男款风格的女式衬衫。

圣日耳曼风格的灯芯绒外套。

大号羊毛衫，最好是一件男士羊毛衫。

选择一个比较大的包，最好显得有点旧。

打扮方法

知性风该怎么打扮？你可以随意选择一些有点男士风格的衣服，比如：一件大号的、有点中规中矩的毛衣，再佩戴一条漂亮的项链。此外，可以交错一些风格在内，比如，穿一条长裙，配上一双朴素而舒适的鞋子。记住，宁愿选择一件可以穿很久的质量上佳的毛衣，也不要选择一件很靓丽却只能穿一季的短款女上衣。因为，一个自重的知性女人，是不会老花时间到处购物的。

艾尔萨·兹尔贝斯坦
Elsa Zylberstein

精心梳理的完美秀发。

化妆要十全十美，近乎刻意。

帽子：戴鸭舌帽，或系头巾。

吊带背心，或者至少是件紧身衣。

有或没有拉链的兜风帽衫。最好选择紧身的款式，这样更有女人味。

美甲。

需要佩戴闪亮镀金、钻戒或银质首饰（注意不要太过，你可不是在拍MTV）。

香水：为了保证闪亮的效果，选择你喜欢的味道，味道一定要浓重。

最好携带镶有闪亮标牌的包。

肥大的短军鞋或运动鞋，鞋带要松开（注意，别摔到自己哦）。

迪亚姆斯 Diam's

打扮方法

选择纯粹的说唱风格，只是为了让自己更有魅力。其打扮方法的核心是要有松垮的感觉。还有，你也可以更多选择超短裙和超短衫，就像性感说唱派代表人物弗克茜·布朗一样。需要提醒你的是，平时不要这么穿哦！

艺术家风

高领或彩色的女式衬衫。

任何年代的首饰，不一定很珍贵，但一定要夺目。

款式独特的外套。

为避免显得过于夸张，穿普通的裙装就可以了。

款式雅致或简单的鞋子。如果是雅致的鞋子，其他部分要简单一些；如果是简单的鞋子，你可以尝试添加一些饰品。

头发很随意或梳理得很仔细，都行。

香水：某种历史悠久的香水或一点儿精油。

大长围巾（晃动着就像疯狂的想法一样）。

款式大方的挎包。

颜色协调的印花长筒袜。

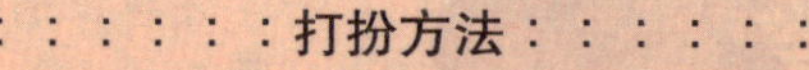

打扮方法

艺术家风格打扮的核心是混搭。理论上讲，什么都可以选择。但具体操作中，却不能太随意。如果穿出来吓人一跳（像狂欢节归来般的），那就差太远了。千万不要不惜一切代价去搞原创，那就彻底搞错方向了。

艺术家风格打扮的诀窍是，你可以从一件具有艺术风格的物品（比如一条古久的项链，祖母时代的一件衬衫、一条闪亮的头巾等）开始，然后，找一件毛衣，颜色和项链的珍珠搭配，再别上一个胸针，然后再穿一双低帮儿鞋，扎起头巾，穿上黑色的衣服等。如果你没有把握，千万不要什么都尝试。先好好谋划一番是非常必要的。

柯莱特 Colette

发型：越精美越好。

完美的妆容或不化妆。

简单的T恤，做好打底。或者穿一件吊带或露肩衫也可以。

香水：一定要与众不同。

名牌大号手提包，镶着闪亮的金属片。

下身穿什么都可以，但一定要有特色。

必须戴墨镜（即使阴天也要戴）。

指甲油最好选用闪亮型的。

紧身带扣子的上衣（里面穿一件内衣，就可以了）。

戴夺目的首饰或者什么都不戴。

女士鞋（浅口薄底鞋，细高跟鞋，拖鞋，低跟系带凉鞋，凉鞋等），平底或带跟的均可，但款式一定要独特。

斯嘉丽·约翰逊 Scarlett Johansson

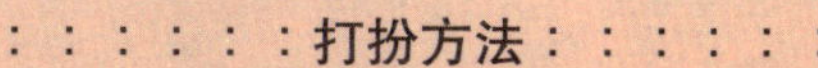

打扮方法

显而易见，明星风格只适合外出参加聚会时使用。否则，你的样子会很滑稽的。打扮成明星风格给人的感觉可能会很性感，也可能会很别扭。

这种打扮要遵循的一个原则是：想想你衣柜里的一切衣服，勇敢地尝试一切可能，只要最后穿出来能引人注目就可以了。如果参加聚会时，大家都忍不住想看你，你就成功了。

中性风

通常必须是短发。

把眉毛加重（你可以用睫毛膏轻轻刷一下或干脆就散乱着）。

需要时，可以加一条领带，领带扣不要太紧。

必须有笑容（否则你看起来会太严肃）。

基本不用化妆或自然的淡妆。

香水：用男士香水。

肩部明显的男士衬衫：注意，衬衫别太大了，否则会使你看起来像小丑的。

男士毛衫，传统样式，颜色可用简单的白色。

宽大的男士裤子，尺寸要合适，否则会像小丑。

：：：：：：打扮方法：：：：：：

中性风打扮，一定要避免整体着装太男性化。比如，如果你下身穿一条相当男性化的粗线裤子，上身穿一件白色男士衬衫，你一定要配一条宽大的腰带，以凸显你的线条。中性风打扮的要领是：当一个女孩打扮得像一个男孩时，也很有女人味，就证明她是一个极度迷人的女郎了。

事实上，稍许的中性打扮会使人觉得很舒服。穿着一条柔软的裤子和平底的鞋子总比穿着一条紧身裤和高跟鞋使人更舒适。

黛安娜·基顿 Diane Keaton

自然妆，面色好（可以使用闪粉）。

香水：异国情调的香水。

衣服最好是天然材质的（亚麻，棉，丝绸等）。

艺术风格的首饰（东方情调的长项链、金属耳坠、大串手镯、银质项链等）。

头发可以披散开来，也可以用头巾扎在一起，还可以辫成非洲麻花辫。

大量使用丝巾。

强烈建议穿宽大的长衫。

佩戴褡裢样式的包包（或是纯皮，或镶着珍珠和贝壳）。

大裙摆的裙子或宽腿裤。

夏天穿凉鞋；冬天穿皮毛质靴子。

卡梅隆·迪亚兹Cameron Diaz

打扮方法

无论哪种民族的穿衣风格，总是与本民族的民族习惯紧密相关。民族风格的打扮总是接近大自然。所以，你也一样，想要打扮成民族风，你要力求使自己选择的一切服饰都是天然的纤维织物，颜色一定要强烈而鲜艳。无论选择什么样的首饰，一定不要是工业流水线生产出来的产品。

摇滚朋克风

一头蓬松的头发或其他极端的造型。

必须选用“死亡头巾”（可以系在脖子上、头发上，或绑在包上均可）。

香水：香水要是超级甜香型的。

带铆钉的黑色皮质宽腰带。

下身必须选用黑色（紧身牛仔和到膝盖上的短裙）。

高跟尖头鞋（以便人们不会把你和摇滚朋克风的男士混淆）。

浓妆（但不是过重了），单色黑色或多色黑色都可以。

T恤图案是摇滚或朋克代表人物的头像。

强烈建议穿紧身黑色小皮衣。

包包：颜色为黑色。

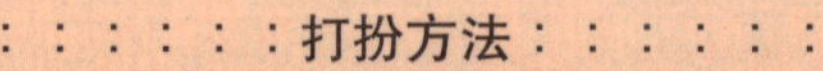

打扮方法

摇滚朋克风与哥特风差不多，只是它比哥特风更现代。黑色是这两种风格不可替代的颜色。但为了避免掉入黑色的旋涡，你需要在各个部位添加一些其他的颜色，还有，一定要有笑容。紧身黑色皮夹克和死亡头巾是必不可少的。如果你满足这两点，就都OK了。另外，为了葆有女人味和魅力，你可以在鞋子上下点儿工夫：选尖头细跟的鞋子，跟要够尖。

西耶娜·米勒 Sienna Miller

通过多刷几层睫毛膏，使睫毛翘长。注意别出现苍蝇腿的效果哦。

披肩发，性感的蓬松度，极端的发色：淡金色、火红色、火亮的褐色或乌黑色等。

必须涂口红：红色或玫瑰红色，哑光或亮光的都可以。

裸肩。

凸显胸部。即使你的胸部不够大，也没有关系。

紧身的裙子。

美甲：指甲要尽可能长，必须涂成红色。

香水：粉甜香。

纤细、裸露的玉腿；可穿长袜或丝袜，在某些场合，穿镂花网袜也可以。

当然非穿带跟的鞋子不可了：高高挺立的姿势能强调你的曲线！款式可选择薄底浅口的皮鞋，后镂空高跟鞋等。

查理兹·塞隆 Charlize Theron

：：：：：：打扮方法：：：：：：

这种穿衣风格的灵感直接且全部来源于电影明星，所以这种风格多在你想引人注目时采用。因此，在穿衣打扮时，一切都朝着极致的方向努力：极度女人味，极度性感，极端的色彩，极度的挑逗。但需要提醒你的是，一定要适度哦。比如，如果你把自己打扮成这样去上课，那就不合适了。你可以将这种风格应用在参加晚上的聚会这样的场合（就像大部分的明星一样）。为了激活你的诱惑力指数，请尝试这种风格吧。

优雅风

香水：清淡又讲究的香味。

化妆尽可能淡雅：若有若无的淡粉，薄透的胭脂和自然的唇色。肤色一定要完美，但是，要让别人察觉不出你化了妆。

服装款式要简单而有品位，剪裁合身，质料细致。

首饰：不用戴任何首饰，充其量只佩戴小粒的钻石或珍珠（当然是假的了）。

修剪好的短指甲，涂无色指甲油，或彩绘为“法式指甲”。

长裙或直边剪裁的齐膝短裙。

手提包：不要有任何背带和边饰。

整体风格必须简单朴素，却极为考究，每个细节都很完美。

鞋：薄底浅口皮鞋或平底鞋。

杰奎琳 Jackie Kennedy

：：：：：：打扮方法：：：：：：

并非高级服装设计师才能制造出优雅品味的服装，有些成衣品牌也能让你“高雅”一番的，如Zara、Kooka 、BH&M等。出席晚宴或平日穿着，任何人都能打扮出高尚优雅风而不致让自己的腰包大失血。

所以，你可以到一些品牌专柜购买简单又好看的套装、浅口鞋和小手提包。不过，提醒你小心的是：穿上这些针对“仕女”所设计的衣着，可能会使你显得太老气哦！所以一定要注意分寸。

你不可不知的时尚“美丽经”

一

什么是骚包?骚包指那些想取悦别人,并尽一切努力达成这个目的的女孩。你的身边一定有这样的女孩吧。她把自己打扮得漂漂亮亮的,即使早上睡醒的时候,她的模样并不可爱。从她毫不保守的化妆、惹人注目的服装和叫人侧目的态度里,你可以轻易辨认出她是个骚包。骚包的一个最显眼的特征是:她使你抓狂。

为什么呢?首先,因为她的做法“很有效”,大家都注意她。骚包很能吸引异性。男孩们对她目不转睛,有些甚至还爱慕她、想追她。骚包为什么能达到这些目的呢?这也很正常啦!因为为了取悦别人,她百无禁忌,什么都做得出来的。

正因为骚包什么都做得出来,所以,她让你抓狂的另一个原因,就是她敢做你不敢做的事。她摆出那种勾引人的姿态,打死你也不会做,或者说,你一辈子都做不来。这么说是因为,我们不得不承认,曾有那么一天,我们一个人在浴室的时候,大家都当过骚包。我们对着镜子试着摆出可爱的表情,把卷筒卫生纸当貂皮披肩,把自己涂得五颜六色,像个生日蛋糕,我们这么做不是为了别的,就是想看看,如果这样做的话,自己会是什么样子。不过,如果让你出门时擦鲜红色的口红,穿只遮得住丁字裤下缘的短裙和敞开到丁字裤上缘的低胸装,那是不可能的。

丢开令你不快的成见,仔细想想,骚包为什么这样做呢?很显然,她只是希望别人喜欢她而已。为了达到目的,她调动了自己一切可以利用的因素。她可以利用的因素就是外型,或者应该说,她敢于一定程度地暴露自己的外型。

你看，她多么酷爱这么做啊！电视、杂志或海报上，一个相貌平平的女人，像剥香蕉皮似的轻易地脱掉自己的衣裳，然后大家的目光多半就集中在她那些了不起的八卦性闻上了，谁还会注意她有何成功之处。你会觉得，这太粗俗了！典型的大男人小女人主义嘛！可是，这偏偏就能吸引人。某些男人爱慕的，就是这一类型的女生。

我不是想给这些女孩什么建议，但是，我还是不能不提醒你。骚包总相信，假如自己看起来像詹妮弗·洛佩兹，就会更受到欢迎，自己也会觉得更心满意足。于是她们在外型上下工夫，努力包装自己。而你呢，你脚踩篮球鞋，气得直跺脚。因为你耕耘的是所谓的“内在美”，你挖苦她们，强调内在美还是比外在美重要。可是，为什么男生就不能明白这一点呢？

让我来告诉你吧！男生就是男生。想要引人注意，一件性感女衫永远比一句深富哲理的话有效多了。所以啦，你拼命提升心灵，开发头脑，嗯，很好，请继续。但是，除此之外，跟骚包们学两招又何妨呢？不是要你全面拷贝，只是采用几个基本技巧而已。外在吸引力和内涵绝对能够并存。甚至可以说，如果你两者兼备，你就会所向无敌。男孩们会透过你的外貌，希望进一步认识你的内在。

假如骚包就是你

如果别人认为你是个骚包，而你也为此深受困扰，你该怎么办？你可以试着问问自己：“这是真的吗？”“这对别人有什么坏处？”“对我又有什么不好？”或许，你并不知道自己是个骚包？自己先试试回答这些问题，然后，再问问几个贴心的（男女）朋友，了解一下他（她）们怎么想。

接下来，你应该仔细思考一下别人为什么这样议论你。他们这么说是出于嫉妒吗？还是因为他们（特别是她们）不敢像你这么风骚招摇？

最后，对自己说：你就是喜欢取悦异性，没错。这很正常嘛，更何况你正值青春蜕变期。不过，小心哦！假如你为了吸引别人而不择手段，你就应该审视一下自己了。比方说，如果你只对男生有好脸色，总是作贱自己，一心一意只想着如何取悦异性，甚至已经不懂得自爱自重。奉劝你，赶紧思考怎么改变吧。

谁说戴牙套不可以美丽?

谁不想让自己的牙齿看起来很漂亮?为此,牙齿不好的你,只好配戴牙齿矫正器(牙套)了。真讨厌,可是又不得不戴它。真心烦!还是安慰安慰自己吧:为了两年后,你也能拥有牙膏代言明星一般的笑容,现在还是忍忍吧。鱼与熊掌不可兼得。笑一笑!你要学着释怀。

牙齿和美丽有着很大的关联。通常,灿烂爽朗的笑容总和"俊男美女"画上等号。这就是为什么某些名模、歌星和演员即使花上大笔银子,也要去重新打造(有时候还是全部打掉呢!)一口如琴键般整齐的牙齿了。再者,如果牙齿坏了,修补的费用是很贵的。所以平时一定要注意护理牙齿,最好别让这种事情发生。怎么护理牙齿呢?具体来讲,你要定期更换好牙刷;刷牙时从上到下,从粉红色部位刷到白色部位,但是不要太用力(那没有任何作用);也不需要购买某些昂贵的产品,什么产品并不重要,要紧的是规律地清洁牙齿。

戴矫正器就一定很丑吗?告诉你,放心吧!矫正器并不是丑的同义词。许多迷人的女孩戴矫正器也很优雅。你可以把牙套变成饰品。怎么做?首要条件就是保持清洁。钢牙里卡着几片色拉菜,从干裂的双唇中间隐约可见,那就真的太丑了。因此,要多刷牙,几乎到有洁癖的地步也无妨。另外,一定要随身携带护唇膏。护唇膏看起来像口红一样漂亮,而且现在还出了几款配有淡淡颜色的。你可以叫人送你一条红色的,让自己高兴点儿。

只要一点努力和愉悦的心情(甚至笑容),戴牙套或牙齿矫正器也可以变得很有魅力哦!而且,一个年轻的女孩,只要保养得很好,即使嘴里有一排钢牙,也是美丽的。

现在,你还为自己戴着矫正器担心吗?

身为女孩，谁不喜欢打扮自己？一般来说，越精心打扮自己你就越喜欢自己，越喜欢自己你就更爱打扮。这是一种良性循环。

你这个年纪，通常，打扮自己比喜欢自己更容易（即使你长得很抱歉）。既然如此，还犹豫什么？花点时间和金钱，尽量抓住各种机会，让自己更漂亮吧。在不影响全家人洗澡的前提下，大可以把时间花在浴室里，这并没有什么不对。当然，保养自己还要注意卫生哦，这是非常重要的。你这个年纪，正是获取个人卫生和美丽正确观念的好时机——卫生与美貌两者缺一不可。

怎样才能让自己变得更美？有两种方法，一种是从深层下工夫，一种是从表面下工夫。从深层下工夫可以获得天然美，包括靓丽的肌肤、丝绒般的秀发、光滑的躯体、洁净的整体等。从表面下工夫可以获得增添美（买得到而且令人安心），包括化妆、珠宝、流行配饰、闪亮的发色、合宜的服装等。

很显然，从表面下工夫，获得的美是暂时的。而要获得持久的、从骨子里散发的美，必须从深层下工夫。当然，从深层下工夫需要投注的心血也较多。如果你提不起勇气，不妨这样想：要变成一个从头到脚都漂亮的女孩，难道是除除腿毛那么轻松就可以做到的吗？

最后再提醒你：怎么打扮自己随你，但一定要注意卫生，整个人都整齐干净。这才是最重要的原则哦。

小细节大改变

永远保持抬头挺胸的习惯。这对颈部、背部、胸部和小腹都有好处，而且会使你看起来非常有精神。

长了痘痘，绝对不可犯的禁忌是：虽然你很想，但千万不要刺破脓头。发炎的部位是整颗痘痘（毛孔和深层的皮脂腺），假如你试图把脓挤出来，反而会导致皮肤表面也受到感染，发炎面积反而扩张。更不要说，你可能会在脸上留下黑黑紫紫的疤痕，好几个星期都不会消失，甚至变成洞洞，永远都去不掉！那就后悔莫及了。

冒出来，又红又肿，而且痛得要命，可恶的家伙！猜猜它是什么？不错，就是青春痘。如果不幸，你长了一颗或好几颗青春痘，怎么办？

要处理好这些蠢蠢欲动的家伙，得先来一段痘痘科学小常识。痘痘是怎么形成的？在我们的皮肤细胞之间，存在一些小空隙，名叫“毛细孔”，它们是皮脂腺的出口。痘痘，又称黑头粉刺，它们的出现是因为毛细孔被脏东西堵塞了。有时，在细胞角质的包围下，这些粉刺会发炎。发炎的粉刺变成最恐怖的痘痘：又红又大，非常痛，而且中间有软软的白脓，恶心到了极点。

某位演员的妙招

脸上冒出一颗（小）痘痘时，她会用防水棕色彩笔把它涂成美人痣。

要注意的是：这时候，你用的彩妆一定不能过油，否则会助长粉刺的产生，并使之发炎恶化。此外，如果痘痘很大，不要使用这招。

为减轻痘痘的影响，你需要做好以下这两件事：

1. 照料发炎痘痘的方法。先把手洗干净，然后用一条干净的毛巾擦干，用杀菌药水消毒痘痘，然后涂上“消炎”抗痘药膏干燥痘痘表面。这样做，能够加速痘痘的生长，你也因此可以尽早摆脱它。

不过别抱太大希望，痘痘不会那么容易就消炎，你还要忍受大约三四天时间。最近几年，市面上出现“抗痘贴布”，号称可以一夜之间使痘痘消失。不要轻信哦，实际上，这些贴布并不是很有效。

2. 遮盖痘痘的方法。到药店买一支“年轻肌肤专用”的遮瑕膏，等抗痘药膏干了之后，再涂在红肿部位。选择的遮瑕膏的颜色要跟你肌肤相近（或者比肤色稍微浅一点点）。遮瑕膏像粉底一样，可以遮掉痘痘，但是比较卫生。记住，在痘痘周围涂上一点点遮瑕膏就好，然后轻轻推匀。避免在这个部位上太多妆，化妆品可能使毛细孔更加堵塞，发炎状况变得更严重。

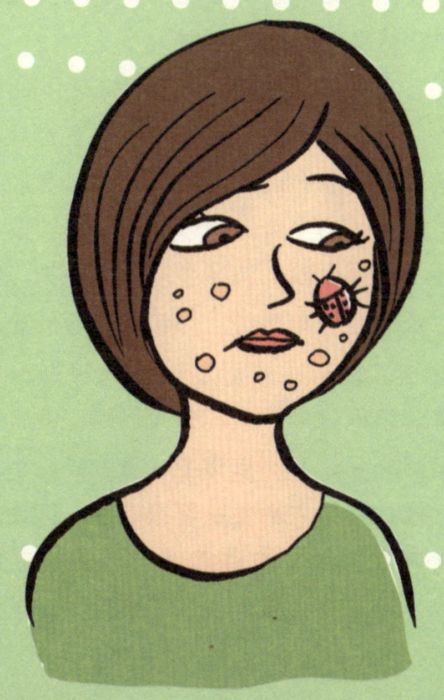

白天你可以重复几次2这个步骤。1和2两个步骤早晚都要做。

其实，你长痘痘这件事，你的朋友们应该什么都看不出来。通常，只有你本人才会对这类“小小的不完美”这么在意吧！对别人来说，痘痘又不是长在他们身上，根本不干他们的事。所以，你根本不用那么紧张。

日光浴是怎么一回事?

在可可·香奈儿小姐和让·巴杜(Jean Patou)两位时尚名人的引领下，人们都喜欢上了一种风潮——晒日光浴。在阳光下晒晒自己的皮肤，感觉倒也不错。不过，一定小心太阳辐射哦!

太阳是一颗巨大的会发光的恒星。它将红外线传送到地球，我们肉眼看不见，却感受得到热度。它耀眼的光芒照亮了我们。它还存在一种看不见的辐射——紫外线(UV)。

我们的身体被紫外线照射后，会产生一种棕色色素，名叫麦拉宁素(黑色素)。皮肤细胞会吸收麦拉宁素，吸收之后，你的肌肤就会染上一层漂亮的古铜色。痣就是由麦拉宁素造成的，黑人的肌肤这么黑也是这个原因。在日光浴的过程中，无论你喜欢晒成巧克力色还是咖啡牛奶色，都不能忽略防晒的重要性，不然，你很有可能会被晒伤。这么一来，美梦就变成噩梦了。

一旦大脑感受到阳光的攻击，会马上对皮肤发出指令，制造麦拉宁素，当作防护盾。深色会吸收太阳光线，色素表层能增强皮肤的抵抗力。但是，当紫外线和红外线过强时，皮肤根本来不及制造麦拉宁素。于是肌肤的温度会很快地升高、灼热，结果就是，你被晒伤了。

根据肤质的不同，人的身体会制造不同数量的麦拉宁素。你可以直觉地感受到：你的肤色越深，就越容易晒黑。皮肤有所谓的感光度，按照乳白肌肤、淡白肌肤、深色肌肤和极深色肌肤，分为一级、二级、三级和四级。一级和二级感光度的皮肤又称敏感性肌肤，应该特别小心防晒。根据这个分类，你可以购买适合你的防晒产品。有一点需要注意的是：十五岁之前，所有人的皮肤都很敏感。因为要到青春期开始，皮脂腺才会使皮肤表层增厚，赋予对抗紫外线的天然保护。若你还不到十五岁，一定注意防护哦。

你对日光浴已经迫不及待了吧？去之前，先选好你喜欢的防晒乳霜、乳液和防晒油，你可以按照包装上所标示的防晒指数（IP），选择适合你肤质的产品。另外，市面上还有一些脸部专用的防晒品，这些防晒品不会使你长痘痘，但价格比较贵，如果你的皮肤老是长痘痘，这可是强力推荐品哦！

需要提醒你的是，长痘痘期间，最好避免日晒，太阳可是诱发痘痘的头号陷阱哦。你刚晒太阳时，因为阳光能使皮肤干燥、减少细菌，所以痘痘似乎变少了。这只是一种错觉。一旦你继续晒下去，阳光就会刺激皮肤表层，后果是，你才晒烤完回家，痘痘就一发不可收拾，好惨哦！

你一定看到过包装上写着“全面防晒”的防晒品吧？告诉你，千万别上当。这样的产品是绝对没有的。因为防晒品的原理是把阳光过滤掉，并不能阻挡阳光。形象点儿来说，防晒品就像一个筛子，不能完全防护，指数越高，漏洞就越小。所以，如果你属于敏感型肌肤，一开始时，就用防晒指数比较高的产品吧，之后，你就可以逐渐降低防晒指数了。

一切准备就绪后，你就可以涂上防晒品，像蜥蜴一样躺下来享受了。记住：防晒品至少每两个小时就要擦一次；下水游泳，上岸之后也别忘了重擦一遍。另外，记得多喝饮料，避免脱水。不要在最热时候晒日光浴，也不要一次晒很长时间，最好采用渐进拉长时间的方式进行。假如在中午时分一口气连晒四个小时，你可能会被晒成烤焦布丁了。最后，请留意某些含有酒精的防护用品，如某些除臭止汗用品、香水和皮肤保养乳霜等。这些用品被日光照射后，会起化学反应的。

你不喜欢自己的头发?

通常，女孩子总是不容易满足的。她们总是想要自己没有的东西。哪个女孩会满意自己的头发呢？直发的女孩梦想有一头卷发，自然卷的女孩又渴望有一头柔顺的长发。棕发的羡慕金发，金发女郎羡慕红发，红发的女孩却又不喜欢自己的发色。头发又卷又短的女孩想办法拉直，滑顺直发的女孩则天天上发卷。发上功夫永远没完没了。

若你正为头发烦恼，在花一大笔钱买昂贵的洗发用品、染发剂和发卷之前，先试试以下两个建议：

1. 考虑“整体协调”。就是要根据你的长相，找到适合你的发式，避免硬把大花雨衣套在一头野蛮的比特犬身上。

比如，你希望有一头火红的波浪卷发，但是，你的脸型尖长，肤色较暗，天生一头灰金色细发。如果是这样，你还是放弃这个念头吧。别认为这很残忍哦，因为：那样的发型一点都不适合你。长发会把你的脸拉得更长，细软的发质很难留到适当的长度，发丝会变得更脆弱。而且，火红色的头发可能会使你脸色发绿的。你应该把头发剪短（强化发丝韧度，使脸看起来比较圆），用洋甘菊洗发精洗出更柔和的金发，衬托你较暗的肌肤。这样的发型才是适合你的类型啊。

所以，依照整体外型来选择发型是很重要的。再举一个例子，体型高大的女孩和极短的棕色头发就一点也不搭，她看上去可能会很粗鲁。要有十足的女人味才能凸显“男生头”的优点。

想成为一个举止从容的女性，清楚的头脑是必备优点之一。学着认识自己，对于那些令你着迷却不适合你的事物，绝不盲从。你要学会在喜欢和合适之间做选择。

2. 为了不再咒骂刚吹整出的发型，你可以在心疼受损的发梢的同时，替自己找个样本。怎么找？从你欣赏的女星里，挑一个发型和你差不多的。她美丽动人，魅力四射而且发型也很好看。这样，或许你就能欣赏自己目前不喜欢的这个发型了。这个方法很有效，不管你是什么发型，是蓬松的狮子头，还是稀稀疏疏的几根毛，这个方法都管用。

比如，上文提到的那个发丝很细的金发少女，可以参考卡梅隆・迪亚兹，也可以试着像几年前的莎朗・斯通那样，理个平头。对自己一头红发不满的女孩，则可以参考茱莉安・摩尔和茱莉亚・罗伯茨等女星。

不论如何，看起来舒服的发型，头发一定是健康的（跟狗狗一样）。所以，一定保持头发的健康，精心梳理你的秀发，不要有头皮屑什么的哦。

听听专家怎么说

一位知名染发专家指出：“所谓漂亮的颜色并不存在，重要的是肤色、眼神和风格之间的协调感。”

统计数字

● 通常，你的头发每天长0.035厘米，也就是说，一个月约长1.05厘米。晚上长得比白天快，女人长得比男人快。跟植物一样，你的毛发在夏天长得比冬天快。

● 一般而言，你头上约有一万五千根发丝。

保养与呵护秀发

女孩的头发和肌肤一样，是需要保养和呵护的。它们都能反映出你身体机能的整体状况。假如你总是吃甜食、喝碳酸饮料，而且烟不离手，最喜欢的运动是按电视遥控器，睡得又很少，那你去再好的发廊也没用，你的头发可能比电影《辛普森一家》里巴特的头发还要糟几倍。想要有健康漂亮的头发，良好的生活习惯是必须的。

这么说，难道为了头发的健康和美丽，需要专门聘请教练训练你养成良好的生活习惯吗？也不用。只要一些好食物，就几乎可以把一切搞定了。胚芽油和啤酒酵母都可以让你的头发变得柔顺，让你的指甲变得不易断裂，让你的皮肤散发丝绒般的光泽。如果你不信，可以用你家的宠物试试啊。给它们吃一些啤酒酵母和胚芽油，不久，它们的毛就会变得像貂一般柔软闪亮。

青春期，因为内分泌失调，人的头发经常容易油腻。都是皮脂在作怪！皮脂是一种油性物质，一般来说，它们能保护我们的肌肤和头发。但青春期时，皮脂分泌过剩，这就有点糟了，它会使头发变得很油。假如你有这种烦恼，不要犹豫，每两天洗一次头，甚至每天洗一次。这时你需要选用比较温和的日用型洗发精。几年后，等你的内分泌系统规律了，就不必频繁洗头了。

头发的烦恼还有另一种，就是头皮屑。这和年纪倒没有绝对关系。头皮屑可分两种：一种是干性的，总是像“暴风雪”一般洒落在黑色毛衣上；另一种是油性的，则像滑雪高手一样，顺着发丝黏成一串。无论干性还是油性，头皮屑都很讨厌。头皮屑是怎么形成的？有种恶性霉菌叫皮屑芽孢菌，喜欢在头皮环境繁衍。这种霉菌会使头皮发炎，引发皮脂坏死细胞掉落，掉落物就是头皮屑了。通常，头皮细胞的更新十分缓慢，你是不可能有感觉的。只有一发不可收拾时，你才会注意到它们的存在。如果你有头皮屑，也别抓狂。今天，科技工作者已经成功研发出对抗皮屑芽孢菌的产品，市场上有十几种抗头皮屑洗发精在销售。你可以尝试几种不同的牌子，然后选择最适合自己的来使用。不要一直使用去屑洗发水哦，因这种洗发水很容易损伤你的秀发。把它和普通洗发水一起交替使用就可以了。另外还有一种皮脂专用护发水，涂抹在湿润或吹干的头发上，效果极佳。你没空洗头的时候，这是个很方便的选择。

开始洗头了。洗头之前，先轻轻梳刷所有头发，这样可以刺激头皮的血液循环，并把纠缠的发丝解开。洗头的时候，除非你之前在泥巴里打过滚，不然，并不需要用两次洗发水。

洗发水一定要冲洗干净，不要残留。头发摸起来有点粗粗的时候，就表示泡泡都冲掉了。如果你承受得了，最后可以用凉水再冲洗一遍，这样可以增加头发的元气，收缩发丝表面的鳞片，头发就不会分叉打结。冲洗好之后，你可以将事先准备好的柠檬水（半个柠檬，挤出汁液，再加上凉水——越凉越好）倒在头上，给秀发补充维他命。另外，偶尔使用市面上售卖的美发专用的保湿乳霜或滋润霜也可以。但不要在发根部分涂抹太多，以免让头皮变成油性。

吹干头发时，尽量不要使吹风机的温度太高。为了赶时间，这样做是很方便。但热风会使头发干燥、枯萎，并烫坏发梢。不赶时间的话，最好用毛巾擦干就好，或者用凉风吹头。

平时，多梳头。打理发型之余，每天至少还要仔细用梳子刷两遍，这样可以按摩头皮，清除灰尘和其他沾黏在发丝上的悬浮粒子。然后，你就可以让发夹、发圈和各种发饰在秀发上尽情施展魔法！

整形手术

你肯定知道整形手术吧？在人类史上，这可是新鲜事。不喜欢自己的身体，竟然可以改变它。这很平常吗？嗯，对某些人来说或许是吧！不过，千万不要认为手术刀就像魔杖一样，可以解决任何问题哦！若这样认为，你恐怕会跌入失望的谷底。而且，会摔得很痛！

整形手术能让你身体的某些不协调的部分变得协调。去做这种手术的人往往并非因为生病，而是因为其他原因。

有些原因是，某些人因为某个部位天生丑陋，造成严重的心理问题；某些人因为意外或疾病使身体某个部位残缺，整形手术在这方面贡献良多。比如，因患乳腺癌而必须将乳房切除的女性，可以通过整形手术重新拥有胸部。这些原因是正当合理的。

另一些原因，并非因为外表，而是因为心理。某些人因为不喜欢自己，所以也不喜欢自己的身体。所以她们想改变容貌，于是去做整形手术。但这能解决问题吗？当然不可能。而且，更糟的是：手术反而使她们的梦想幻灭了。滥用整形手术的人，在连续动过几次手术之后，很可能失去自己的人格。你的身边可能就有几个这样的人，她们年纪轻轻的，看起来却像个木乃伊。真可怕！

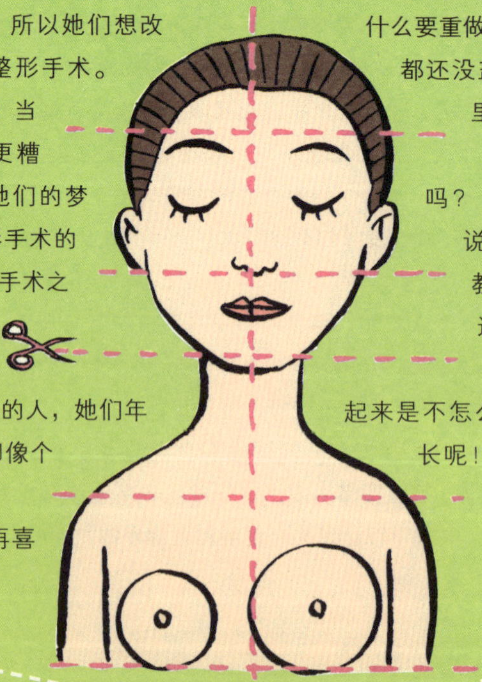

一个人一旦不再喜欢自己，问题就比较严重了。这种人该找的不是整形手术师，而是心理医生。

还是让我们把话题拉回来吧。正处于青春期的你常对自己的身体不满意吧，这很正常呀！因为你的身体还在发育嘛！你不喜欢它，不要着急，给身体一点时间，让它发育、定型；然后，也给自己一点时间，去认识和适应自己的身体。

所以，目前的你并不需要考虑整形手术的事。一切等发育成熟再说吧。在上天还没把该给你的给完之前，你就想擅自更改，不是很荒谬吗？还没发育好的部位为什么要重做呢？这就好像家里房子都还没盖好，你就想更换房间里的画一样。

你等得不耐烦了吗？当然了，你可能这么说。不过，不是我想说教，告诉你：还是利用这段时期，学着打扮自己吧。对自己说，你看起来是不怎么漂亮，但是你还在成长呢！谁说你以后就不会变漂亮呢？

人们常说，美人痣。名字很好听，但有些女孩却很讨厌自己身上的痣。

两百年前，痣很流行，是所有目光注视的焦点：举止优雅的男男女女，争相贴上黑色天鹅绒制成的人工痣，衬托自己雪白的肌肤。这就是著名的“美人痣”，每过一段时间总会重新流行一次。不过，你大概不在乎这些吧！你希望自己身上的痣能少一点。怎么办?

先别管美观的问题，痣首先关乎健康问题。有时候，痣蕴藏着危险性，可能“病变”，造成皮肤癌。当然，这很少见。但你最好还是留心身上的痣，若它的形状或颜色有某些改变，应该主动去医院检查。医生检查之后，就会决定是否需要做手术，替你摘除可疑的痣。手术过后，几乎大部分的医生都会再详加检查，了解那颗痣的本质（有没有致癌的危险）。在法国，这样的手术费你父母是不用支付的。

理论上讲，若某颗痣还在变化之中，医生就不会替你摘除。但是，若你为了美丽，想摘除它，也是可以的，你首先要和你的父母协商，如果他们同意你手术，你就可以摘除了。这时，你父母就必须负担手术费用了。摘除手术并不疼，但皮肤会留下一些小瘢痕的哦。

痣、日光浴和安全守则

如果你身上有很多痣（二十颗以上），小心被太阳晒伤哦！请使用防晒系数高的产品，防紫外线指数至少要在二十以上。更安全的做法是，一年去看一次皮肤科，严密监控痣的演变状况。

巧穿丝袜，性感又优雅

女孩的各种打扮行头中，丝袜无疑占据一个很重要的地位。丝袜自然的柔美很讨人喜欢。它轻轻依附在皮肤上，包裹着玲珑的曲线，在不知不觉中勾勒着流畅的线条，谱写着优雅的气质。

丝袜质量的判断

怎么判断丝袜质量的好坏呢？这主要取决于两个因素：

一、材质的好坏，也就是纱线的质量。纱线是一种弹性纤维——尼龙，一般来讲，尼龙可分为水晶丝、苞芯丝和天鹅绒等几种。尼龙质量的高低决定了丝袜质量的高低。最原始的水晶丝，穿几次就会松懈，会在膝部和脚跟部位出现鼓包，所以，这样的丝袜价格自然很低。中档丝袜用的苞芯丝、天鹅绒等材质，视觉、手感和耐磨都高于前者，价格自然也要高一些。而高档丝袜选用的纱线，不但弹性系数更好而且更细，很多还加入了高科技的纤维。

二、设计理念和编织工艺。普通的丝袜是按传统的圆柱式织法织成的，而人的双腿不是圆柱形，这样的丝袜，穿在身上容易有色差。高档丝袜会织出整个腿形和脚形，在弹性系数上采用科学的弹力系数比7：5：3，大腿部分弹力最强，小腿其次，脚踝最小，这样的丝袜才能色泽均匀，不会出现色差。另外，好的丝袜采用的是鱼网式的织法，一个地方断丝只会停留在一个小区域，不会扩散开来。这样，丝袜就更耐穿，使用寿命就更长。

可以这么说，丝袜的优质和舒适是建立在高科技上的，其质量的差异也取决于这一点。

一些丝袜保养的小秘诀：

- 如果你留长指甲，穿丝袜时戴上手套就不会把袜子刮破了！
- 为防止丝袜上的小洞扩大，你可以涂上透明指甲油。
- 怕洗衣机绞坏了心爱的丝袜？很简单，用洗衣网袋，或拿一只旧丝袜，把要洗的袜子放进去，两边打个结，再放进去洗就OK啦！

你肯定有这样的经验吧：小时候，你通常有着超人的精力，六点不到就醒来，然后马上玩一盘大富翁，并吃下一块樱桃蛋糕。迈入青春期后，却总是起得比较晚，偶尔还带着口臭，脸色像抹布一样暗黄，头发毫无生气。为什么会这样？因为你正处于与青春期对抗的混乱之中，因此很容易失去小时候那种超人的精力。

怎样才能再度充满精力，在早上闹钟刚响时，就元气十足，一身清爽呢？在此提供几个妙方，

●前一晚就把东西收拾好，这样早上的时间比较充裕。

●可能的话，睡前先把房间和书桌整理干净。“私人空间”若整齐，大脑必定也祥和宁静，必然能睡一个好觉，得到充分休息。

●房间的温度不要过高，可以的话，开着窗睡。

●睡前喝一大杯水（不要太冰），这样会使你早上拥有一个好气色！

●醒来之后喝一大杯水（不要太冰），这样会让你活力充沛！

●从容地享用一顿愉快的早餐。

●然后，刷牙（要刷三分钟哦！）

●洗脸，洗完后敷上冰凉的化妆棉（一分钟），然后涂抹保养乳液。

●把头发梳顺（不仅仅梳出发型而已）。

●擦上润肤乳液五分钟后，用一张白色面纸把脸按一按，去除多余的面霜（这样才不会泛油光）。

●你也可以用粉刷在脸上刷一点蜜粉（比起粉饼，蜜粉的质地较轻柔）。

●抹上滋润护唇膏。

赶快按照上面说的试试吧。

你觉得自己太胖?

你觉得自己太胖了?
先搞清楚这是不是真的。

目前，“苗条风”霸占着整个流行界。青春期的女孩经常为自己圆胖的体型感到尴尬，许多女孩认为自己太胖了。真的吗？其实以医生的眼光来看，她们的体型恰到好处。这么说，你觉得好过些了吗？还没有，那不妨告诉自己，杂志上那些修长骨感的美女，大部分要忍受长期饥饿。正如丽芙·泰勒对一位记者所说的：“我受够那种快饿死的感觉了，现在我尽情地吃，我是变胖了（跟以前比起来），但是我好幸福！”

记住，你的体型并非只由体重决定的，而是由你的身高、长相、脂肪分布、肌肉比重等这一切因素所决定的。比如，你身高一百五十二厘米，即使你瘦得像只蚂蚁，看上去也不会像身高一百八十三厘米的名模。然而，你还是可以瘦得很优雅，很漂亮，如你心里所愿。

所以，当你身上长出无情的赘肉时，第一件事就是去验证一下，看自己是不是真的过胖。

你可以先问问周围的人，问你的死党或医生。自己则可以计算一下你的身体质量指数（BMI）。

如果从医学上看，你真的过胖，请约时间去找医生，他将和你一起找出肥胖的原因，找出治疗方法，教你该怎么做。

如果你并不是真的很肥胖，但还是希望身体某个部位能消瘦一点，怎么办？你可以从改变饮食方面着手，但不是最好的方法了。最有效的还是，准备好一双运动鞋，规律地从事某项运动，才能真的让你拥有纤细的窈窕曲线哦！

如何计算你的身体质量指数(BMI)

身体质量指数是体重（公斤）除以身高的平方（米）所得出来的数值。举个例子：有个女孩身高1.60米，体重55公斤，她的BMI是21.5：

$55 \div 1.60^2 = 55 \div 2.56 = 21.5$

如果一切正常，你的BMI应该介于19和25之间。倘若超出25，你就该改变某些饮食习惯了。请注意。假如你的BMI值属于正常范围，但身体肌肉瘦弱，你的身材看起来可能偏臃肿，身体也没有元气。解决的办法应该是：尽量规律性地从事某种运动，而非一味地吃减肥餐。

你有没有觉得自己太瘦了，而且身体并不舒服？当别人说你太瘦时，你会生气吗？

在我们的社会，讨论“瘦”这个问题实在很难。在各种去油减脂的口号面前，女孩们大多对自己的体重不满意，要不然就是感到难以判定，犹豫不决。

和认为自己过于丰满的人一样，你首先要做的，就是确定自己是否真的太瘦。同样，请你询问周遭亲友和医生的意见，并计算你的身体质量指数，借由这些方式，可以获得相当准确的判断。

如果你真的瘦得像根火柴棒，提不起劲，没有食欲，甚至连月经都不来了，聪明一点，快去就医吧。医生会帮助你找出方法，改善过瘦的体质的。

假如你希望增肥，可以试着吃得丰盛些。当然，这不是说你可以随便乱吃哦。如果你是那种怎么吃都不会胖的骨感型女孩——很多女孩都羡慕你的身材呢！你可以试着从事某些运动，让自己看起来圆润，曲线凹凸有致。

如果你自己对于体重的看法和旁人所说的有所出入，那么你必须思考一下：你觉得自己有元气吗？你喜欢自己吗？重要的不是体重计或那些计算数值，真正重要的是你自己的感觉。因为，我们大家的先天体质是不同的。有些女孩就是比较瘦、油脂少；有些则比较肉感。骨感女孩都知道，体重超出一定标准时，身体就会不舒服；同样地，低于某一个数值时，也会感到不对劲的。

相反的，如果你觉得自己永远不够瘦，但其他人都说你简直瘦弱得像只刚出生的小蚱蜢，那么，问题可能出在你的身上了。你一定过得很痛苦吧！不要继续下去了，为了健康，赶紧去医院约医生或心理医生检查吧！

个人卫生，这谁不知道呀？还用多说吗？你可能觉得很奇怪吧！其实，这不只是干净与否的问题而已，维护个人卫生，不但是尊重自己的一种表现，也是尊重他人的一种表现。

保养自己的身体，就等于呵护自己，喜爱自己的样子。在医院里，医师和护士都知道，良好的卫生习惯和美容保养一样，在病人病情的恢复过程中，扮演着重要角色。一个人穿着整洁的衣物、使用整洁的个人用品，不仅保持了身体的干净，对自己也是一种体贴。至于房间和书桌，东西散乱还好，但如果还藏着快发霉的饼干碎片，那就不只是不舒服那么简单了，还会招惹来蟑螂臭虫的。

保持清洁也是尊重他人。不让别人被你的身体和气味吓到，这是最基本的礼仪。请妹妹不要对着你的牙刷打喷嚏，建议爸爸准备色拉之前先洗个手，这很正常，你并不是个对细菌神经过敏的小傻瓜。同样地，交出一份整齐清晰的报告，没有果酱污渍，或东一块西一块修正液痕迹，对别人也显得比较有礼貌哦！

如果你还是不相信，可以用身边的男孩们做个测验。有两个女孩，一个长得很可爱，但是她从脚底发出浓浓的汗臭味，衣服似乎几天没洗了，指甲又黑又脏，牙齿上还粘着菜叶……而另一个长得没那么漂亮，但是从耳朵到脚指头都干干净净的。男孩们会觉得哪个女孩比较有吸引力呢？应该是后者吧。

在电视广告上或超市的货架上，你一定看过专门为“女性卫生”所设计的清洁产品吧，它们是用来清洗外阴和阴道内部的。

告诉你，不要买。为什么？因为，这些产品并没什么用，甚至坏处比好处多。它们的“洗净力”太强，可能刺激外阴，甚而破坏附着在阴道内部的分泌物。

你可能会问，那为什么还会出现这类产品？不要忘记，厂商总是希望我们购买产品的。为了达成目的，他们随时会发明一些新的“必需用品”，其实根本没有使用的必要。关于女性生殖器官的清洁卫生，这些厂商所用的是一种老掉牙的偏见，充满大男人主义，吹毛求疵，他们认为外阴和阴道是肮脏的地方。过去，推广这种卫生观念的目的在于，让年轻女孩相信，那是“羞耻的部位”。因为，以前的人不希望少女散发过度的肉体魅力（那曾经被认为是不规矩的），而且，这些事情连谈论都不行。

是的，外阴和阴道都是私密部位，但是我要告诉你的是，它绝不肮脏。甚至相反，阴道是干净的，它有自动洁净的功能！因此，除非医生建议，否则不该任意做内部的清洗。至于外阴部和阴道口，和身体其他部位一样，需要随时保持清洁。不必特别“清洗”，只要用清水和香皂冲洗就可以了。当然，清洗时，你应该特别小心，因为，一方面，这些部位不容易洗到，另一方面，它们所在的位置靠近肛门和尿道口，容易受到尿液和粪便脏污。因此，便后，记得从前面往后面擦（反过来就错了），必须养成这个良好习惯。

最后应注意的是，由于阴部充满皱褶，应尽量保持它的干燥，否则，湿热的环境会有助细菌滋长。

女性生殖器官毫不肮脏，它给人快感，而且也是婴儿出生的地方。它很美，不是吗？

你长得很美丽，这是件好事呀。但是，你却很困惑。是的，你很得意，心里美滋滋的，但美貌却让你不太自在，因为你觉得在面对没你漂亮的死党时，有些不好意思，可是同时你又想发挥魅力去吸引男生，真是太矛盾、太尴尬了。

长得漂亮是好运气，这种天赋是可以加以培养，细心维持的。然而，漂亮的女孩与爱显摆的女孩，差距只在一根发丝之间——不用说，当然是柔软又闪亮的一根秀发啦！因此，问题来了：漂亮的女孩怎么做才不会被当成是爱显摆的“小贱贱”呢？

正确的做法是，你不需要忸忸怩怩，长得漂亮是件很愉快的事啊！你就像珍品郁金香那般艳丽，你自己很清楚，你非常满意，就不要假客套了，这很正常，你有高兴的权利。而且，根本不需要为自己的美丽道歉。但，若你因为自己长得比别人漂亮就产生优越感，那就是你的不对了。这其中差异很大哦。

有些人总以为自己比别人优秀，以为做什么都可以，只因为她长得好看，结果是，全世界的人都会讨厌她。这是漂亮造成的吗？非也。千万别把原因归咎在美丽身上，真正的原因是那份优越感。优越感的“来源”有很多，有些人是因为家财万贯，搭飞机像坐巴士，和明星一起度假，或者，他的奶奶是老牌摇滚歌手的幼儿园同学。

用自己的观点仔细思考一下：一个人的价值到底在哪里？你应该为幸运获得的东西感到无比光荣吗？嗯？单纯一点没什么坏处，长得漂亮不也是挺好吗？

有些女孩觉得，寻找最适合自己的外型很难，简直好比在黑夜中，进入完全黑暗的地洞，摸索着妄想挖掘珍贵灵芝，比大海捞针还难。告诉你，不要因此感到懊恼，这是很正常的。

就像你所阅读的书籍、听的音乐、喜欢的明星一样，你的外型也能反映出人格的一部分。百米之外，别人就能察觉到，你的品味是简朴还是讲究，穿衣风格是休闲还是追求前卫，是个严肃的好学生，还是喜欢吸引异性的女孩。你的衣着打扮留给别人的是第一印象。所以，外表必须能大致符合内在。但是，为什么在实际生活中，情况却不是这样呢?

我们都知道，青少年期正是转型期，品味、身材都还在演变过程中。外型可以反映出你的人格，但，反映的是哪一种人格呢？年轻的小女孩？还是未来的成熟女性？乖乖女，还是一心渴望独自展翅高飞的叛逆少女？你的穿衣风格这时显露的，可能正是这一切特质的综合体。

若想真正找出一种适合你的穿衣风格，你可以找一个下午，做个科学性的实验——对你的衣橱做一个彻底的检验。将你所有衣物摊在面前，把最喜欢的那些挑出来放到一边，尤其是你最喜欢穿的那几件。试着分析你为什么喜欢穿它们。然后，把这几件衣物特别记录下来，它们可是你理想衣柜的镇柜之宝哦！以后逛街的时候，你就购买类似的款式，可以做些变化，但不要差距太多（一开始的时候）。慢慢地，你就能区分出哪些类型适合你，哪些行不通了。这样，你对自己的“造型”将不会再犹疑不定，而能清楚地知道哪一种最适合你，此后，你就可以随心所欲地变化了，今天疯狂一点，明天独特一些，一切随你。和你对味的造型将深深印刻在脑海中，随时可以再穿一次，或不再重复相同打扮，随你高兴。

如何找到你的最佳外型

精神不佳的时候，别尝试太独特的造型。

这时，穿得越简单越好。就拿亮皮外套来说好了，穿上它的时候必须元气十足，准备成为整个派对的目光焦点。如果不是这样的心态，穿上这种衣服，会使你看起来像麦田里冒出来的一株兰花，感觉格格不入。

漂亮的双手是保养出来的

你肯定认为，看手相是一种迷信吧？其实，从某种意义上说，“看手相”并非毫无根据，人的双手是会说话的。因为，过去，百分之九十九的人都要用双手劳动。比起身体其他部位，双手的状态、清洁或变形情况，是可以透露很多信息的。如今，时代变了，但我们仍然需要依靠双手来接触世界——握手、运动、进食、抚摸、书写等，双手的作用真是太多了。

所以，我们很应该维持双手的美丽。关于美体的那条金科玉律同样适用于万能的双手——没有丑手，只有没被好好保养的手。手部保养并不复杂，花费又少，只需要保持规律，持之以恒就可以了。

保养双手，你需要的基本工具是：一把尖头磨指甲刀，方便剔除指甲缝里的脏污；一把小刷子加上香皂，确保指甲清洁干净；指甲刀和磨指甲片，可用来修剪出你想要的形状，手部保养霜让你的肌肤柔嫩。如果你是个完美主义者，还可以增添软化乳液，柔软指甲边的硬皮，再用锉刀推去软化了的皮屑，使指甲看起来比较大片，再涂上透明或粉红色的指甲油（那就还需要去指甲油的亮光水）。

同样，这些手部的保养小技巧也可以用在脚脚上哦！

保养指甲的三种方法

准备一盆热肥皂水，将双手伸进去，浸泡五分钟。然后将十只手指头分别涂上软化乳液。用棉签直接推去指甲边的死皮。然后，将指甲修剪整齐。

如果你的手指又细又长，指甲可以留稍微长一点；但如果你的指头有点粗，短短的指甲反而较能凸显手部的线条。修磨指甲边缘，让它们看起来清爽有型。把双手浸入肥皂水中，仔细刷洗，用清水冲干净，然后小心擦干。如果指甲看起来还不够白，再用修磨刀的尖端把细小的污垢剔除，最后涂上护手霜，顺便按摩一下每一根手指头。

你还可以用指甲刀把指甲周围的硬皮清除干净。然后，要不要上指甲油，就随你了。但别忘了，若指甲油已出现斑剥，就要赶紧去除。否则看起来很恐怖的！

你需要化妆吗?

赞成还是反对化妆？观点非常两极化。尤其是当爸爸说好，妈妈说不，或对调过来的时候；还有当所有的死党都化妆，而你心仪的男孩却讨厌“把脸当作调色盘”时，这时的你，夹在中间左右为难，仿佛在茫茫粉底中漂流，到底该怎么办?

“赞成”？“反对”？想找出“性感却不招摇”的途径，你必须绕开这个就连公认最有智慧的哲学家都很难做出决定的问题。

美丽之路应该是从“如何”出发。绕道思考一下，“为何”要在皮肤上作画。

问问你自己：“为什么我要化妆？”姑且不管时尚与否，在肌肤上作画、涂颜色，能遮盖或修饰缺陷，并凸显脸部（或身体其他部位）的优点。在社交上，彩妆语言包含多种意味：四千年前，优雅的埃及妇女用炭黑描上眼影；今天，艳丽的彩妆使人联想到性爱，正如大红唇色诱人亲吻一般；新哥特女酷爱的炭黑眼彩，可以表现阴暗的黑夜及蠢蠢欲动的幽灵。总之，无论彩妆是代表着对时尚的态度，还是施展诱惑力的方式，还是社交礼仪，它都是一种信号，你必须了解其背后的含义。

提醒你，在涂眼影、画腮红之前，先思考一下自己的形象（这样的彩妆和你平日的形象相符吗？）特别是自己心目中所希望呈现出的模样。于是，你就不会想用妈妈的眼线笔了，因为那和你的年纪不符；你也不会抢死党的腮红来用了，因为你是你，她是她。记住，不要被别人的意见所左右，你化妆，不是为了让谁讨厌你或喜欢你，那些五颜六色的瓶瓶罐罐只和一个人有关，那就是你。

你肯定很想知道怎么化妆吧？为了让彩妆完美呈现，一定要好好保养肌肤。保养肌肤，记住三个基本步骤：清洁、去角质、保湿。

简单地说，如果你不是从头发到脚趾都很干净，那还是不要化妆了。边缘啃得乱七八糟的粉桃色指甲，龟裂的大红嘴唇，糖果般的粉色腮红下突起几粒痘痘，再也没有什么比这看起来更邋遢的了！化了妆就会好看吗？不可能。

给你几个化妆的小建议吧：

1.仔细观察自己的脸，找出哪个部分最漂亮？哪个地方是你不太满意的？原则很简单：修饰你想遮掩的地方，如果藏不住，就想办法让焦点转移到漂亮的部位。

如果你觉得自己的鼻子太长，就在眼部下工夫，用眼线笔强调眼睛的形状，擦一点眼影，然后，千万别忘了上睫毛膏。若你嫌眼睛太圆，也可以利用化妆把线条拉长：使用眼线笔，多涂几层睫毛膏（涂完一层后，等干了再继续涂）。

2.随时请教专业美容人士。她们能教你如何选择适合你的颜色和产品，并教你怎么使用。如果你不敢只为了咨询而走进那些沙龙，可以购买一点基本用品，如口红或睫毛膏，然后发问。

3.使用化妆品时，绝对不要一次用太多。就像做菜时加盐一样，事后再补加都没关系，但一次加过量的话，就很难把咸味冲淡了。

你经常被别人说，你总是霸占着镜子吧？几乎所有的女孩都爱照镜子。没办法，就是想照。我们也绝不会错过任何能够映出自己身影的橱窗，电梯里每一面镜子都避不开我们检视仪容的目光。镜中的你可能显得忧心、失望、满意、忸忸怩怩、不知天高地厚……视你的状况而定。你不一定喜欢镜子里的女孩，甚至有的时候，你看见她就难过。然而你还是想看，看那个并不完美的影像。为什么呢？因为那是你，和你自己密切相关啊！

试想，如果镜子以及一切能反映影像的东西都不存在，那么你将没有任何机会看到自己。镜子，这个白雪公主故事中坏皇后的好朋友，让你知道了自己的模样。不过，和童话相反，镜中照映的，并非你的心灵状态。玻璃镜只能忠实地把你的模样传送给你，不会带任何批判和想法。

然而，你对自己却有许多评论，通常还不怎么温和。“镜子里这个人是谁啊?!”你长大了，想知道自己到底变成谁，这很正常。藏在大毛衣下的女孩，新长了一些肉，嘴唇很漂亮，或长了颗痘痘让人欲哭无泪，你忍不住去想，她以后会变成什么样的女性?

为了在社会上生存，你必须和他人做比较，因此，你必须要能大致回答下面这个问题：“我是谁？”身材、长相当然是答案的一部分。有许多东西能帮你解开身份之谜，镜子就是其中之一。

如果你的妈妈、哥哥或爸爸指责你，说附近所有的镜子都被你照遍了，别气恼。可以反省反省，但不需要有罪恶感。因为，你有权利去认识那个“镜中人”，甚至有权利去喜欢她，她呈现出你自己的形象。

不过，若你整天沉迷于照镜子，以至于无法和别人接近，那就不正常了。

纳西斯（Narcisse）的神话描写的就是类似的自恋情结。这位希腊神话中的人物，在泉水中瞥见自己的倒影，觉得水里那个人好英俊，于是留在那里，动也不动地，贴近水面仔细欣赏。从此，他什么事都不做了，只不断地照映水面，连生活都不再继续。最后，他死了，变成水仙花。

我说这个神话的意思是，你千万别陷入自恋的怪圈哦。当你只想到自己时，你将无法和其他人一起生活，再也不能借着人际关系充实自己，很快地，你的心灵就会枯萎。

当然，这样说，你也不用气冲冲地打破所有镜子。事实上，人有一点自恋是好的，这样能刺激你上进，提起勇气去处理事情。人应该自爱，爱自己的全部，当然也包括身体。

所以，揽镜自照要懂得节制。就连弗吉尼亚·伍尔夫这位著名的英国小说家都坦承：“如果把我花在照镜子上的时间拿来用功，我早就学会希腊文了。”说得妙！

女人天生爱美丽。天底下没有一个女人，不曾于某天早上起床照镜子时，心里暗暗惊叫："啊！我怎么这么丑?!"就连克劳蒂亚·雪佛或詹妮弗·洛佩兹也不例外。为什么呢？因为，你自己心目中所期望的形象与别人对你的看法有所出入。只要你心情处于低潮，就很容易觉得自己的鼻子长得像黄瓜，头发干燥得像意大利细长面，皮肤粗糙得像野猪的屁股。

在你这个年纪，这种情况尤其严重。一个原因是，你正在长大、变化、转型。每天早上都会有新发现，因此，你根本不知道自己明天又会是什么样子。至于五年后，浴室这面镜子会照出怎样的你，这又是个大问号了。在这片混乱的茫茫大海中，你需要时间去习惯这个逐渐现身的女孩，这是很自然的。接下来，你才能把"她"打扮得漂漂亮亮。这有点像人家请你为一座花园造景，可你事前从来没去过那个地方。

另一个原因是，正如我们这个时代大多数的年轻女孩一样，你整天都能听到媒体谈论脸蛋完美的时尚名模、优雅动人的女明星、魔鬼身材的女歌手。拿自己跟这些"梦幻尤物"相比，结果可想而知。因为，那些偶像其实只是幻想的产物。没错，在真实生活中，她们很少有丑的时候，但大部分时间，她们的完美都是摄影科技的杰作——巧妙的化妆术、去除缺陷的灯光、立即改善肤色的计算机程序。你平时看到太多广告海报、杂志照片、访谈，以至于和许多女性一样，相信那些纸页上冷冰冰的美女才是标准。

十几种以上的研究显示，这些“大规模入侵的美女”造成许多不良影响。跟五十年前相比，一般女性保养打扮的功夫已经进步许多，然而，她们对自己的外型却越来越不满意。更糟的是，不满意的情绪开始得越来越早。有些小女孩年仅八岁，就已经实行严格的减肥节食计划，只为了让自己更像心目中最喜欢的模特儿。十五岁的少女去做丰胸手术，为了和她们最爱的女明星有“一样的”胸型。很显然这太荒谬了！她们的发育还没结束，甚至尚未开始呢，竟已经想对未来的自己做大刀阔斧的改变了。

因此，不要相信那些美女标准，美丽的真相是：天底下的女孩，没有几个天生丽质或丑陋骇人，只有非常注重保养的女性和一点都不打扮的懒女人。

“我有痘痘、头发油腻和三公斤赘肉”，发育中的女孩常常这样抱怨，她们因成长而痛苦，一面又在痛苦中长大，其实，她们所抱怨的事并非无药可救。恰恰相反！你的小躯体可能并不完美无瑕，但也可以散发十足魅力，只要你愿意，你是能够忠于身体的原貌，活得非常自在的。

该不该追求流行时尚?

说起流行时尚，你一定很熟悉了。但你知道吗?流行时尚可是有好几种面貌的。它随着时代不断地变化着。流行时尚有时会给你乐趣、喜悦、难题，有时候甚至会把你变成它的奴隶。

一些不值钱的小饰品也属于流行时尚的范畴，它能给你带来喜悦与乐趣。喜悦和乐趣之间有什么的区别吗?当然有。举个例子来说，比如："我烤了这个巧克力蛋糕，感到非常高兴(喜悦);让我们一起快乐地把它吃掉吧!(乐趣)"由此可见，喜悦会创造新事物，乐趣则会消耗。东西一旦消耗掉，你就什么也没有了;只有你创造，你才会越来越富裕。因此，生活中的你应该多保持喜悦的心情。

在下列情况下，流行时尚表现为一种乐趣。在买下梦寐以求的迷你裙或篮球鞋时，显然的，这时，时尚流行是一种乐趣。购物血拼本身也是乐趣——你东逛西逛，深受吸引，试穿，好想买却又犹豫不决，最后接受了诱惑。这个过程真是其乐无穷啊!

在下列情况下，流行时尚表现为一种喜悦。流行鼓励我们大胆创造新的颜色组合，让我们找到适合自己的造型，我们挑衣服搭配时，就像在构图作画一般。这时候，流行为我们带来无比的喜悦。

很多人不自觉地会成为流行时尚的奴隶，你不想那样，怎么办?

如果你没有能力为自己增添"合宜"的服装，比如，一件正流行的T恤，你买不起，你可能会很失落，你会觉得受到排挤，感到自己很没用，丑陋无比。难过是正常的，但你必须克服这股挫折感。其实想一想，这也没什么了。不管你身上的T恤是不是名牌货，你还是你，你的人并不会因此而改变。在浴室里脱掉了那件T恤，你不是和之前一样吗？没有变得刻薄，还是一样好奇，也不会因此变丑。当然，某些衣服确实能凸显你躯体的某个部位。但是，并不是只有流行服饰才能有这种效果，所有衣物都有可能办到。如果你的预算不多，要找到好衣服比较困难。那就用这两个办法解决吧：穿得简朴一些，或发挥你的创造力吧！

如果你还是不能释怀，那就对自己说：既然目前买不起，那就仔细观察，细细品味如何穿得最美吧。今后的某一天，你一定买得起那些你垂涎已久的服饰。那时，你一定美若天仙的。普鲁斯特《追忆似水年华》一书的女主角之一埃布尔汀娜，她对于上流社会女性的装扮向往多时，观察入微；所以，当她真的买得起时，就非常懂得如何穿得最美，如何搭配首饰配件。于是，她变得比公主、贵妇更优雅迷人。

千万不要过度追求时尚，那可能会给你带来痛苦的哦。所谓的fashion-victims，指的是有些女孩，她们花费所有积蓄（有时甚至还花掉不属于自己的积蓄），只为了狂买衣服，其中买的可能连一次也没穿。或许你“中毒”没那么深，但还是非常注重流行，或者说，非常在乎你的外表。在青春期，这种现象很常见，因为你们一直在探索自己的特质。你希望能像某本杂志上瞥见的某个女孩一样，她穿花牛仔裤的模样好俏丽。于是你追求流行，把她当成指标。

因此，你需要看清楚流行时尚的真相，这对你很有好处。在你探寻个人特质的路上，名牌服饰有一定的影响力；各厂商铆足全力，希望你向最新时尚投降。它们不断地创新流行趋势，唯一目的是要你把曾经梦想了好久才买的那条丝巾丢进垃圾桶。然后，再怂恿你马上去买一条新的。看清这个真相后，你就会有一定的觉悟了。你可以保持对时尚的敏感度，但不会盲目追求流行。这不是很好吗？

你一定很喜欢用香水吧。是啊，你会说，从耳朵到脚趾头，你全身用了不下千种专属香味呢。我要提醒你的是，在喷洒之前，别忘了，你是有自己的气味的，它跟指纹一样，独一无二，容易辨别。在我们的社会里，人们总想遮掩自己的体味，不想让别人，甚至自己闻到。人们总是刻意地用其他味道去掩饰它，如香皂、体香剂或香水。然而，从吸引异性的角度来看，这种做法并不太正确，因为，个人气味也是魅力基本元素中的一项呢！

像雌性野牛和蝴蝶一样，我们也会散发荷尔蒙，那是一种爱情粒子，母野牛能借此吸引公野牛的注意，雌性蝴蝶以此吸引雄性蝴蝶，我们女孩也以此吸引到男孩。此外，也因为如此，上帝造物时，让女孩的腋下和下体长有许多毛发。很少人喜欢这些细毛，但它们可是充满荷尔蒙的地方哦！你可能会这样说，我们又不是动物，不会直接凑着异性的腋下猛闻吧！是的，但是气味对异性的吸引却是的确存在的。

几年前，有人做过一个实验，凸显出鼻子在两性关系上扮演着重要角色。实验者拿了一些男性穿过几小时以上的T恤，请女性根据气味的喜好程度排序。接着，这些女性分别和T恤的主人们单独跳舞（不说出哪件衣服属于谁）。然后实验者请女士们说出她们最喜欢和哪位男性一起“摇摆”，几乎百分之百的女性选择的都是她们心目中认为穿着气味最佳的那位男性！

说了这么多。其实想表达的是，你身体的气味，不一定要完全遮盖掉！当然，这么说并不是让你一个月不洗澡，散发出老公羊的气味。你还是可以每天淋浴或泡澡的。除此之外，每天早上喷抹一点体香剂，最好是不含酒精（对皮肤也比较好），有一些淡香的。如果要喷香水的话，手下留情，力道小一点。这么做，就不会掩盖你的体味了。

以前，使用香水意味着小女孩蜕变成为一个成熟女性，甚至，优雅的女士。她所开启的第一瓶香水，通常是母亲在她十六七岁时送的，很少有女孩在这个年龄之前使用香水。这几乎成为一种仪式了，有点像第一件胸衣，或第一包卫生巾。但今天，喷香水已不算多么讲究的行为了。只要你愿意，随便什么时候开始擦香水都可以。连婴儿都有合适的“香香”产品。甚至连猫狗都有专属香料，虽然它们什么也没要求。

于是，只要你愿意，你就有上百种芳香选择，大超市就能买到的便宜香水，或精品名牌所出产的“原汁”，另外还有各种不知名的精油、花露水以及高贵的香精，够你的鼻子好好闻上几个小时了。再加上形形色色的香水瓶，造型前卫的、精雕细琢的、玻璃的或铁制的，这些包装也成为芬芳国度里不可或缺的风景了！

怎么喷香水？讲究的技法是，在颈部（确切的位置是耳后）、手腕和身体上所有会“发热”的部位，点上香水并轻轻摩擦，因为这些地方特别能散发香气，如手肘内侧、膝盖后弯以及乳房之间。

如果你每天使用同样的香水，过一阵子之后会麻木，闻不到味道了，于是你会觉得不增加用量就不能飘香。长久下来，你就有可能使用过量。这样就不好了。为了预防这种情况，尽量不要每天擦香水，规定自己在某几天暂停使用，比如周末在家就不需要。这样一来，当你在星期一再度闻到自己喜爱的芳香时，鼻子会高兴得咻咻叫呢！

一般来讲，年轻的时候，人们通常偏爱清新、香甜和带有花朵芬芳的香味，强烈刺激的熏香（让人头晕）则不太适宜。话虽如此，还是要看个人品味！而且，出席某个宴会的时候，你也许可以尝试一下比较有个性的浓郁气味，或交替使用味道比较含蓄的冬季香水和气味轻淡的夏日香水。

与过去相比，香水的世界还多了一项演变。过去，女性一般只使用一种香味的香水，轻易不会改变，而现在的情况是，许多女性经常更换香水，她们手边总有三种或更多的香水，轮流使用。这样就不致对某种香味厌烦。不过，你也可以学学前人，只选一种香水，从一而终，让这种味道成为你的个人标志。如果你所选择的香水很稀有，闻起来又很舒服，一定会有很多人把你和这种醉人的芳香联想在一起。你会觉得，自己仿佛小王子的玫瑰花那样受宠爱，心底浮起一丝丝虚荣来，这样感觉很棒哦。

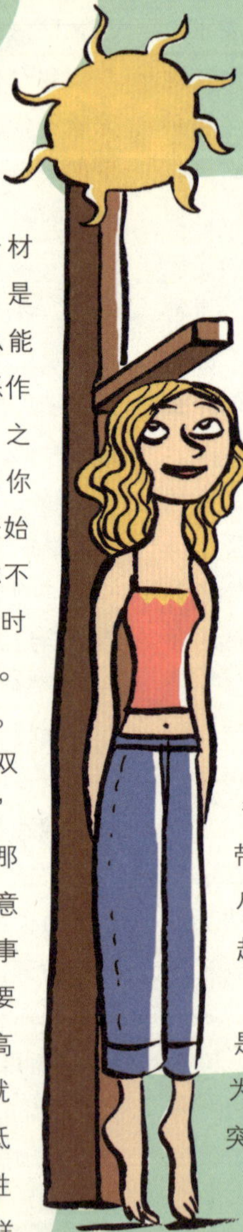

女孩，如果不幸，你的身材很矮，这可能会给你带来痛苦。是的，身材那么矮小，思想又怎么能伟大起来呢？更不要说，那些恶作剧的人，经常给你取“矮冬瓜”之类的绰号，还有你爸妈总爱叫你“小豆豆”，你受不了了，你开始嫉妒那些长腿美眉了。其实，你不必那么痛苦，不妨幽默一下。有时候，幽默感能让你感到高高在上。法国幽默家克劳许长得并不高大。他曾说过一段很妙的话：“只要双脚能触地，就是最理想的身高！”

事实上，尽管克劳许和那些身材矮小的人一样，并不乐意身材短小，但这已经是既定事实。因此，你要记住的是，重要的不是高度，而是比例。身高一百六十公分，肚脐长得高，就比身高一百八十公分但屁股很低来得好。换个方式说，有些女性身高不到一百六十公分，但一样可以长得比一百八十公分高的女性看起来更精巧更漂亮。

而且，我们一般人很容易被身高误导，但电影界人士却精明得很。谁能猜得到奥黛丽·朵杜身材娇小，佩尼洛普·克鲁兹也是小个头？除非你在超市碰到她们，亲眼看见，否则绝对想象不到。口袋版的维纳斯并不会羡慕杂志上的阿芙洛狄忒，美丽不是以身高来丈量的。

既然你已经没办法在身高上动太多手脚（除了穿高跟鞋之外），那就强调肚脐的高度吧。穿上裙头很高的短裙或长裙，尽管系上宽腰带，显露上半身和下半身的比例，并尽量锻炼你的小蛮腰。这样会使你看起来很协调、很美丽。

最后再告诉你，你应该欣慰的是，男孩常常喜欢娇小的女孩。因为，他们能借此显现男性雄风，且不突兀。所以，做个娇美玲珑的可爱女孩吧！像只小猫一样尽情撒娇。当然，这并不妨碍你必要的时候，伸出利爪防卫自己。

或许是你发育得太早了吧，也或许你本来就像根竹竿似的长得很高，总之，你觉得自己太高了，你很痛苦。怎么办？别小看自己。开心点，你可能会遇到一些烦恼，不光和外表有关。

第一个烦恼是，你心里觉得你其实还不够成熟，但却必须忍受身体发育得比心灵快。第二个烦恼和他人的目光有关。你一直看着死党们的头顶，而且比班上所有男生高出两个头，会使人家觉得你不正常。即使你不愿意，你还是会惹人注目。

于是你弯腰驼背，低下头，缩起脖子，想尽办法让自己缩成一团。这样是没有用的。并非把胸罩穿到肚脐上你就会变矮了，事实上，这样反而会你看起来像被压扁了一样。

若你想驯服自己发育过快的身体，求助于运动和舞蹈吧。你能借此感受四肢的运作，赞叹它们能做出各式各样的动作，并养成优雅的姿态。不过，如果你生长的速度像高速铁路那么快，那可不要太勉强身体做太多运动。你的身体是需要你自己管理的。

若你比其他人发育得早，建议你耐心等待吧。总有一天，她们和他们会追上你的。顺便提一下，在青少年期，各部位生长的速度通常也不太一致。有些人的腿先抽长，之后才长上半身；有些人的手臂先粗壮了之后，胸部才开始发育。这一点也不好玩，但很遗憾，你只能强忍着，慢慢熬过这段尴尬期，没有别的办法。

最后要说的是，为了让自己释怀，你不妨这样想：模特儿长得高可不是为了摘树上的水果，在穿衣打扮时，高个子会有很多的优势。无论是长裙、宽大的毛线衫、印花图案、横纹线条、粗旷的厚靴、及膝裙、热裤，还是百慕大短裤、民俗风宽上衣、各种洋装，几乎所有类型的服饰都很适合你。这么一说你肯定高兴了吧。不过你要注意一点，无论什么衣服，穿在你身上，效果都会变得更醒目。因此，只要你稍微打扮得正式点，马上就会显得太做作。所以你要懂得掌握分寸，才能掌握高大女孩的最佳穿衣效果。

美容用品的保存

保养面霜跟它们的表亲鲜奶油一样，是有保存期限的，必须在过期之前用完。使用美容用品时，一定遵照产品期限使用，过期的美容用品一定不要用，这样你过敏和感染的风险就小多了。

一般来讲，美容用品在未开封前，只要不存放在过度高温的环境中，多半都能保存两年半。一旦开封之后，产品的寿命将因各种因素而有所不同，一般来说：

●管装比瓶装保存得久。

●假如你没有随手盖紧瓶口的习惯，那就得尽快用完才行。

●如果你每次使用前都仔细洗手，产品的寿命会延长一些。

●如果存放的地点温度不太高，一样也能保存得比较久。

除了这些因素之外，以下是各种产品开封后的平均寿命：

保养面霜和乳液：六个月；粉底：六个月；修容笔：一年；蜜粉：两年；腮红和眼影：两年；睫毛膏：六个月到一年；口红：两年。

美容卫生

化妆会让自己变得更美，但若因此造成皮肤的负担，长出满脸痘痘，那就得不偿失了。要维持最干净卫生的彩妆，记住：

●每隔两个星期，清洗一次粉扑和毛刷。清洗的方法是，将它们浸入肥皂水中，轻轻搓揉，用温水仔细冲洗，然后放在面纸或干净的手帕上晾干。千万不要放在暖气出口烤干，以免变硬变形。晾干之后，在干净的手背上刷几下，可以恢复柔软。

●定期清理拔毛夹、剪刀等美容工具，用沾上浓度90%的酒精或消毒水的棉球，擦拭消毒。

某些女孩的眉毛天生浓密，另一些女孩的则比较稀疏。对于眉型，流行时尚也是有严格要求的，有时遵行起来还非常困难呢！比如，某时尚杂志宣布："今年夏天，最流行的眉型是全部剃光；秋季的趋势却正好相反，眉毛应该又浓又粗，像条约克夏犬最好"，这时，你该怎么办？是替眼睛买两顶假发，还是借狗狗的毛发生长促进液来用用？

既简易又不盲从流行时尚的方法是，根据你的自然毛色，配合脸型，找出最适合你的眉型。然后，你可以用拔毛夹修眉，同时记住以下几点：

- 一旦开始拔眉毛，你一辈子都必须定期修整。

- 稍稍修剪没关系，但不要太过火。因为眉毛并不一定会重新长出来哦！有些女孩抱着"我要改头换面"的心态，几乎将眉毛全部拔光，结果额头下方从此就光秃秃的了，只剩下一双失去了眉毛的眼睛在哭泣。你还这么年轻，因此，千万谨慎小心，三思而后行啊！

- 绝对不要拔掉位于"眉线"上方的毛。要找出眉线，你可以拿一支铅笔横压在眉毛上，铅笔上方的毛不要去碰。

- 不一定要拔眉毛，你也可以：1.用眉毛刷（或旧牙刷，但从此只能用来刷眉毛）把眉毛刷顺；2.用专用眉笔（超市就有卖，一支可以用很久）画出眉型。选择最接近你自然毛色的颜色，线条才不会太明显。

就像天气一样，流行风潮时刻变化，不可捉摸。但无论它怎么变，对年轻女孩而言，穿高跟鞋始终是件大事。

每个人都有这样的经历吧。很小的时候，几乎从刚会站开始，我们几乎都偷穿过妈妈、表姐或姨妈的高跟鞋。其实，穿鞋的习惯已经有了许多演变。五十年前，穿上高跟鞋，就表示你是个女人了，未满十五岁，你只能穿贴地平底鞋。而今天，不到十岁的小女孩就可以买高跟鞋。无论什么年纪，无论高跟鞋看起来是古怪还是迷人，俗气还是危险，穿高跟鞋都是一种快乐的体验。有关高跟鞋，你需要注意几点：

1.高跟鞋的好处是，可使你看起来比较高，腿也比较修长。坏处是，穿高跟鞋对背部会造成极为不良的影响。年轻女孩穿高跟鞋，总是给人粗俗不正经的感觉。不过，偶尔穿穿，也是可以的。

2.穿高跟鞋走路是需要经练的。所以，如果你从来没穿一定不要一开始就买一双三寸的高跟鞋。否则，你很可能会一个大笑话，另外赔上脚踝扭你可以先穿一般高度的鞋子，之后再慢慢“加码”。

3.买了新鞋之后，避免第一次就连续穿八个小时，还去参加派对。这也是需要经过训练的。你可以先在家里踩踩高跷适应一下。等你可以不用扶着墙壁，也不会东倒西歪地走到房子的另一端时，再考虑穿它出门吧。

4.穿上高跟鞋走路如何展现优雅？诀窍是，用力的部位在脚板内侧。也就是说，你的大拇趾要比小拇趾先着地。假如用脚板外侧走（很多女人都这么做），那姿势看起来可能会活像只母鸡。

5.最后，给你一个很老土的忠告：“走路要看路。”用在这里就是：“登高要望远。”一定注意下水道井盖，它对篮球鞋不会有任何威胁，但对高跟鞋来说，可是最恐怖的陷阱哦！

除了肚脐外，你的整个腹部十分光滑，没有一点瑕疵。真是太棒了！不过，别只被外表蒙蔽了哦，光滑的肚皮里面，还有很多事在进行中呢。

屋檐上的怪兽雕饰能作证，上午最后一节宁静的课堂上，是哪些人的肚子发出那么大的响声！为什么？因为你的腹部是身体的一个重要部位。那里面正进行着消化活动，维系你的生命呢。同样是这里，有一天，或许会有个宝宝开始他的生命之旅。再说说肚脐吧。肚脐会让你想起，当你还是个胎儿，挂在妈妈肚子里的情形，这个小小的伤疤是脐带留下的美丽纪念。跟身体其他部位一样，肚脐也要常常清洗。另外，肚脐也可以装饰一下，怎么装饰？用专用的粘贴图形或珠宝贴纸比直接穿环好多了，这样可以常做变化，也不怕受到感染。更何况，流行风潮是会改变的。一旦你穿了环，再想换就不那么容易了。

穿衣打扮时，年轻女孩总喜欢露出小腹，她们或者大大咧咧地光出一截，或者是羞涩地半隐半现。这是近年来才兴起的风潮。露出小肚肚也没什么，但是，你总得有个漂亮的肚肚才行吧！你一定很希望自己的小腹像小提琴的反面那么平坦，像鹿的腿一样肌肉结实吧。但是，少女时期，我们的腹部大多像卡通人物一样，圆圆鼓鼓的。为什么？因为支撑腹部内脏的肌肉尚未发育完全。随着身高渐渐拉长，这个部位的肌肉才会越来越强健，小腹自然会平坦下来。

如果你等不及了，现在就想要一个平坦的小腹，怎么办？你可以尽量常常做以下这些运动：1.像迈克尔·杰克逊那样，连续前后摇摆骨盆的部位；2.尽可能地收缩小腹，仿佛你想把自己藏在一本书里；3.抬头挺胸不驼背，想象自己是个被线拉着的小木偶。几星期或几个月之后，你就能慢慢养成习惯，小腹不知不觉就会平坦下来！这时，你可以自豪地说，米妮bye-bye！Hello！小甜甜布兰妮！

你喜欢戴眼镜吗？有些女孩喜欢戴眼镜，认为那酷毙了；有些则觉得戴眼镜好麻烦，她们认为，戴眼镜看起来很严肃，给人装腔作势的感觉——一副高材生或自以为很有学问的模样。其实，眼镜本身不会对你的整体风格构成太大的影响。

的确，有的时候，眼镜会破坏某种风格的和谐感，可能会妨碍某些造型。比如，样式保守的镜框和哥特风就不太搭。但是，现今镜架的款式琳琅满目，随你挑选。你一定可以找到符合你风格的款式。尽量选择大方且总是流行的，这样才不会被局限在某种风格里。或者，干脆挑一副符合你造型的特别款式也行，不然就选一种可以帮你创新风格的类型。

戴上眼镜，你就会显得很斯文、老土、局促吗？未必了。即使戴上眼镜，你还是可以显得很运动风、性感、大方。比如《X档案》的吉莲·安德森，《绝对机密》里的茱丽亚·罗伯茨，还有《网络上身》里的桑德拉·布洛克，这些女星都曾为拍片戴上眼镜，并没有谁因此而变丑啊！

其实，戴眼镜还有一个好处，那就是你可以利用眼镜来让眼神变得更动人。因为，镜框把眼睛部分圈起来，就好像你在课本上圈出重点一样，看上去特别明显。为了加强这种效果，你可以抹上给你好气色的蜜桃腮红，只上眼部彩妆。假如你近视度数很深，眼睛又圆，可以用极细的栗棕色眼线拉长眼部线条。此外，你可以尽情地涂睫毛膏，但不要上眼影哦，那可能会让你的眼皮看起来很重的。

如果你真的不喜欢戴眼镜，那你可以考虑佩戴隐形眼镜。跟父母和眼科医生商量一下，征求他们的意见。只是，你必须知道，一般眼镜已经需要费点心思维护了，隐形眼镜的保养就更费劲了，清洁卫生一定要彻底哦。

女孩，你一定很羡慕模特的身材吧。是的，她们看起来真是赏心悦目，简直太完美了！钦羡之余，你很快就感到焦虑："想拥有她们那样的身材，看来是没希望的了。她们真是太完美了，即使脚趾头上的趾甲也那么光亮整洁。"老实告诉你，你没有任何可能像他们一样。

如果某一天，你到美容健身中心连续几个小时听各种甜言蜜语，然后，在塑身师的建议下挥汗如雨，按照他们的建议穿上最合身的衣服。这时，你会发现自己也非常美，并不比杂志上的偶像差多少，和那些名模也不分伯仲。你会觉得真是奇怪！别奇怪了。听听辛迪·克劳馥的话你就明白了："你们希望长得像辛迪·克劳馥？连我自己都不像她。"这位美人痣小姐说得太好了。为什么会这样？原因有两个。

第一个原因是技术问题。电视上，特别是报纸杂志上的影像，都是经过高超的特效处理。经过特效处理的有：

首先，发型和化妆。摄影棚里，发型设计师可不像手持烫发棒的普通理发师那么简单，化妆师们凭借自己专业的经验，知道如何替一张不完美的脸做假。一本少女杂志封面被拍摄出来，需要各类化妆用品数不胜数，最后，才能使模特儿散发出"自然"气息。

其次，特效处理是灯光，这可能是提升效果的最佳方法。在美化灯下，模特脸上的皱纹、雀斑统统不见了，空洞的眼神变得深邃，鼻子显得又高又挺，这绝对不是电梯的那种灯泡所能达到的效果。那种灯光下，即使茱丽叶·毕诺许看起来也会脸色发青的。

再次，专业摄影师不屈不挠的毅力。报纸杂志上完美无缺的图片，都是摄影师从几百张精美的图片里，挑选出来的。

最后，被挑选出来的照片，还要在电脑上进行后期处理。目前，有很多软件，可以把眼白“漂”得更洁白，把眼仁涂得更湛蓝，去除黑眼圈和细毛；轻轻剪贴复制，就可以把原本就很修长的腿再放肆地增加一倍，破坏美感的几绺头发也能被轻易拨到一边。总之，经过处理，普通漂亮的女孩也能变成零缺点的天仙美女。

模特儿能拥有别人遥不可及的华美亮丽，另一个原因，是心理层面的。杂志上人人称羡的名模，其实是通过摄影师的眼光呈现出来的。摄影师通过照片，把他们对模特的看法传递给我们。摄影师有一种独到的才华，他能在别人不易察觉的地方捕捉美感。一些照片所呈现的东西虽然微不足道，但画面却十分美丽动人。那些时尚杂志上的模特儿看起来充满魅力，是因为那些照片是以爱慕的眼神，或模拟那种情境的观点拍摄出来的。

现在，你终于明白模特们的美丽看起来遥不可及的原因了吧。正因为这些原因，她们的影像把我们深深淹没，她们（看起来）深受爱慕，引人遐思（制造出来的形象）。而我们呢？我们时刻梦想着能像她们一样，希望自己受人爱慕，魅力无穷。于是，我们迷失其中，以为女人只有在摄影师的镜头或导演的安排下，才显得美丽。这不是太荒谬了吗？

既然明白了这个道理，以后再翻阅杂志时，就别再唉声叹气、自怨自怜了吧！对于喜欢你的人而言，你没有那些模特漂亮，也没有关系。

减肥？目前，这可是一种风潮哦，你也是减肥大军的一员吧。如何科学地减肥？还是有一些建议要和你说的。

首先要告诉你，二十岁之前，除非严重过胖，否则就不要用节食来减肥。那怎么办？只要改变饮食结构就行了。减轻体重并不是什么困难的事，困难的是，节食之后的一段时间，别再发胖。

千万不要相信那些号称功效神奇的减肥食谱，每每夏天的脚步才近，它们便充斥在所有少女杂志中。通常，这些食谱都很离谱，不是将目标定得过快，就是很难实行。当然了，其中有些还是挺有意思的（菜肴美味，也不太油腻），一些建议也挺中肯。但大部分的情况是，这些食谱根本就没有效！更糟的是，其中有些可能还会导致溜溜球效应——瘦了又胖，胖了又瘦，结果，长时间下来，你一定会发胖的。

还有一点也是你必须注意的。人的身体有记忆饮食模式的特殊功能，当你跳过一餐不吃，或为了快速瘦下来而突然大规模停止吃东西时，你的大脑就会错误地以为：“时局悲惨，我们好像开始闹饥荒了。”然后，只要你不小心吃多了点，大脑就误以为秋收的时刻到了，命令身体储存正常分量两倍以上的脂肪。这可是一件很恐怖的事情哦，想一想，吃下同等分量的薯条，你的大腿却将会变粗两倍。真恐怖！因此，一旦你决定进行饮食控制，千万不可跳餐不吃哦。

你一定知道市面上那些所谓的减脂或减糖食品吧。告诉你，也不要相信哦。现在的饮食加工业厂商最会花言巧语，让你以为，为了瘦下来，你应该吃“这个加那个，还有那个加这个”。记住，没有任何食物有减肥功效了！而且，更糟的是，所谓的低脂食品，通常都加了更多的糖，而糖少的就会多油。比如，“代糖”巧克力就比正常巧克力油腻得多。

总之，除非你真的不减不行了，否则，正确的减肥观念还是少吃。有效且合理的减肥餐，应该是每餐都要均衡摄取多种食物，盘子里仍应盛装各种好吃的菜肴，只要逐步减少分量就行了。

夏天来了，各种女性杂志争先恐后推出万年不变的特刊——控制饮食。有上百份文章、专辑，讨论的都是减肥，千篇一律。但其实，他们不知道，许多瘦巴巴的女孩希望能吃得丰满些呢。如果你就是这样的女孩，给你一些建议吧。

首先要告诉你的是，增胖餐可不是叫你吃很多蛋糕、糖果和火腿香肠。滥吃脂肪含量高的食品，可能会使你觉得恶心，再也不想碰任何食物了。而且，这些东西吃得再多，效果都只会让你脸色黄得像奶酪，胆固醇指数比一盒奶油还高。

那你该怎么办？首先要做的是，试着了解自己为什么这么瘦，问问自己“我都是怎么摄取营养的？”通常，瘦得皮包骨的女孩总连续几顿饭不吃，或者只用两三块蛋糕来填饱肚子。跟圆嘟嘟的女孩一样，瘦巴巴的女孩也必须先调整作息，定时用餐，均衡摄取糖分、脂肪和蛋白质，经过一段时间，才能恢复好身材。

如果你肚子不饿，怎么办？首先，上餐桌前，你可以先吃一点甜的东西来刺激食欲。比方说，一杯苹果汁或葡萄汁，就是挺不错的主意。

然后，一定要摄取蛋白质，它能打造身体的骨架。为了确定吃下足够的分量，你可以先吃含有蛋白质的食物。不要一开始就吃青菜，先吞下几口肉类或鱼类。每餐饭都必须搭配面包和淀粉类食物（薯条、米饭或面），最后吃一些乳制品，比如，加了水果的优格或白奶酪。

偶尔，你也可以试着吃些热量较高的甜点来结束一餐，比如烤布丁，自己挑选并烹烤的慕斯或蛋糕。制作甜点是刺激食欲的好方法，而且大家都会很高兴。

当然，这么说并不是要你拼命填饱肚子。如果吃不下一顿正餐，何不分成好几次来吃，每天都吃点点心？只要时间固定，而且别太晚，这么做就完全没问题。最后，如果你工作太忙，或活动太多，没时间吃中饭，记得在家里先准备一个三明治、酸奶和水果干出门。像杏仁、核桃、榛果的干果，或杏桃干、葡萄干和黑枣干的蜜饯，都是能量十足的小弹药哦！并且它们可不是空有热量。这些干果再加上糖分，会为你的身体提供丰富的维生素和矿物质，你的身体很快就会丰满起来的！

小提醒

无论你想变胖还是变瘦，都不要一星期称两次以上的体重，以免过度在意公斤数。

女孩，你小的时候肯定看过很多童话吧。童话中，一个非常美丽、优雅且会微笑的女人通常是公主或皇后；而一个非常美丽、优雅但趾高气扬的女人，则多半是坏巫婆。其实，这种现象不只会在童话世界里发生哦。在现实生活中，微笑也是相当重要的。

因此，多学着微笑吧。微笑是唯一一种不可或缺且完全免费的饰品哦。

舒适型或性感型，保守或花俏，丁字裤或平口裤，两截式或紧身马甲……如今，内衣的款式真是花样繁多，你老妈还不一定能全部接受呢！如何找到适合自己的款式呢？听听下面的建议吧。

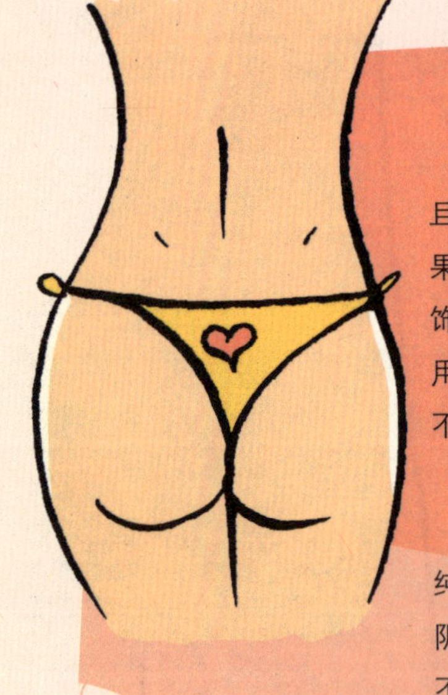

- “上半身”部分

胸罩，尤其是有钢圈的胸罩，应该要能够包住整个乳房，且不会压迫到乳腺的那种。戴胸罩时不应该出现疼痛的感觉；如果痛的话，那副胸罩可能会对你的胸部造成伤害。有些款式有修饰效果，可以将你天生的尺寸变大或变小，这一点你可以善加利用。不过，最优先的考虑还是舒适、卫生和健康，这些比胸衣漂不漂亮更重要！

- “下半身”部分

平口裤、三角裤、高叉裤或丁字裤？无论哪一种款式，都是纯棉的比合成布料好。化学纤维可能会刺激皮肤的，如果你的外阴部特别容易受感染，那就不要穿。常穿紧身裤，大腿内侧会很不舒服的。丁字裤有时候会让臀沟发痒！即使现在已形成一股风潮，许多女性还是觉得这种迷你小裤裤不够舒服。因此，你还是要怎么舒服怎么穿，凡事不能只顾流行吧！

穿环时要注意的事项

穿环时，一定要注意：各种感染（B或C型肝炎、艾滋病）、出血不止、排斥现象（红肿疼痛、重复感染、浮肿）、呼吸道阻塞（戴舌环的关系），以及其他一些过敏症状。

刺青和穿环最近很流行。有人觉得刺青和穿环很性感、很漂亮，令人跃跃欲试。有人则认为那很恐怖、很恶心。如果你有做刺青和穿环的打算，提醒你一定考虑清楚，这可不是随随便便的小事哦，这可是要在自己身上留下印记的！如果日后不想再展现身体艺术了，穿环的洞还可以填补，但刺青就需要动外科手术才能消除了。

在自己身上作画，添加装饰，甚至雕刻的行为，是把肉体当作一种表现的方式。一般来说，这么做是为了表达一些没办法用文字说出来的信息：比如，你想告诉别人，你和他们不一样，但不知道该怎么说，于是你采用另一种方式——刺青或穿环。有些女孩比较保守，偶尔露出一圈金色的小脐环，或肩膀上一只飞舞的蝴蝶。比较叛逆的则大大咧咧地穿个鼻环，在耳朵上穿八个孔，在嘴唇上穿三个洞，更不要说还有那些露不出来的地方了。这表明，她们在高声呐喊：“我有话要说！”

在身体上刻画记号，其实相当于动个外科手术，通常没有麻醉，必须由专业人士操刀。因此，整个过程必须讲究卫生：杀菌、戴手套、消毒皮肤等都是必需的。

穿环之后，你必须定时小心照料伤口，才能愈合（建议使用抗生素软膏消炎）。伤口结痂，往往需要几个星期或几个月，视你穿环的部位而定。

在法国，未成年人若想刺青和穿环，必须有家长的书面同意证明。法定成年人则只需要签保证书：若出现重复感染、失去意识、排斥或过敏症状，穿环和刺青师傅一概不负责任。

让你双唇更诱人

相信吗？只要几个小妙招，就能让你拥有诱人的双唇。

每天早上，做脸部保养时，别忘了也滋润一下嘴唇。随身携带护唇膏，避免嘴唇干裂。现在市面上还可以买到浅色或带香味的产品，各大超市都有售卖。价钱也不算贵，你可以有很多选择的。

如果你的嘴唇已经裂开，可以这么做：

第一步，用很烫的水沾湿化妆棉，然后敷在嘴唇上，嘴唇会立刻恢复弹性；第二步，用湿牙刷轻轻刷嘴唇，可以促进嘴唇的血液循环；第三步，用面纸按掉多余水分，不致导致干涩；最后，涂上一层厚厚的护唇霜或护唇膏，以柔软你的双唇。这么做就OK了！

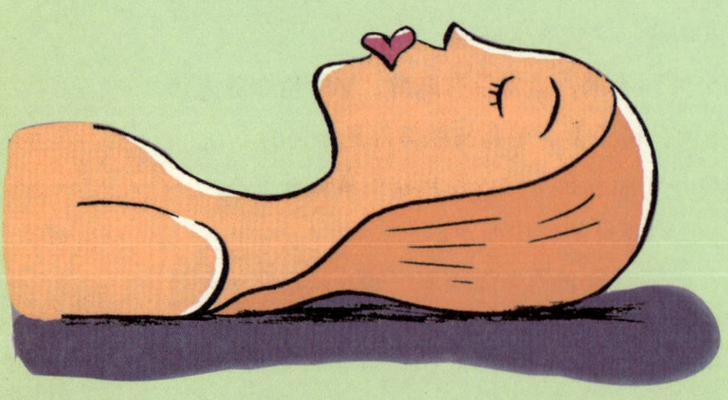

另外有个秘方，约会之前，或脸色有点苍白的时候，可以用上排牙齿咬咬下嘴唇，然后换成下排牙齿咬上嘴唇，各持续几秒。和牙刷的效用一样，这么做会促进血液循环，你的双唇会变得鲜红欲滴，散发自然好气色！这招很有效哦！目前，还有多位彩妆专业人士，将颜色最接近健康天然唇色的口红称为“咬唇色”呢！

化妆包？这想必是你最急着想要的配件之一吧。有了它，你就觉得自己慢慢像个成熟女性。这并不奇怪，每个女人都喜欢化妆包，因为，它就是美丽的承诺。

或许，你期待拎着一个可爱的包包，里面装满漂亮的玻璃瓶、各种小玩意儿，和一切能让我们楚楚动人的东西，已经很久很久了。这种意象早已深深刻印在女性的想法中——化妆包好比女巫那只装了各种魔药的箱子，不过造型更性感、更诱人。有了它，你觉得自己更美，更有生气。它藏在手提包最底部一角，给我们信心与力量。

所以，你很想要一个专属于你的小包包，让你随身携带美丽的秘密，OK。不过，实话实说，在一天里你真的需要用那么多种化妆品吗？别忘了，关于身体的装饰，保守一点没什么不好。特别是在你的年纪，整天顶着一张调色盘般的脸，就太可惜了。

假如你想精心布置一个少女专用的化妆包，一项有用又迷人的配件，让你拿起来不会像个准备去打仗的女流氓，你可以照以下建议事项去做：

●选一个尺寸不大的包包，布料要做得比较好，比塑料制品耐用、美观。而且，还可以放到洗衣机里清洗。

●里面可以放护唇膏、亮彩唇蜜、一包吸油面纸、遮瑕霜、淡色腮红、一把尖头修指甲刀（尖头部分可以剔除脏垢），以及一把指甲修磨刀。

●假如你长“痘痘”，请将遮瑕霜换成“年轻肌肤抗痘专用”的消炎软膏，也可以再加一份能干燥化脓部位的抗痘凝胶。

●定期检查化妆包，以及里面的产品，定期清洁整个化妆包。这不仅仅是为了卫生，也是为了让你的包包看起来永远如新哦。

怎样选择牛仔裤?

你肯定有几条牛仔裤吧。目前，牛仔裤已经是女性的基本服饰之一了，不管是青春少女，还是成熟的女性，都有几条。它是所有衣着的基础配件。它可以是各种风格的，时尚款或传统款，休闲款或性感款，它的样式多种多样。

牛仔裤就像人的第二层皮肤一样，贴身，且能美化轮廓，因为它能掩饰你的赘肉，并填补你缺少的部分，通过它的轮廓，使你的外表变得轮廓分明。最明显的一点是，它会凸显你臀部的轮廓，使之更加美丽动人。

你的牛仔裤只属于你一个人，除了特殊情况，它一般不适合别人。轻易不要听从别人的劝告哦。所以，选择牛仔裤之前，你应该清楚地分析你的身材，然后根据自己的体态，选择最适合自己的牛仔裤。如何选择最适合自己的牛仔裤？这里给你一些建议。

如果你的胯骨较宽而小腹平坦，你需要选一条低腰牛仔裤凸显你的身材。如果你的肚子有点大，你更适合高腰的款式。无论你的身材怎样，都要选择喇叭裤型，以避免产生“橙汁瓶”式的效果。以詹妮弗·洛佩兹为例。

如果你认为你的腿不够长，可以尝试穿一些靴型裤，腿底微喇；这会令你看起来更加修长。如果你喜欢直筒裤，选一条紧身细腿裤，竭力避免大肥腿裤。穿牛仔裤一定要配穿低跟鞋。以贝内洛普·克鲁兹为例，如果你的身材缺乏线条美，那就穿一条类似芭蕾舞女演员穿的细腿裤吧。或者你也可以选一条低腰直筒裤或一条靴型裤。大裤兜能够加强你的臀部曲线。一定避免穿过紧的牛仔裤哦。以琳达·伊万利斯塔为例。

如果你有一个小翘臀，选择至少上部宽大的仔裤款式，裤兜间的距离不宜太宽，这样会过于凸显你的臀部。以丽芙·泰勒为例。

如果你有肚子，千万别穿低腰裤，以免你的肚子像小救生圈一样跳出来，那可相当不雅观。选一条高腰裤，以便你借助腰带将肚子系进去吧。以碧昂斯·诺里斯为例。

你一定经常观察你的腿吧，根据个人的情况，你的腿可能长一些，也可能短一些，可能有点粗，也可能有点细，你可能经常为它不合你意而烦恼不堪吧。一句老话说得好——“要善待老天给我们的一切”，不管怎么样，我们只能接受自己的双腿，没有别的选择。但是“善待”并不意味着听天由命，你还是可以做一些事情的。

美腿需要运动

一个事实是：你只有行动起来，才能让双腿变得美丽。看看那些拥有美腿的女孩，她们的双腿为什么那么美丽？那是因为她们经常做腿部操。腿部操做起来就像玩披肩发一样，展开，踢出，交叉，分开，弹腿跳再放松。你还等什么？赶紧学着做吧，让你的腿尽情地伸展。很快，你就会发现你的腿变美丽了。

美腿保养

为了帮助你拥有一双美丽的双腿，时常保养爱护它们吧。你可以按摩脚踝和腿肚子，使你从脚到大腿的皮肤变得光滑细腻。时常使用身体磨砂膏，使它渗入皮肤，然后仔细冲洗腿部，尽可能用凉水从大腿冲洗到脚部（有利于血液循环）。当你洗完时，记着对腿部进行保湿。另外，从一定年龄开始，别忘记去腿毛，没有什么比破坏线条的满腿腿毛更糟糕的了。

美步同步进行

美腿和美步是不可分割的。为了锻炼你的平衡感和优雅度，你可以一条腿站立，挺直，另一条腿伸展在前面；画二十次小圈，先顺时针方向再逆时针方向，然后换腿。坚持这样做，绝对有效果。

穿衣搭配，凸显美腿

当你穿裙子（短裙或长裙）外出时，试着挑选更能体现腿部魅力的服装。考虑一下穿低跟鞋，以便美化你的脚踝弧度。

有一个器官，和你的生命息息相关，它是什么？它就是鼻子。通常，接近两岁时，你就可以确定小脑袋上鼻子的位置了，它就在脸的正中央。几乎同时，你关于鼻子的烦恼也开始了。

鉴于鼻子的地位，我们不能无视它问题的存在。大鼻子情圣们为此可没少花钱。一位女读者写到：“我的鼻子，不仅仅是一个问题，客观上讲已成为一个负担了。”问题严重了。面对这样的问题，怎么办？

变化的力量

鼻子，大小形状各异，坦白地讲，还有漂亮和丑陋之分。说实话，如果你长一个土豆鼻子，的确是很难感到美丽的。但是，现实生活中，一些迷人的女孩却长了一些丑陋的鼻子，这种情况还是存在的。她们是怎么办到的？方法是，尽量不要盯着脸中间的鼻子看，你整体地看自己，鼻子就只有大小的差别，而没有美不美的问题了。

脸与思想的整合

如果你认定了你的鼻子非常丑陋，那就做个练习吧。当你抱怨你的鼻子时，试着将鼻子与你的脸统一起来。你想象着：这个鼻子是你脸的一部分！这么说来，它也是为你的脸作了贡献的。它对别人的影响远远小于对你的影响。如果我们向朋友们询问他们对自己鼻子的看法，他们会毫无疑问地说："是的，拉利，你的鼻子真的挺大的。"但是他们一般不会说你的鼻子很丑。因为他们爱你，而你的鼻子也是你身体的一部分啊。这样一来，你会不会好过一些呢?

别盯着鼻子不放

如果你盯着你的鼻子不放，你很有可能将注意力聚焦在你的鼻子上，这和应该做的正好相反。正如当我们在沙发下藏了些东西，之后来了一个人，我们就会变得忸怩作态，不停地斜瞄藏着的东西。这时，那个来的人也会立即朝沙发下看去，于是，我们藏着的东西就彻底暴露了。对于你的鼻子，情况类似。

精心打扮你的鼻子

怎么打扮你的鼻子呢? 首先，在精神上，你不要总想着它；其次，在行动上，你要尽可能地装扮它。你可以告诉自己，你的鼻子使你看起来更有个性。精心装扮你的皮肤，为鼻子化个漂亮的妆。这样，你看起来就会漂亮多了。

清洗污斑的小窍门

如果不小心，你的衣服上被溅到了污斑，真是件倒霉事。某些女孩遇到的情况更糟：那些污斑溅到她们最喜欢的衬衫上；或者，在她们去参加人生最重要的约会的路上，衣服被污斑光顾了。衣服上溅到了污斑，不必烦恼，它们是可以清洗掉的。不同类别的污斑，可以用不同的产品来清除。

血迹　告诉你，千万不要用热水清除血迹哦。如果你要从女孩手册中记住一件事情，非他莫属。那怎么清洗？你可以将染有血迹的衣服在凉水中放置几分钟，然后用肥皂认真揉洗，始终使用凉水，然后漂清。多洗几次。如果血迹染上的时间较久，可以将衣服放在肥皂水里浸泡几个小时，然后搓洗。你还可以在一盆凉水中放置一片阿司匹林，将染色的部分浸泡一段时间。然后，搓洗衣服。如果可能的话，可再用洗衣机清洗。这样，基本上就能清除血迹了。

泥印　泥印怎么清洗？首先令斑迹干燥，然后用刷子干刷。如果还有印，用醋水点一下（注意，只能使用白醋，千万不要使用果醋哦）。

果汁　如果衣服沾上了果汁，就必须用洗衣机清洗了。记住，洗之前，用蘸醋的棉签点一下污渍处哦（白醋），这样清洗起来会更容易的。

咖啡、茶或巧克力　清洗这些污斑，千万不要用太热的水！可以用温肥皂水刷洗，然后，当印迹洗掉时，再用更热的水继续清洗。

油渍　清洗油渍也不是很难。你可以先用马赛干肥皂直接搓洗你的衣服，然后用一个刷子在热水里打出肥皂沫，最后漂清。另一种办法是：在衣服上放一些专用除油粉末，让它作用十五分钟，然后再干刷，最后彻底清除。

气质内涵是这样炼成的
二

什么是友谊？这还用问吗？你对它再熟悉不过了。众所周知，友谊是人生的一个重要课题。对青春期的你而言，它更是意义非凡，因为你刚刚开始疏远家庭，为此，你需要寻找其他支撑点。这时，友谊对你就很重要了，当你苦恼时，当你身陷困境时，你都可以紧紧抓住并依靠——这就是友谊。

朋友之间，可以尽情谈心，有时会吵架，然后又会和好。某些相处不错的人，反而不见得是你的朋友。事情就是这样。

真正的朋友之间，偶尔会有些格格不入。如何经营长久的友谊关系呢？这并没有什么高深秘笈，只有几个问题需要你思考一下。首先，你必须了解自己，尊重自己；其次，你应该尊重你的朋友，愿意和他们分享。

1. 了解自己。只有了解自己，才能避免在交朋友时举棋不定。青春期的你，未来会变成什么样子，自己也还不是很清楚。你可能会倾向选择“镜子朋友”，因为他们跟你很相似，与你有相同的想法，让人比较放心。这样挺好的啊。只是，你要注意的是，你就像一颗正在成熟的草莓，变化的速度是很快的，或许很快你就会对这些朋友感到厌倦，想和其他人建立新的友谊。

2. 尊重自己。尊重自己，才能使自己在某些很排外的友情关系中，不至于被踩到脚，甚至伤到心。

3. 尊重他人。尊重他人，你才不会也去踩别人一脚，伤别人的心。记住，朋友关系并非束缚。再怎么特别的（男女）好朋友，如果他强迫你一定要做他的朋友，甚至，更极端的，这位“监狱一般的朋友”让你觉得自己很需要他，没有他就活不下去，那你们就再也不是朋友了。有好几部惊悚片都以这种关系为题材，比如《双面女郎》和《哈利，亲爱吾友》。

4.学会分享。只有学会分享，才能打造友情。交朋友不仅仅要互相往来，也要一起去做些事情，例如共同组织一次派对或野餐，办个（流行服饰）摄影比赛，一起去参加一个社团，一起做推理游戏，分享上课心得，下午一起做甜点，烤出世界上最大或最好吃的蛋糕，展示旧衣服（交换穿、拍卖或抽奖）等，每共同做一件事情就像增添了一小块砖头，慢慢地就能为你们砌出一座坚固的友谊城堡。

因为种种原因，你被别人认定为"高材生"。很不幸。你知道吗？在生活中，"高材生"可是常常被某些人极度夸大去嘲笑的一群人哦。可是，你会说，你喜欢读书、好学上进、爱动脑筋、聪明伶俐，这有什么不对吗？你并没有妨碍别人啊？你错了。

高材生当然会妨碍别人了，因为你的闪亮出现，会让人觉得害怕。这其实和骚包的状况差不多，只不过属于另一种类型。两者都拥有一些别的女孩不具备的东西，这会让别人很不舒服。骚包们想尽办法，是为了赢得男生缘，而且，她们经常很受男生欢迎。而高材生费尽心思，则是为求得好成绩，所以，她们通常都能顺利拿到高分。你知道吗？一提到高材生，大家马上就把智商高、资质好等这些美好的词汇都用在你身上了，怎么不让人又嫉又妒？

如果你是一名高材生，并经常为此骄傲无比、目中无人的话，那你就活该被孤立了。做一名高材生没错，但不应该因此就自以为了不起！如果是这样，你和那些因为长得漂亮或父母有钱，就以为自己高人一等的男孩女孩有什么两样？

你肯定不愿这样，谁也不想被别人孤立啊！若你此刻正面临这样的烦恼，一定不要傻傻地单纯迎合别人，一心只想讨得别人喜欢。你要知道，想这样获得别人的接纳和喜欢是不可能的。你要做的，最好是摆正位置，放低自己，抱着感兴趣的心态去接近身边的人，学会倾听别人的诉说。尽量别把自己感兴趣的东西强加给别人。这样，慢慢的，大家就会接纳你，对你的看法也会逐渐改变了。这时，你会发现，和别人友好相处，并不是多么困难的事情啊！

你一定很喜欢上网吧。是啊，网络的好处太多了，只需要点点鼠标，敲敲键盘，就能知天下事，太方便了！

不过你要记住，网络并非只有好的一面哦。上网时，你一定要小心，网络上有一些“疯子”、搞恶作剧和黑客等危险的人，另外，你还要小心那些你从网上获得的信息。网络上的东西都是真实的吗？你错了。在网络这个虚拟的世界里，真实只是相对的。每个提供信息的人都贡献自己的真实看法，反而使一切变得不确定了。同一个问题的答案，不同的网站往往会有不同的解答。

比如，“年轻人的性生活”这个问题的答案，不同的网站，像法国国会网站上的报告，美国某教派的网页，和你不小心闯入的色情网页，所作的解答各不相同。因此，学会辨别信息是非常重要的。上网时，你很容易迷失其中，不知现在身在哪里。因此，提醒你，在网络世界漫游时，你要随时提高警觉，牢记一些“招数”。

上网时，你可以像查阅一本百科全书那样来浏览网站，利用搜寻引擎找到相关网页，直接进入你感兴趣的网址。这样做，一般不会出岔子——除非，搜寻引擎意外地“引导”你进入色情网页。这时，你可以自己判断一下，如果你觉得这个网页可能“不正经”，那就闪吧。在你进入一个陌生网站的某一页时，你可以先打开首页，这样，你很容易就知道这个网站正不正经了。

有时间的话，你也可以主动进入某些论坛或“聊天室”参与讨论。这是结交网友的好途径，并且还可以和趣味相投的人一起讨论共同喜欢的事物。记住，网聊时，一定小心谨慎，绝对不要用真名，也不要把真名告诉网友，更不能把地址和电话告诉任何人。为安全起见，还是起个假名应付他们吧。

上网时，这些事项是不该做的：

●种族歧视、性别歧视，和各种歧视言论，亦不可对其他网友发出侮辱性言论。

●粗鄙下流的言论。

●直接或间接地打广告。

你注意到你的“后花园”——私密空间了吗？私密空间是你生命的一个组成部分，可能是生理的，也可能是心理的。它只属于你，在这个世界上，只有你才了解它。通常，个人私密空间和个人的身体和私密的性事关系紧密。

在越来越暴露的今天，很多人认为，个人私密空间似乎已经没有存在的必要了。这时，我们还去质疑什么该藏起来，什么该露出来，有意义吗？我们还是看看现实情况吧。在法国，电视上露两点已司空见惯。一些真人秀将个人思想与行为简单化，当成一场盛大的演出。城市街道上，处处可见性暗示泛滥的巨幅海报。广播中，经常有不堪入耳的淫秽节目。书报摊上更处处充斥裸女身躯。总之，个人私密空间似乎已经不太流行了。我们还需要讨论个人私密空间的问题吗？

我的建议是，不管道德方面的问题，只为你的心理健康着想，还是为自己保留一点私密空间吧。就像身体要茁壮、健康，必须有维生素一样，你也需要一个属于自己的“私密花园”。人不能没有私密空间，否则可能会迷失自我，丧失个性。就像那些在战争期间，曾被囚禁在拥挤不堪的集中营里的人一样，他们因为没有任何地方，没有一分一秒，可以静下心来面对自己，所以渐渐地，他们都弄不清楚自己是谁了。你想这样吗？答案当然是“不”了。

你是个生活在二十一世纪的女孩，在这个开放的社会里，基本上，是没有人会干涉你暴露自己的私密的。但是，这样很好吗？我们的忠告是，你一定要制定原则，设下防线，将自己的某些秘密珍藏起来。这样你就会很充实，你就会成为一个“有故事”的魅力女孩！

个人私密行为

美国历史学家高安·雅书丝·布鲁柏（Joan Jacobs Brumberg）对私密空间问题有深入的研究。她收集的一些身体穿环（piercing）女孩的现身说法，内容颇令人惊讶。根据她的调查显示，许多年轻女孩在身上一些奇特的，甚至私密的部位（如阴蒂）穿洞戴球，理由竟然是为了“保有一个秘密”。她们决不将那“私密的体环”给任何人看（恋人除外）。为什么？露腿、裸肩、裸背、裸胸、露肚脐，这些对少女而言都已经很平常了，她们觉得需要再为身体制造一点神秘感。于是，她们想在身上藏一颗金制或银制的小饰品，以象征属于她们的宝藏。

有一个朋友，总是默默地倾听你的心声，从不做任何评价，耐心十足且不事张扬。猜猜它是谁？没错，它就是你的日记本。当你满腹疑惑的时候，当你懵懂迷茫的时候，当你饱受煎熬的时候，你都可以找它倾诉。书写是一种很神奇的疗法哦！

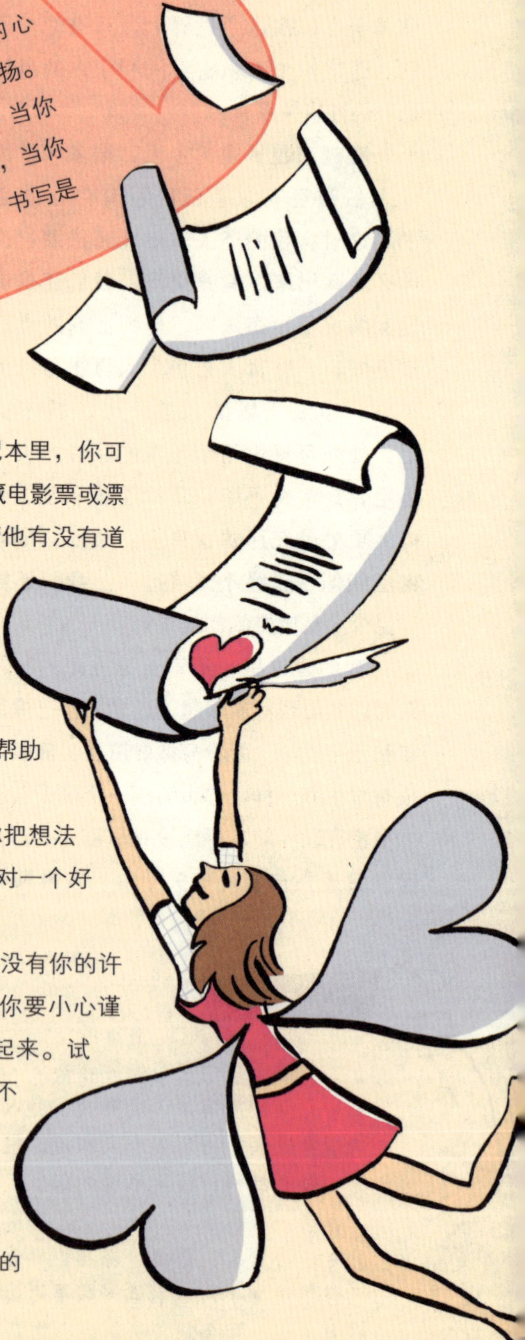

日记本是一个你可以肆意妄为的地方。在日记本里，你可以写字，可以画画，可以剪贴或摘录名言，可以收藏电影票或漂亮的糖纸。你可以尽情诉说、发泄、提出辩解，管他有没有道理！你可以小心珍藏每一篇日记，也可以随便就把哪一页撕掉，一切随你高兴！

当你情绪激动的时候，你写日记，就会强迫自己整理思绪，理清想法，慢慢平静下来。即使你不管什么章法，“想到什么就写什么”，还是能够帮助你把事情看得更清楚一些。

只要你愿意写，日记就会是你的好朋友。当你把想法化成文字，用墨水写到纸上时，就像你把心里的话对一个好朋友诉说了一样，你会感到舒服多了。

日记是你的私密空间，是你的“个人财产”，没有你的许可，任何人都没有权利擅自阅读你的日记。所以，你要小心谨慎地保护好它哦！不要随便乱放，一定把它珍藏起来。试想：如果你把它随便地塞在床边，任纸页摊开，那不是明显在诱惑别人“犯罪”吗？

日记的好处还不止如此呢。它的另一个好处是，如果你想告诉某个亲近的人一些较复杂的事，这时候，你记录这件事情的日记，就可以发挥草稿的作用了。

你一定很喜欢看少女杂志吧？今天，各式各样的少女杂志真是太多了，数都数不过来。在这些专为女孩子设计的书页里，你可以获得大量建议、信息。听取别人的现身说法，对你的成长会很有帮助。

只是有一点，你需要注意哦。

通常，杂志会提供一些典型，你多少会去模仿。比如，你非常崇拜某位名模，读到报道她的相关文章，你会想象自己就是她。但如果你很清楚地知道，她是她，你是你，你只是偷偷做个梦而已，没什么大不了的，那就没什么问题。你或许也想买一件和她一样的亮片T恤；或者暗自许愿，希望有一天也能和她一样，养只咖啡色的贵宾狗。怎么想随你，这是你的权利。

但若你想把自己的一切都拿来跟她比较：外表、钱财、服装、旅行，那你就有点走火入魔了哦！通常，杂志里广告性的报道，会把一些不起眼的小明星吹捧成大明星。你不断拿自己和他们比较，最后可能发现自己一文不值。如果真的是这样，你就惨了，本来是用来模仿的典型，你却把她当成必须达成的指标，差距怎么可能会容易弥补呢？你肯定会陷入痛苦之中的。在外表方面，这种现象尤其明显：许多女孩沉迷于当“名模”的幻梦中，她们对自己的身材越来越不满意，而且她们的年龄层越来越低。

不要继续在这种怪圈里不可自拔了。是的，杂志上的少女总是很漂亮，她们臀部没有赘肉，秀发总是闪亮有活力，皮肤也不会暗沉无光彩。不过，你知道吗？杂志上的照片都经过再三“处理”，更何况，美丽的典型不止一种啊。高的矮的，胖的瘦的，红色直发或混色卷发，杏眼或桃花眼，都会有人喜欢。但在少女杂志里（即使针对成年读者的女性杂志也一样），似乎只看得见一种美女：年轻、纤瘦又时髦的女孩。你有你的美丽，她们并不是唯一的标准。

更严重的情况是，你可能会发现，在其他许多领域，你也被迫去接受一些所谓的正常标准。例如，某杂志的一个标题写道：“如何成为性爱冠军：秘技全挑战”，那就把它们完全抛开吧！那完全是在胡说了。

所以，在你享受阅读少女杂志的乐趣时，一定要当心，在精彩的内容下，可能隐藏着某些不切实际的东西。这时，你一定要睁大眼睛，明辨真伪。

选哪一个职业好？

女孩，你是不是对将来想从事哪方面的工作没谱？没关系。只有少数女孩运气很好，她们很早就了解了自己的兴趣所在，从骑上第一辆儿童车开始，就确定长大要当自行车选手。除了这样的女孩外，大部分不到二十岁的女孩在思考未来的职业时，都有一大堆问号，这是很正常的。

你的人格尚未发育健全，还有的是时间慢慢改变。其实，社会也一样！依据过去的职场演变经验，社会学家预估，十年后会出现某些新行业，这些行业今天并不存在，但那时，这些新行业却可能会占据很大的比例。比如，从事互联网工作的人，在一九八〇年，网络还不普遍的时候，这些人的年纪还小，又怎么会知道自己长大后会从事这种工作呢？因此，如果目前没有任何工作让你感兴趣，不要紧。因为，几年之后你的选择就会更多。

你可能会问：那我现在怎么选择科系呢？先别烦恼你能从事什么职业，你可以先遵循自己目前的喜好和自己对未来的憧憬，去做选择。

抽点时间，问问自己，你最感兴趣的是什么？什么事能让你废寝忘食？你比较喜欢独立工作还是团队协作？如果你身处无人荒岛，哪一种工作是你希望从事的？想象一下，十年之后，你觉得自己会是个都市女子，还是生活在乡村中？是深居简出，还是跑遍全世界？是喜欢运动还是喜欢追求深奥的知识？主张环保还是热衷科技发展？你最喜欢哪些科目？你最拿手的事和优点是什么？缺点呢？拿一张纸，把这些问题的答案一一记下来，再多发掘类似的问题，并试着去做一个主张。这些答案可能会随着时间的改变而改变，但它们或许已经能帮你找到一个领域或某种职业了，即使没有，这也可以使你更好地认识自己了。赶快试试吧。

模仿中找自己的风格

你这个年纪的女孩，正是追寻自我的时期。不断地探索尝试，使你觉得很难准确找到方向，于是，你往往会选择一个比较有效的途径：与其为自己建立一个崭新的形象，不如先模仿他人。有什么不可以吗？当然没有。

要模仿他人，你可以从广大的人群中，找到某些人，你可以把她们的某些部分或整个人当成你的模仿对象。比如，你觉得公司某位女同事的表现很耀眼，你也想用她的语气来说话；或者跟邻居女孩打扮成同一个造型，或者学表姐的化妆，又或者，你觉得梅莉莎是那么的漂亮、温柔、聪明、会打扮，而且充满幽默感！你觉得她超靓，羡慕死了。你好想跟梅莉莎“一模一样”哦！都可以，想怎么模仿随便你。不过你要知道，你模仿的对象绝对不是完美无缺的，每个人都有自己的缺点。

经过长时间仔细研究每一种风格，尝试各种造型后，渐渐地，你就能找到你自己的风格了。你将会发现，原来自己是个独特的女孩，不完美（梅莉莎也是），但却拥有许多优点。别着急，这可能需要花上一段时间。人家不是常说，女孩子要到二十五岁之后才真正开始喜欢自己，当然，有的人比较早就开始了，也有人还要更晚一点！

这时，你就会恍然大悟，你不会再问自己“怎样才能变成我最喜欢的典型？”而是会问“怎样才能让我喜欢自己？”然后，你可以毫不犹豫地说出答案。

梦幻职业？张大眼睛！

演员、名模、歌手，或与时尚有关的艺术家，他们高薪，而且大部分似乎不需要拥有特别专长，你以为，只要抓住一个小小的机会，事情就会成功了。告诉你，事情的经过不可能这么浪漫，也不会这么简单。看起来简单，但其实，你必须十分努力学习才能做到！

此外，问问自己：奥黛莉·朵杜让你羡慕的地方，真的是她的职业吗？还是她的生活？她的美貌？她的财富？她的名气？媒体尽其所能地让我们渴望过和名人一样的生活，但这一切和他们的职业并没有绝对的关系啊！

文字用处何在?

语言文字拥有多种强大的力量，就像是神奇魔药。它们是心灵的燃料，舒缓紧张、治疗心痛的药膏，爱情的灵药或毒药。在大脑脑中建造一座火力强大的文字弹药库，需要的时候，灵活适量地应用各种武器。

动物都有其语言，但只有人类拥有文字。借助文字，人可以表达想法，加以深入说明，解释微妙的差异。文字就像锻炼智力的弹簧跳床，补充精神动力的燃料。

它们也是传递心声的使者。现实中，没有人不曾经历痛苦，没有一种痛苦能不靠语言文字来抚平。

话语来自于他人。如果有人轻柔地抓住你的手臂，但却默不作声，然后插上针筒给你打针，你一定会痛得要命。相反，若这人事先对你解释，为什么你必须打这一针，你应该不会觉得那么痛。这就是语言文字舒缓紧张的力量。

你有属于自己的语言文字。在发生困难时，它们是你的靠山。用文字去描述你的仓皇失措和内心苦痛，借此将自己从问题中抽离，保持一段距离。这段距离是必要的，它能让你站在较远的地方看待问题，于是你较容易看到问题的全貌，也较容易去解决它。你的痛苦留在文字里，它们像药膏一样治疗你心中的创伤。有些话语比抚摸或亲吻更能拉近人的距离。它们给你力量，鼓励你建立自己的人格，让你奋发向前，抵抗并重新站起来。你从他人的话语中得到启发，自己也用话语给他人欢愉。这些言语有如爱情灵药，催生情感。

最后，文字也有利爪，能伤害、毁损人。当你中了文字的剧毒，还等什么呢?和治疗所有苦痛的方法一样，你还是可以借助文字的力量。用话语回应话语，用话语解除伤痛。

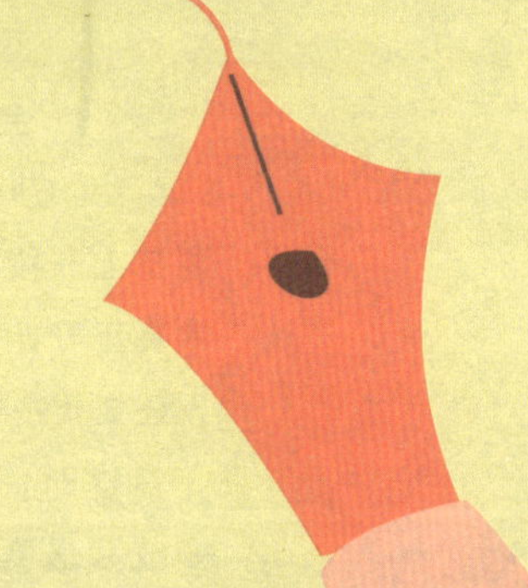

“千字”计划:

一位退休的警官想了一种颇不寻常的方式来对抗暴力。他发现，许多未成年的小混混大都认字不多（四百字左右），所以找不出其他表达方式，只能透过暴力途径来宣泄。于是，这位警官让那些年轻罪犯阅读大仲马的《三剑客》。遇到他们不懂的字，他就记下来，并给予详细解释。结果非常成功：这本书研读完之后，这些青少年学到了许多新字，词汇量增加到七百个字左右。而且，从此以后，他们的行为也不再那么暴力了!

培养自己的组织能力

今天来个大扫除吧！

有的时候，周末的日程不是那么紧张，你可以乘机来个彻底的大扫除。先从书桌开始（或者，假如你很有勇气的话，从房间开始也可以），好好打扫打扫。将铅笔、墨水笔等各式书写用具彻底分类，橡皮擦、尺子、书包都清洁一番。有兴致的话，用杂志页面或可爱的包装纸把笔记本的封面包起来，也是个不错的主意。清理皮夹、拂去收音机上的灰尘、买盆可爱的小花或长满刺的仙人掌来增进房间的气氛。“干净就是美”，彻底打扫干净后，你会重新拥有满满的能量！

你动作太慢？你觉得没有时间放松自己？你的周末通常都拿来用功？如果总是出现上述状况，检讨一下自己的组织能力吧，特别是，如果你的活动很多，又很容易紧张的话，你更需要调整。

假如星期六你想做自己喜欢的事，那么，星期天最好预留一段时间来“用功”。

先把一周内所有的事情详细列出来：星期一到星期五，每一天中，你花多少时间去温习数学、语文、打网球或弹钢琴、打电话、照镜子、吃点心、阅读、看电视……这张时间表完成之后，好好研究一番，找出你能在哪些事情上做点改进，腾出半个小时来“消除压力”；重大项目要先设想规划（如考试、口头报告），然后，可能的话，先从最困难的事情下手。

做出工作清单（以周、日为单位，或根据学科来计划），排出优先级，每完成一项就从清单上画掉。这样整个进度就会很清楚，而且让你很有成就感。

筛选、分类，尽可能活在一个有条不紊的环境里。也许不是百分之百确定，但通常房间的整齐程度，可以反映出房间主人的脑袋是否条理清晰。具体地说，在一个整齐的地方工作会比在杂物间里来得有效率，因为你很清楚东西放置的位置。话虽如此，东西习惯摆在哪里是你个人的自由，只要找得到就不算真的太凌乱。

有一点你必须明白，你不可能在每个领域都出类拔萃。但是，在自己喜爱或重视的项目上发挥长处，这很重要。毕竟，“不是样样拿手”和“样样都不行”还是有差距的。

与那些只在教堂里听歌的前人相比，我们真是幸福多了。我们生活在一个充满歌曲的世界里。每一天，它唤醒你，陪你洗澡，陪你去学校、去上班，安抚你的灵魂，升华你的爱情，在夜晚抚慰孤单的你。听歌的途径真是太多了，广播、电视台、MP3、随身听、某人的演唱等，我们只说了一小部分，你还有大把的选择。

目前，网络上是有一些可以免费下载的歌曲的，当然，也有一些是你必须花钱购买才能下载的。如果你对音质要求比较高的话，你还可以到音像店去购买CD，那样，你就要合理地安排你的消费支出了。

你对唱歌很感兴趣，想要自编自唱？这个不是很容易就能学会的，而必须要经过严格训练。如果你还是手痒痒，想要自己写歌，告诉你一个训练自己的方法吧。你可以从挪用你熟悉的歌曲开始练习，你可能觉得这太简单了，甚至有点傻傻的，但是，这样练下来，一定会有好处的。

你一定很喜欢唱歌吧？是的，谁不喜欢呢？因为唱歌是一件很令人愉快的事情。不用说我们也能意识到，当看到电影里的一个人边唱歌边洗澡时，我们立即明白这个人是快乐的。你还记得吧？当我们小时候感到害怕时，我们也总是通过歌唱给自己勇气。

人们喜欢哼歌，原因是多重的。一首歌曲，即便是悲伤的，也会使得一个人在一展歌喉时，稳定他的呼吸（在神经紧张时非常有效）。如果他哼唱的是一首抒情歌曲，则会使他思绪翩跹（当情绪低落时，会非常有趣）。

想要唱歌，必须得会唱一些歌曲才行。如何学唱歌曲？最简易的办法是，学几首易于掌握的不太长太难的流行歌曲。你可以在喜欢的歌曲中，选择简单的旋律或你熟记在心的音乐。准确记录他们的歌名和歌手名，以便用来查找歌词。你可以在互联网上找到歌词，在搜索引擎中直接输入你要查找的歌曲名或一句歌词，就可以达到目的了。你还可以在互联网上下载那些你感兴趣的歌曲。或者，从你朋友那里借碟片。选哪种途径，随便你。

找到你喜欢的歌曲的歌词后，把它复制下来，没事时就读一读，比如，去超市付款台的路上，等车时，排队买电影票时等。这样，几天或几周之后，你就能够很顺利地唱出来了。这一定会给你带来不小的快感的。注意，练习得越多，你就越能轻松地记住歌词和旋律并唱出来。

如果某些歌曲的音调很高，而你很想唱，但又怕自己唱不上去，怎么办？别担心，只需开头时找准调，把起调降低一些，你就能顺利地唱下来了，完全不需要为此去练习高音。

最后要说的是，如果你喜欢唱歌，一开始时，最好唱一些简单的歌曲，然后再慢慢加大难度吧。这样，会使事情进展比较顺利。

阅读是一种美妙的经验。无论你喜欢什么，置身于文字之中，你会感觉特别幸福，有时甚至会彻底忘记自己。你会觉得，你仿佛离开了自己的床，过着另一个人的生活，有时是同时过着好几个人的生活，你四处游历而无须眨一下眼睛，由此，你忘记了饥饿、口渴或一个还扎在脑袋上的簪子。总之，文字把你带离了你自己。

读书有很多奇妙的功效，你可以从中学到很多关于自身的东西。读书，经常会使你发现你个性中的一些不被了解的地方，有时，还会唤醒埋藏在你心底的一些被忘却的情感。

世上最好的伴侣

从某种意义上说，没有比书更好的伙伴了。有时，你看过的某本书，会陪伴你一生，即便你已经忘记了，那些情节还是会深深铭刻在你的心里。

品味和挑选书籍

为了选择你喜欢的书，你需要明晓自己的品味（你愿意做的事情和你是什么样的）并试着找到相关的书籍。为此，你可以去询问图书馆管理员。你也可以读一些你喜欢的、被拍成电影的小说。当一个作家的一本书吸引了你，你可以读一下他的其他作品。在书店和图书馆时，看那些主题吸引你的封面，插页，再看书背面的内容简介，这样会吸引你继续读下去。

值得一读的书

告诉你，千万别懒于读书。记住，世界上总有一些书是值得一读的。阅读本身所带来的乐趣比你试图进入角色的乐趣更大，不要一遇到困难就打退堂鼓。

做一名好的读者

一些人认为，读书能使人博闻强识，读得越多，我们就越有“文化”。这种观点是不正确的。因为，这个世界上，有好的作者，也有好的读者。你知识量的多少和你读书的多少关系不大，而是基于你如何读书，如何从中汲取知识。良好的读书方法比泛泛地多翻书要有效得多。

上品佳人的爱情私房秘诀

三

正如这个词本身预示的那样，一见钟情的表现是：在某刻，它不宣而至，击昏了你的大脑；你丧失了所有理智，强烈的热情蔓延开来，彻底融化了你的心，你的双膝颤抖着，无法自制。英国人把一见钟情形象地称为“第一眼的爱情”。如果你想更多地了解这种感情的表现，你可以去书中阅读，这类描写真是太多了。

熟悉却无法定义

一见钟情该怎么定义呢？真的很难，甚至无法定义。如果你没有经历过，你肯定无力解释它，即使你经历过，也不一定能解释它！不过经历过的人，就会知道它是什么，但却没法说出来。

一见钟情与过电

注意，不要将一见钟情等同于过电哦。一见钟情可能是我们从未经历过的情感风暴，它是深刻的，震撼人心且持久的；而过电，正如词义所表现的，是瞬间和表面化的，你很快就会把它忘记。

一见钟情不是必需

通常，一见钟情预示着一段崇高的爱情。但是，如果你没有，也别失望，爱情的形式并不是单一的。还有很多缠绵悱恻、轰轰烈烈的爱情故事，并不是从这震撼人心的“一眼”开始的。爱情里没有规则，这是爱情与众不同的地方。

说了这么多，你对一见钟情大概有个了解了吧。

比起枯燥的数学问题，感情问题要诱人得多了，不过，多数时候，它也一样叫人难以理解。

像“如何知道（看得出来）那个男生是不是爱上了你？”这样的问题，更是一道充满未知数的方程式。你的死党发誓，那个男生时不时地偷偷注视你，你满心期待却又不敢怀抱希望，你害怕遭受挫折，你的心扑通扑通地跳着，晕头转向，完全解不出答案。为什么会这样？这很容易理解，解答的难度之所以复杂，是因为要看你如何诠释一些事情。人在诠释事情的时候，往往会出错。譬如，上化学课时，他不断转身看你这边。“太棒了！”你对自己说，“我今天看起来一定特别性感”，但真相却可能是这样的：化学元素符号表就贴在你的马尾辫上方，而做习题的时候，那张表挺有用的。

再举个例子。某个男孩连续两天打电话给你，理由是他忘记抄下化学课的习题，这是不是对你有意思的表现？真的很难说清。但是，如果你这样问问自己：“假如他对我没有一点意思的话，会连续两天为了化学习题打电话给我吗？”当然不可能了，一个班有三十二个同学，他有十四个好朋友，其中五个人功课很好。如果他不是对你来电了，应该会打电话给那五个好学生中的一个吧！所以，大致可以确定，这个男孩想约你出去了！

男女间的友谊

身为女孩，有可能以朋友的身份去喜爱一个男孩吗？有些人认为可以，有些人则觉得不可能。为了解开这个复杂的感情线团，我们先来浏览一下“男女友谊”的各种面貌，有些情况你可能从没注意过哦。

1 青梅竹马。你们从小就亲密无间，经常一起玩牌，扮演蒙面人、西部牛仔和印第安女孩。但是，你们渐渐长大了，相处的气氛和以前完全不同了。为什么会这样呢？因为，步入青春期之后，大家通常很容易被异性吸引，这会给你们的关系造成困扰。不过，你们还是朋友，虽然关系暧昧，心里却有一点甜滋滋的。你们见面越来越少。你们互相倾慕，或许出自于恋爱，或者出自于——友情！

2 “不对称”关系。你对他的喜欢是友情，他对你的喜欢是爱情，或反过来，他把你当朋友，你却爱上了他。这种状况有可能持续一段时间，直到那个把对方“只”当作朋友的人爱上别人为止。在这样的三角关系里，“别人”马上就会察觉到，这人最要好的朋友其实早已经爱上他（她）了。这样，事情有可能变得不好收拾。

3 朋友变成恋人。友谊可能短暂，友谊也可能发酵成爱慕之情，然后，在某一天，蜕变为纯粹的爱情。

4 眼光高的人。眼光高的女孩，总是跟一个或一群男生在一起，她可不是个男人婆哦（恰恰相反）。对于深深吸引她的男孩们，她就用这种方式接近他们。她也可能会和其中某一个交往（眼光高的那个）。但是，她不会要“快餐爱情”，那种像“葛温达和贾思帕约会了三天，之后贾思帕跟她分手，改邀萝特出游，而反正葛温达也早就和艾略特在一起了”一样的故事，她绝对不会要它发生。她宁愿不跟他“约会”，只和他当长久的“朋友”。这是她的处事风格。

5 真正的好朋友。这种关系很少见，不过这样也挺好的啊！

从心灵到身体，从思绪到用词遣字，从平时的姿态动作到夜晚历历在目的梦境，你的整个人都悸动着。我爱，故我在。

聪明才智、美貌、钱财、事业成功，这些跟爱情相比，就像奇异果上的茸毛，一触即逝。一旦爱上了，其余的都不重要。

有了爱情，汽车嘈杂的引擎声听起来像诗歌朗诵，油腻腻的汉堡像高级大餐一样美味，结满蜘蛛网的阁楼也变成了王子的宫殿。一旦爱上了，情人眼里出西施。

一起旅行的火车票贴在最心爱的书本里，皮夹钱包里藏着一小撮头发，枕头下压着一封情书，数不完的照片就摆在目光可及之处。一旦爱上了，朝思暮想也不厌倦。

拄着拐杖单脚走到城市另一端，只为一个吻；不惧黑夜，不畏雨寒，一心只想尽快相聚；别人的目光、蚊子和敌意算什么！一旦爱上，天不怕、地不怕。

颤抖着等候一个该来而没来的电话，一次失约让你哭成泪人，害怕自己“不够好”，讨厌闹钟响起提醒分手的时间到了。一旦爱上，就希望永不歇止。

莫名其妙就发笑，在森林里大喊，茶不思饭不想，一整天编织一个雏菊花环。爱上了，就这么疯狂。

双眸闪闪发亮，身体紧绷，发梢跳动，嘴唇练习献上温柔的吻。恋爱了，人会变得更漂亮。

一句“我爱你”可抵一段充实的人生，即使黑夜降临，心中依然阳光灿烂，烦恼可以玷污心情，但不会留下痕迹，一整天挂着笑脸。恋爱了，你好快乐。

搞定远距离恋爱

或许，你正在进行一场远距离恋爱。你和你的恋人可能是在度假时认识的，也可能是其他方式。你们之间有着甜蜜的爱意，然而不幸的是，你们之间却存在着千百公里的距离。他住在波尔多，而你住在里尔，或相反。总之，你们一个天南，一个地北。不过，或许能给你一点安慰的是，你不是唯一遭遇这种状况的人哦！

两个相爱的人一定要厮守在一起吗？不见得。早在两个世纪前，作家缪塞已经探讨过这个问题，并向世界宣布："当两人相爱，时间和距离都不算什么。"缪塞说的当然是对的，当两人真心相爱，陷入热恋，交缠在一起的心便不再是短暂的分离可以拆开的。所谓"小别胜新婚"，短时间的分离甚至更能激发你们的恋情。你们发现，深爱的人不在身边是多么痛苦的事。你们无时无刻不想念着对方，期盼着早日相聚。这份心情多么甜蜜啊！

这样说，远距离恋爱是值得推崇的了？绝非如此。正如缪塞另一句话说得那样——"爱情不再成长的那一刻起，便开始萎缩。"恋情好比一株绿植，如果它缺乏细心照料，不被施以养分使之茁壮，它就会枯萎。

所以，只是远距离分分秒秒想念对方是不够的。爱情要顺利进展，你和恋人必须能够共度一段时光，你们必须能互相分享彼此的各种感情和情绪，分享彼此的各种芝麻蒜皮的小事。因此，你不可能一辈子谈远距离恋爱。

当然了，此刻正在谈远距离恋爱的你，也不必为此马上扑到床上痛哭，或者埋首面纸中啜泣。如果你们觉得彼此在对方的心目中都非常重要的话，不管你们相距多远，你们一定能找到办法来维系和滋养你们的恋情。

维系和滋养恋情的方法真是太多了！你们可以打电话互相倾诉每天的日子是怎样度过的，也可以发短信说你正想念着他，你还可以透过E-mail或情书，任由文字引领你向他抒发内心深处的情感。如果条件允许，你们还可以一起上网聊天。这比E-mail更快更实时，感觉对方就像在你身边一样。而且，如果你爸妈同意，下次度假的时候或许你们就能再见面。你怎么还不赶快去找几个打工机会，存点钱备用呢？

说了这么多，还是要提醒你，勇敢地问问自己："为什么我会爱上这个男孩？他住得离我那么远呢！"原因是什么？是因为，他离得远，就不会干涉你的生活，可以使你可以尽情地在梦里思念他、谈论他吗？还是因为你只是喜欢那个只存在于你思绪里的情人？如果真的是这样，你今后的生活怎么办呢？

没有接过吻的女孩会紧张地问:“怎么做?”已经吻过的女孩，则会慌乱地猜疑:“我做得好吗?”这个问题太难回答了。因为，接吻就和做巧克力蛋糕，听喜欢的歌，做爱做的事一样，每个人都有自己的风格。对某男生来说，芭芭丽娜接吻时宛如一位仙女般神妙，而另一个男生，却觉得她的“kiss”像又老又硬的橡皮糖。

显然，这样说你还是摸不着头脑。那我们就试着有针对性地去解答一下“法式接吻”吧。法式接吻是这样的:一开始，它可能跟一个“正常的”小亲吻一样（就像你亲宠物黄金鼠，或亲弟弟那样），不过，是亲在嘴上。接着，恋人们微微张开嘴，让双方舌头相遇。亲吻差不多等于是舌头之间的轻抚:舌尖相触、互相探索、抚摸。记住，亲吻前一定要做好防范。如果直到嘟起双唇迎向恋人亲吻的那一刻，你才想起自己三个小时前吃过蒜味羊腿，之后都没有刷牙，那你就糗大了。法式接吻只限于干净的嘴，不然还是算了吧。

双方舌头都“尝过滋味”后，接下来就依个人品位而定了。有些男孩喜欢女友的舌头迟钝一点，几近疲软的地步，由他在女生的嘴里卷来卷去，有些则喜欢女友的舌头更主动、好奇！刚开始亲吻时，你可以试着保持中庸，然后轻缓地移动你的舌头。

必须提醒你的是，你不一定非要喜欢接吻。接吻可能引发强烈的性冲动，也可能让人觉得厌恶，即使吻你的是你深爱的男孩！有时候，突如其来的亲吻会吓你一跳，口气和味道会使你感到有点不安。遇到这种情况时，那就等一会。一会儿之后，等你不怎么紧张，不那么惊讶了，这时，你应该会觉得接吻还是一件很愉快的事。

解释了这么多，或许你还觉得不是很明白。其实，要完全解释接吻是怎么一回事，真的很难。因为接吻又不像机器运作，“只要使用正确方式就能确保万无一失”。因此，建议你，不要在技巧上费太多心思啦！倒不如这么想:爱情是一段奇缘，彼此要毫无保留地探索对方。这么一来，亲吻应该（差不多）就能顺其自然地进行了。

你是同性恋吗?

生活中，同性恋可是一个敏感话题哦。你虽然听说过，却可能并不清楚到底是怎么回事。让我来解释一下吧。具体来说，同性恋指从与自己相同性别的人身上感受到性吸引力。有的人一辈子都是同性恋，也有人可能只在一段时间里有同性恋倾向。例如，某些人在青少年期有可能出现一两次同性恋经验，然后，就再也没发生过了。

“假如我喜欢的不是男生，而是女生怎么办？”你或许已经在心里问过自己，就和你大部分的死党一样。你会有这样的疑问，再平凡再正常不过了！因为，在这个人生阶段，你正在追寻自我，探讨自己是个怎么样的人，想知道自己喜欢谁，喜欢什么。在此过程中，你必须反复摸索，没有一件事有明确的答案。你正在“成型”，彷佛苹果树叶上的蝶蛹一样，破茧而出的蝴蝶会有一身条纹，还是彩色斑点？完全未知。

你的成人生活也才刚刚起步呢！月经、体毛、初吻、男朋友，这些玩意儿可不是童年时期就有的！所以，你会感到疑惑：“为什么我会变成这样，而不是变成那样？”其实，不止你有这些困惑，男生也和女生一样，对自己的（同性）性向充满好奇，而且有许多担忧。

你该知道的一个事实是：男人和女人的区别并不是绝对的。不管是男是女，也不管是成年还是未成年，每个人身上都有阴阳两面，每个人都由男、女两种性别特征组合而成。所有女孩都有一点男性特质：她可能喜欢冒险，可能声音较低沉。所有男孩也都有阴柔的一面：他或许极度

当你确定

某些女孩非常确定，自己喜欢女孩。今天，社会对同性恋的接受度越来越高了，但作为个人来讲，和别人有所不同，仍然不是件好受的事。要接受自己是同性恋者，必定需要一段时间，心路历程也会很复杂。更不要说，接下来还要让别人接受你——先从家庭成员开始。非关道德观与价值观，这又是一条坎坷的道路。假如你正面临这样的状况，不要迟疑，找些比较年长的人谈谈：无论他们的遭遇是否和你相同，至少可帮助你找到自己的特质，这些特质，在你未来的人生道路上是非常有用处的哦。

敏感，或许动作纤细优美。每个人自己的故事、成长和教养的背景不同，这些异性特质显现的程度也有所不同。

所以，你身上也会有很多特质了。所有特质加在一起之后，才呈现出你这么一个人来——独特的女孩，天下无双，超有女人味，或相反，是个投错胎的男孩。但无论你的个性如何，你都是个女孩，你都可能喜欢男生，只是个性不同，喜欢的男生类型不同罢了。

你目前对和男生一起出游并没有兴趣，是不是说明你有问题？并非如此。这并不表示你就是蕾丝边（女同性恋者）：真正的蕾丝边大部分都对异性感到厌恶。那或许只是因为你比同龄男孩成熟而已。真实的情况是，你还在期待一场轰轰烈烈的恋爱，等待着你的白马王子。又或者，更单纯的，你渴望受人注意，被温柔对待，听到甜言蜜语，这些十足女性化的殷勤态度，恰恰是那些“小男孩”所欠缺的。因为，他们多半还未体验到自己女性的那一面呢。

想象一下：你有一个朋友，她跟一个男孩已经交往一段时间了。一天，经过操场旁的走廊时，她瞥见自己的忧郁王子正抱着另一个女孩亲吻。他出轨了，而你的朋友则深受伤害。这真是太过分了：这个男孩和别的女孩交往，“就像之前的恋情没有发生过一样”，而且，“就好像他的女朋友根本不存在”，他不但否认了和你朋友之间的爱情，而且否定了你的朋友。这简直不可原谅。

这件事情中有两点是比较重要的：一是那个男孩爱上了别的女孩；二是他没把这件事说出来。这就是所谓的不忠或出轨吧。

事情往往就是这么奇怪。一个人虽然已经有固定的男（女）朋友了，却还是会爱上别人，这种事可能发生在每个人的身上。怎么会这样？你觉得很可怕。但没办法，这就是现实。其实，人的爱情本来就是不稳固的，既轰轰烈烈，又风雨飘摇。这样爱情才极具魅力啊。假如恋情总是稳固异常，总是“一辈子厮守到老”，那就太单调了，想必还很讨人厌呢。若你还是不相信，你尽管打赌说：恋爱一定会天长地久、海枯石烂。你的想法很好，但毕竟只是一厢情愿而已。

这样看来，和你朋友交往的男孩突然

对另外的女孩一见钟情，是很可怕，很伤人。但这就是人生，你必须面对这一点，虽然有时很残酷。

这么说，难道那个男生就没有什么错了吗？不，他当然有错。他的错就是，没有坦白告知前女友，这是懦夫的行为，罪该万死。坦白是尊重别人的表现。假如这个没良心的“小情夫”事前告诉你朋友说，他现在喜欢上另一个女孩，你朋友也会受到严重打击，会陷入痛苦，不过，至少他还尊重她，他的眼里还有她。但现在的状况是，她完全没有获得尊重，“彷佛她根本不存在”。这太不可原谅了。

倘若你的朋友中真的有人遇到这种状况，那就告诉她：“这个家伙根本配不上你，不过，也不能轻易饶过他。”你必须让她鼓起勇气，对那个家伙说：“我很难过，感到加倍痛苦：因为你爱别人，而且因为你瞒着我。你至少不应该让我被蒙在鼓里。”

或许，你也可以向你的朋友提议，来一场“语言空手道”，陪她一起，用各种狠毒的话，尽情咒骂那个没心没肝的臭男人。女孩们一起这么做，不会造成什么伤害，心情也会舒坦起来！

“我爱你”这样说

千真万确，你深爱着他。他的声音让你的心怦怦跳，他的身影让你心花怒放。你心里的欲望燃烧着，好想好想对他说出口。很好很好，不过别太猴急。

如果对你的爱意，他之前完全没有感觉，你贸然对他表白，他可能会大吃一惊，甚至被你热情如火的告白吓到。你要知道，无论爱神射出的箭有多么浪漫，恋爱关系总是要通过彼此的认识才能展开。因此，“我爱你”这句话并不是造成来电的好方法。与其尽早地去表白，还不如多给彼此一些时间，多去互相了解。恋爱最终需要建立在共同的情感体验、回忆及品味上。

你想多和他接触，但不知该怎么办？我来告诉你吧。可以向他和其他人提议办个派对、郊游野餐，或其他活动，制造和他一起心跳的机会。

如果这个让你悸动不已的男孩和你很熟，而且你也嗅出两人之间有那么一点感觉，那么，还等什么，为什么不更坦率一些？或许，赶紧找个机会说出那句“我爱你”吧。用写的吧！给他一点时间去整理情绪。不必真的讲出这三个牵动命运的字，甚至不需要言语，透过动作、微笑和眼神，也可以把心意传达给那个让你茶不思饭不想的男孩。

如果你已经开始和他交往，你们已经一起度过许多美妙的时光，而且总是那么扣人心弦，那你还等什么？快快奔向他的怀抱，大声高喊“我爱你”吧！

女孩，你对情书一定不陌生吧。有些情书，可比最伟大的文学作品，跨越时代地流传至今。比如拿破仑写给约瑟芬的、汉斯克夫人写给巴尔扎克的、雨果写给青梅竹马的意中人阿黛勒的……还有许多默默无闻的人的情书。这些情书长存人世，甜言蜜语铺成的陷阱凝成了化石，永垂不朽。

到底要不要写情书呢？当然要写呀！为什么不呢？不过，写给谁，得好好挑选一下。

为什么要挑选对象呢？情书是极为私密的，其内容往往披露了你的部分人格与深层感情。因此，收你的情书的人，必须能看到你的心才行。如果不幸，你写信的对象没有意愿读你的信。那他可能对你表现出嫌恶，甚至轻蔑，那你就会受到很大的打击。当然，他可能并非出于恶意，他可能只是想试试各种方法，以便与这种强迫上身的爱意保持距离而已。但是，这还是可能伤害到你哦。因此，写情书一定要看对象。具体来说，就是：给正和你交往的男孩，OK；给一个你不自觉爱上了的男性朋友，嗯，或许还好；给一个你很想交往的陌生男孩，NO！

情书该怎么写？写信时你最好运用自己习惯的字眼，这样能将你的情感最直接地表达出来，什么形式无所谓，你描述你脑海中的一个美丽的画面，或者是一首诗，都行。你也可以借用他人，抄几首诗，或著名的情书。这些抄写的东西可不要刻意隐瞒哦。如果你的恋人事后发现：你写给他的美妙文句竟然出现在课本里，他可能会非常失望的。

最后再啰唆几句。若有一天，你收到一封情书，但情感并没有共鸣。请不要因此而轻视它。虽然你很想炫耀自己有人追，但千万不要立即将情书拿给别人看。是的，大家看过后，都会嘲笑那个写信给你的人。但这对你又有什么好处呢？你还伤害了别人的心。

虚无缥缈的白马王子

爱做梦的女孩，谁不希望自己的男朋友是童话中的白马王子呢？但白马王子真的存在吗？答案是，NO。

幸亏如此！因为，灰姑娘的恋人、白雪公主的男朋友、睡美人的未婚夫一定很好吗？不见得吧，他们很可能都烦人得不得了呢！注意到了吗？我们连这三个人叫什么名字都不知道呢。三位公主倒都有个响亮的称呼，身份也很明确（无论是发色、家庭背景、性格、衣着，都描述得很详细），而白马王子却只被冠上一个空洞的名称，像融化了的巧克力一般滑顺好听：他是某国王的儿子，英俊迷人。豪门背景哦！没错，你妈听了会很高兴。但是，可以确定的是，他不会给你带来爱情的幸福。

白马王子到底是什么样的人？光看外表的话，他们个个和布鲁斯·威利斯一样强壮，和本·斯蒂勒一样风趣幽默，比爱因斯坦还聪明，和善得像条听话的狗。很显然，白马王子简直就是个无敌假面超人。在现实生活中，女性常会对这样的超人付出很多情感，然后深受其苦。而一个外表平庸的男人，却有可能让娇贵的公主过着非常幸福美满的生活。

所以，不用明言，你也知道，白马王子并不是理想伴侣的唯一了。想通这一点，你就能看明白这件事：其实，童话故事、小说和电影中的白马王子根本就不存在。只是因为我们女孩子太爱做梦，总是期待一个完美的Mr.Right，希望自己能尽情为他付出所有的爱，而他也会给我们相应的回报。

好了，关于白马王子的不可靠，我们已经说了很多了。如果，你还是很想要一个白马王子的话，那就为自己感到高兴吧，这表示你想去爱。但如果身边的男孩没有一个能达到你的标准，那也没有办法，千万别伤心啊。

你胸中情绪起伏震荡，心中小鹿乱撞，一声轻轻的叹息就让你激动不已，然而，你的他尚未来临。他是谁？肯定不是那个童话里的白马傻王子啦！而是你自己的那一位，那个能让你放心去爱的男人。请耐心等一等，将梦想压好放在枕头下收藏，将爱情收纳胸中保鲜。他或许就在不远的地方等你呢！

你最近有了件烦心事，你发现，你不再爱你现在的男朋友了。你不断在心里犯愁：唉！唉！唉！怎么会这样？告诉你，烦心也没用，事实就是如此。你为什么不喜欢他了呢？难道他不再是你所认识的他了吗？并非如此，同样的事别人也遇到过。你觉得，无论你怎么努力，和他在一起还是觉得无聊？那么你大概也拿不出什么办法了。这时候，你要做的是，与其强颜欢笑，不如分手算了。如果你不能沉浸在幸福之中，至少也不要被淹没在谎言里。

你提出分手这件事，一定让那男孩很伤心。因此，就别再落井下石去羞辱他了。虽然你不再爱他，但还是应该尊重他。还是找一个合适的方式对他说吧。说分手时，试着打开天窗说亮话，不过措辞要婉转，态度要温和，尽量找些不致让他太伤心的字眼，想象今天如果你和他立场互换，哪些话你听起来不会那么痛苦。

那个时刻，你肯定觉得尴尬棘手极了，但你必须硬着头皮去克服。假如你临阵提不起勇气，那就对自己这样说：等心情平复之后，日子就会比以前好过多了。这样，估计说起来就比较容易了。

很不幸，你失恋了。这可是个悲惨的经验，简直可说是人生最痛苦的事情之一了。通常，要你从失恋的情绪中恢复，短时间内肯定不可能，也没有什么“秘诀”，能让心中起伏不定的情绪波涛消失。那面对这种情况，就一点办法也没有吗？当然不是，还是有两三点事项可供参考的。

还是先大哭一场吧。哭过后，你首先要做的，是向你的家人和朋友打开心扉。这样做可能很难，但你必须强迫自己这样做。如果你坚持紧闭心扉，独自对着已远走高飞的心上人黯然伤魂，那么失恋的伤痕永远也不可能痊愈。

经过一段时间，流过数不尽的泪水之后，你可以试着这样想：失恋，总比因爱情走到尽头，彼此不再相爱了要好吧！当然，失恋和爱情自己走到尽头是有关联的，但就心理和情感而言，两者还是有区别的。失恋意味着：你的男孩或许已经离开了，但你们的故事并没有消失啊。它还深深地刻印在你的心里。无论它个悲剧还是个奇迹，你俩的这段恋情仍是你生命中重要的时刻，没有它，你就不是今天的你。这是你的资产，任何人都无法夺去。

这样做了之后，可能会稍稍减轻你的痛苦吧。

你是个罗曼蒂克的女孩吗？罗曼蒂克的女孩很敏感，总是全心付出，热情洋溢。她们最明显的特点是，爱做梦。如果你就是这样一个女孩，不要改变自己。为什么呢？因为那是享受浪漫的机会啊。

有些人会气恼、甚至嘲笑罗曼蒂克的女孩。因为，你和大家一样爱做梦，但和别人不一样的是，你却堂而皇之地去相信自己的梦。你不只幻想白马王子，还深信总有一天王子会到来——至于是英俊少年还是青蛙，那就得视状况而定了。而那些人从来不敢相信自己的胡思乱想可能成真，他们总是试图把自己得不到的东西说成是荒谬可笑。他们能不嫉妒你吗？

不要管那么多了！假如你很罗曼蒂克，为自己感到骄傲吧。相信梦想是需要勇气的。虽然你的梦境不一定能实现，但是，有梦想总是比没有好吧，如果连你自己都没有信心，它怎么会有实现的可能呢？

二人世界需要恒久耕耘

女孩，你一直梦想着二人世界吧。在未来的某一天，这种生活也许就会忽然开始，它有各种形式，包括同居、无婚姻约定的伴侣生活，共同生活公约、订婚、结婚等。虽然形式各异，但是它们有一个共同点：就是有着你们俩的美妙的爱情。

当然了，对一个像你这样的年轻女孩而言，伴侣生活必然与“爱情”和“自由”息息相关。离开父母的羽翼，与恋人共同建立新的家，代表着你要独立生活了。这很令人憧憬，有这种想法也很正常。然而，二人世界就像一条漫长的道路，绝不会一帆风顺的。为了帮你一路走好，给你几条参考意见吧。

跟选科系选工作一样，选生活伴侣是一件人生大事。不同的是，它还有自己的两个特点：一、科系或工作可以经常换，可是一旦选定伴侣后，通常总希望关系能够永久；二、选择恋人是学不来的！从小到大，你都没听过“恋爱学教师”这个人吧！这是因为爱情比职业训练感性得多。

要建立二人世界，首先要做的，是必须清楚认识自己和对方。这可不是废话啊，实际生活中，这一点也不简单哦——尤其是在你这个年纪。所以，在面对该做的选择和决定时，一定问清楚自己：你到底要什么？并请另一半也这么做。然后，你们可以一起商量协调。你要知道的是，二人世界的平衡和恋人之间的平衡是不一样的，和别人一起共同生活并不表示你就该失去个性。这就是所谓的两性平衡主义。要使两性之间完全平衡，真的很麻烦！

怎么才能顺利做到这一点呢？你和你的另一半必须经常讨论，互相体谅，有时要让步，但不要怕提出要求。两人一起生活是永无止境的学习过程，因为每一对伴侣都不一样，每个人都是独一无二的个体，而且两人的一切，各自都会随时间的改变而改变。你会说，这太难了吧。别紧张！和所有人一样，你们渐渐就能学会的。也许你们会搞错方向，那就一起讨论，然后做出修正吧。可能的话，跟长辈们一起讨论一下，也是个不错的主意，即使他们已经离婚或分居了，他们还是有伴侣生活的经验的。所以他们一定能够给你一些建议。照做不照做，就随你了。

还有，你们俩一起生活，你不可避免地会和对方的家庭有所接触。他们可能是另一种生活模式，有时甚至是另一种文化。你和你的伴侣对生活的期待可能也并不相同。因此，你们应该常常谈心，互相交换意见，这是最基本，也最重要的原则！彼此应把心里的话摊开来说清楚，但这不表示你们在互相批判。

和以往不同的是，今天，大部分年轻伴侣选择不婚同居，这叫做同居生活。同居几年以后，情侣们需要决定：两人要结婚吗？要签署生活公约吗？还是什么都不做？他们有权利选择任何方式，这一点是他们的自由，应予以尊重。某些伴侣选择婚姻，对他们来说，婚姻相当于某种社会保障，权力机构可以保证从此两人白头偕老。另一些人却不愿这样，他们认为，同居的生活能给他们以心理的保障。不结婚，他们的生活就不致僵化到每天都一成不变的地步。

无论选择哪种方式来长久相爱——婚姻或同居，两人世界始终像一朵花、一棵树、一座花园一样，必须由相恋的两个人来恒久耕耘。

统计数字

● 婚姻仍是最常见的两人共同生活模式：十个法国人当中有七人和伴侣一起生活，其中百分之八十五的人选择结婚。即使如此，婚礼不见得一开始就举行：十对夫妻中有九对在尚未结婚前就已经过着“二人世界”的生活了。

● 在今天的法国，一百个结婚个案中，有八对新婚夫妻签下共同生活合约。

● 百分之六十八的法国女性希望在婚礼当天能穿白色婚纱。

● 十八岁到三十五岁的法国人中，有百分之五十八的人有结婚意愿；而有百分之十五的人表示日后会“与某人签署共同生活合约”。

● 同样，十八岁到三十五岁的族群，其中百分之六十五的人认为结婚“很时髦”。

不计代价取悦别人不可取

女孩，你该时刻谨记的一个道理是：取悦他人之前，应该先尊重自己。

美国历史学家乔安·雅各布丝·布鲁柏曾说：为什么那么多女孩在做喜欢做的事情时体验不到快乐，却还认为很正常呢?

为什么？因为她们渴望被爱，所以，她们总是不惜任何代价去取悦他人。有些女孩渴望有人疯狂地爱她，却觉得自己不够漂亮，甚至因此陷入险境。无孔不入的大众媒体不断告诉我们："你应该去取悦他人，想办法让自己性感诱人，风情万种。"于是，很多人被"蛊惑"了，把这种论调奉为教条。真是太荒谬了！想象一下，让你在某天早上醒来时，突然要成为一位性感尤物，或像挑比萨口味那样，随心所欲地选择当一个风情万种的女孩，可能吗？还是抛弃这种论点，顺其自然地做自己吧。就生物学的观点来看，成为一个女人应该从第一次月经开始算起。要思想和身体都发展成熟，还必须等上好几年。还好，我们不是"女机器人"！风情的展现也不在一时半刻。一个十五岁的少女，即使不怎么打扮，也一样可爱漂亮。她想慢慢长大，那是她的自由。

正常的情况是，你的身心会一点点变成熟。如果一切顺利，那就放宽心吧，学着适应自己日趋丰满的躯体。将来某一天，你已经到了展露风情的年龄了，你会遇见一个爱你、尊重你的男孩。于是，自然而然的，你会想去取悦他，为他妩媚，为他穿着性感，显露出万种风情。在此过程中，你并不会勉强自己，一切都是自然而然的。所有人也都会称赞你，你也能感觉到，自己真是魅力无限，光彩动人，洋溢着幸福。

有什么诱惑男孩的秘方吗？你一定很想知道吧。对不起，答案是没有。爱情和美乃滋或巧克力蛋糕不一样，不是照着食谱就能做成功的。“怎么才能让我所喜欢的人喜欢我呢？”这个问题是没有答案的。当然，话也别说得太绝。怎么诱惑男孩这件事，还是有些事情是需要注意的。

1 该做的事：试着彼此认识

恋爱，有时就相当于一场事事顺利的际遇。为了开始一段恋情，你们必须相遇。如果每次你一看见他就闪躲，那就没戏唱了。为了认识他，并让他认识你，你可以试着邀请他一起做些什么事（和其他人，当作挡箭牌）。注意，可不是要你“和他做一样的事”哦。如果他喜欢拳击，你可不一定也要加入同一个社团——肿得像熊猫一样的眼睛，那就跟你的形象不合啦！

2 不该做的事：想尽办法取悦他

如果你喜欢他，一定不要总是想办法取悦他。一个非常奇怪的现象是，过分用心讨好别人，可能会使你变得非常造作不自然，而对方则会溜之大吉，跑得比谁都快。比如，你和你喜欢的男孩都被邀请参加一个化装舞会，刚好他告诉你他喜欢小动物，你可不要因此就装扮成小白兔哦。

你要做的是，多试着表现“真正的自己”。不要总摆出一副“我就是你的真命天女”的姿态。谁最适合他，他自己会决定的，你再怎么费心也没有用。此外，你也没有必要请“军师”指导，谈恋爱可不是打仗。如果他就是你的“真命天子”，你就是他的“真命天女”，那么你根本什么也不必装了。

跟男生“出去”

你一定和某位男孩一起出去过吧？“出去”一词，有各种不同的意思。四岁时，你跟一个男生出去，表示你们两小无猜手牵手一起去幼儿园。对你的奶奶而言，你和一个年轻人出去，指他带你去跳舞。每个人对这个词的定义是不一样的。但在一种情况下，出去却只有一种意思：当一个女孩和一个男孩一起出去，一定是因为他们彼此吸引，彼此喜爱，或至少是想尝试着彼此相爱。

只有对方非常出众，与众不同，你们才能建立恋爱关系吗？显然不是，爱情是可以培养的。怎么培养？和另一个人一起出去，就是一个很好的途径。你们可以借此探索对方的情感世界，使爱情萌芽、发展、成熟。你们可以相约一起出门，去看一场电影、去图书馆看看书、听一场演唱会等，然后你们可以互相发表感想，分享喜悦。一起出去时，你们也可能想探索彼此的肉体，互相抚摸，互相品尝。这没有什么固定的模式。你不一定非要扑向你的男朋友，扒掉他的T恤。当然，你也可以这么做。一切随你喜欢。爱情不是体操比赛，没有所谓关键的加分或扣分。一般来讲，一起出去，大可以只是牵牵手或温柔相拥。其余的，在该来的时候总会来的。

学一学爱的语言

与大作家脑袋里蹦出的完美情书相比，你可能觉得自己爱的语言太浅薄了。别担心，相信你的情感，它可是最好的向导哦。

形式各异

爱的语言，是一切令你想起你的爱人的事情。一定是一个法语单词吗？不。它可能是一幅素描画中出现的一个“爱的信号”，一张剪贴画，一个箱子或连环画里一个对话框。总之，它可以是各种形式。对你们而言，一张电影海报的复制品裹着的一张麦当劳发票，可能就是你们初吻的地方。当我们心动时，浪漫可以藏在一些最普通的字条内。

简单的途径

通常，女孩比男孩更爱用写来表达心扉。如果你有一个心上人，不要犹豫，给他写一些温柔的字条吧。为了直达他的内心，最短的途径往往是最简单的。如果他在几百米以外，那就高声喊出你要对他讲的话，然后在一张漂亮的纸上不加修饰地写出来，送给他的时候可以点些香水。

真心话

爱情的一种幸福，便是可以相互倾诉衷情。短信，是你们理想的短情书。提醒你，记得将最美好的语言记在笔记本上，留下最珍贵的回忆哦。

四

生活需要优雅地过

邀请一个不会跳舞的人跳一曲怎么样？最大的可能是，一听到跳舞的提议，他马上逃之夭夭。对于能够优雅地舞动身躯的人，他会投以钦羡的眼光，但同时，他又心里沉重地问自己："我的右脚该摆在哪里才好？"

如果每次派对结束后，你都觉得自己僵硬的身躯让你很难为情，那就从最简单的着手吧！报名上几堂舞蹈课，学一点基础动作（提醒你，那些课程的学费通常很贵哦，或许你可以当成生日愿望），或请对跳舞很在行的朋友教你几个舞步。

你不需要躲在深山勤练三年才能出师啦！只要双腿会做一些动作就行了。你可以在家对着镜子练习。等感觉比较自在之后，你就敢在某个派对上迈出第一步了，之后，你可以一面跳一面观察别人、学习别人，一定会有很大进步的！

赶快试试看吧！

舞蹈的好处

无论是古典芭蕾、嘻哈、现代爵士，或交际舞，或者"只是自己在房间扭一扭"，跳舞既是健身运动，又是一门艺术。跳舞的好处多多，可以让你流畅地操控身体，让你沉淀清静，保持元气，表达自己。不过，还是别太夸张了。你没有必要变成"身体偏执狂"，去挑战躯体的最大极限，进行严苛的节食计划，也不要在下课时间、在超市排队结账时，甚至走在大马路上时也扭个不停。对自己的身体感觉良好没什么错，但也不用到如此地步哦！

统计数字

●百分之十的女性喜欢跳舞，男性则只有百分之五。年轻女孩最爱跳：十五岁到十九岁的女孩中，有百分之二十三喜欢摇摆身躯。

●百分之二十的大、中学生会去跳舞。

●在今天，有百分之七十的法国人在社区的舞蹈班报名上过课。

你很想办个派对吧，但是又觉得太复杂了，不知道该怎么办？其实，只要你事前做好充足的准备工作，办一个派对也不是多么复杂的事。你可能又会想，准备工作会不会枯燥无味？其实，准备工作甚至也可以变得像派对一样好玩哦！首先预想一下，然后列清单，作出计划。详尽的规划是让派对成功的魔术咒语！

是的，你大可以在最后一秒钟才临时起意，想办一场梦幻派对。不过，那就好像没念书就想通过考试一样，即使有可能，概率也很小。要掌握最大胜算，最好还是做好万全的准备吧！

怎么准备呢？要领如下：

●如果你还未成年，一定要找一个成年人来承担派对的所有责任。通常，应该是你的父母，或至少找其中的一人来担当。绝对不可以不通知你爸妈某天要办派对，而他们外出回来时发现屋子一团乱。这么做不光不够诚实，也太不负责任了哦！

●制定清楚的规则，特别是关于时间、噪声、受邀人数，和烟酒方面的问题——毒品就更不用谈了！这些规则要和父母一起商定，然后你要以身作则去遵守，并请朋友也保证做到。这对派对的客人、派对的顺利进行，以及你自身的安全都有好处。

●先通知邻居派对当天可能会比较吵——即使你设定在白天举行也一样。先告诉别人可能会有什么地方打扰到他们，这是重视和尊重他人的好行为。你发现了吗？很多成年人在这方面表现得也非常幼稚，你并不需要跟那些人学哦。

●假如没有成年人会出席这个派对，你手边一定要有某个成年人的电话号码，这样，万一出现意外状况，你可以马上联络他们。

一个好主意：外出野餐

你想邀请很多人，但你爸妈却不允许你在家里举行派对。怎么办？你可以办个野餐啊！这样做，唯一必要的条件是天气要晴朗。请每个参加的人自己带点东西。当然，结束之后，别忘了把垃圾收拾干净哦！

派对准备行程表，新手上路，倒数计时开始：

十五天前。为了让派对成功，你该从这些问题着手：你希望邀请多少人？你能邀请多少人？派对在哪里进行？室内还是室外？在车库还是在客厅？派对当天，依据你决定的地点，提前一到两小时去“清场”。把易碎易坏的家具暂时搬开，移走绿植，把狗狗带到某个地方安置好。派对几点开始较好呢？下午还是晚上？几点到几点？要不要给派对设立一个主题？化装晚会、寻宝晚会，还是生日派对？尽可能将清单列得越详细越好。

注意！很重要的是：你要很理智很清楚地设想答案，并经过父母同意。譬如说，你想在二十平方米的客厅里开一个有五十个朋友参加的派对，是不可能的。

之后，要把所有信息记在一本小册子上，开派对前的两个星期中，你要与这本册子寸步不离。有什么点子就快写下来，以免忘掉。

十四天前。发出邀请，口头或书面两种方式都可以。如果你选择口头邀请，有两件事要注意：第一，朋友正和别人说话，而你并不打算邀请那个人，那么，晚一点再私下跟朋友单独说（否则就对另外那位不太礼貌了）。第二，提防有人专门来闹场。你不可能像办康城影展那样，严格过滤参加的宾客。当然，如果派对准备周全，组织妥当，外人就比较不容易闯入。采用书面邀请的话，一些人可能会打退堂鼓。若你觉得请帖太正式，何不用短信或E-mail呢？

十三天前。应该开始安排音响设备了。请一位懂音乐的兄弟姐妹或朋友当晚宴的DJ，（记得供应饮料、比萨、蛋糕和各式零食，一应俱全哦！）从你收藏的CD里挑选好听的歌曲和音乐。

十天前。列出已答应受邀的宾客名单（当然还是暂时性的）。你可以问他们是否愿意帮你带些东西，如CD、灯具、椅子或其他吃喝餐点 。

七天前。安排餐点。记下并购买派对上需要的食物（饮料、香肠、小蛋糕等）。如果你打算亲自下厨，最好选一些事前可先料理的菜色：如三明治、冷冻咸派，前一夜就可先烤好的蛋糕等。教你一个小妙招：用自制鸡尾果汁取代酒，又好看又好喝哦！

六天到四天前。穿上围裙下厨去吧，然后把做好的餐点放进冷冻库冷藏起来。

三天前。开始考虑你的衣着吧。派对上你要穿什么？打开衣柜，彻底搜寻、试穿、筛选。

两天前。通知邻居，告诉他们你可能会打扰到他们。如果邻居不多，不妨直接登门拜见。如果你住的是居民楼，可以在电梯里贴张字条。

一天前。再次穿上围裙，料理最后可准备的餐点，如水果色拉、北非小米色拉等。天气热的话，别忘了制作冰块。

派对当天！这一天的行程要安排得松一点，不要搞到最后来不及精心打扮自己。最好预留两小时等待宾客到来。这时该做的事有：清理场地、摆设餐点、布置、调整音响效果。请你的DJ提早一点到，或最好能早上就先来准备。好好打扮自己哦。

至此，你可尽情享受了。祝你派对玩得尽兴！

采购物品单

●免洗杯盘：不会打破，也省得洗碗！

●大型垃圾袋：派对后可快速清理现场。

●餐巾纸和纸抹布：万一打翻东西，它们就派上用场了。

●酒精测试纸（药房和大超市有售）：如果你获准在派对上供应酒精饮料，而有些客人需要开车回家，它们就是必须的了。

●带闪光灯的相机：可以随时记录派对的精彩瞬间！

你要去参加一个派对了，这和自己举办派对没有两样，要尽可能做好最周密的准备哦。

首先，把作业做完，这样你才没有后顾之忧，爸妈也会比较放心。你要去参加的派对很可能在星期五晚上就举行，试着之前就把大部分的功课做完。如果做不完，重要的部分先做，并向爸妈解释：你已经快做完了，并打算利用星期六（或星期天下午）准备物理课的口头报告、作业，或语文课的翻译习题。到时，履行你的承诺，说到要做到。

接下来，你就可以开心地做各种准备了：“试装”、“清洁”、“做头发”、“打扮”等。

“试装”这个阶段要在派对几天前就开始。首先，你应该打听清楚，派对有没有规定哪种风格，并和要一起去的朋友讨论一下：确认那只是个“没什么，朋友聚聚而已”的晚会，还是应该打扮得正式些，甚至需要化妆变身。死党们是不是已经想好要怎么穿了呢？你不一定要模仿她们，但她们可以给你提供一些参考意见。

然后，把衣柜里的衣服通通拿出来，包括你那些不常穿的和很久没穿的，全部堆成一堆。不要迟疑，你可以尝试各种款式搭配，反正一个人站在镜子前面，不会有人笑你，而且稀奇古怪的组合还可以激

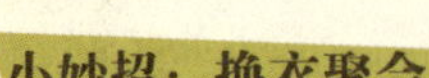

小妙招：换衣聚会

想变换花样而又不花一毛钱吗？和死党们办个暂时性的换衣聚会如何？你们可以先开个会，弄清楚“谁喜欢哪一类型的衣服”，然后，找个时间，各自把别人喜欢和适合别人的衣服通通带来，大家一起试装。试完后，别忘了记下“谁把衣服借给谁”。派对结束后，尽快将衣服物归原主，当然，要先把衣服洗干净再归还哦！

发你的灵感呢。试穿好之后，如果愿意的话，你还可以试化几种不同的彩妆。在这方面，我有个小建议：去参加派对不一定要化妆变身。夸张的造型是很不错，但不一定适合去参加活动哦。

此外，你也可以找个死党一起试装。有时候，别人赞赏的目光可以让你安心，那是你自己照镜子时怎么找都找不到的感觉哦！

派对前一天，或派对当天，你要好好进行“清洁”步骤——从头到脚或部分清洗干净。

1.从指甲开始：清洗、修磨、剪短。反正，照着本书某一页上面的指示去做就对了。但是不要先擦指甲油（如果想涂的话，最后再涂）。

2.然后先告知家人：你今天需要占用浴室的时间比较长。

3.先用洗发精把头发洗干净，接着，如果你的发质不是很油，可以涂抹护发霜柔软你的秀发（特别是你有一头长发的话）。头发冲洗干净，擦干之后，用一条大毛巾包起来。

4.你也可以全身去角质：去角质霜要涂抹在干燥的皮肤上，轻轻画圆圈按摩，让磨砂粒带走皮肤表面已坏死的细胞，然后用温水冲洗干净。去角质时你可以带上丝瓜囊手套，但千万不要用马鬃毛刷，这种毛刷除垢力太强了，很可能伤害你的肌肤。

5.顺便检查腿毛和腋毛，如果看上去很明显，就该适当除毛。

6.家里有浴缸的话，在水里滴上几滴精油，泡个香喷喷的美容澡吧！你甚至可以点燃香水蜡烛，让气氛更舒适轻松。

7.入浴之前，先稍微去除脸部角质。注意！身体去角质霜不可使用在脸上哦。你应该用比较温和的脸部专用品。之后，敷上面膜，缓和磨砂粒子所带来的刺激。

8. 进入水里泡个澡。尽可能地放松，脚趾张开，把自己像一张可丽薄饼那样摊开来。

9.泡完澡后把身体擦干（动作要轻柔），涂抹上润肤油或保湿乳液。

10.卸下面膜，把脸洗干净，然后用面纸按一按，脸上才不会像甲虫壳那样油油亮亮。

11.拭干头发，如果毛巾使头发翘得乱七八糟，可使用喷雾器将发丝喷湿，或先用热水冲一下梳子，再把头发梳开。你也可以用吹风机，但不要用高温热风，以免秀发干燥受损。

12.有兴致的话，现在可以涂上指甲油了。

最后，可以进行“头发造型”和“上妆打扮”。穿上参加派对时要穿的衣服，梳整头发，最后上妆。尽可能按照这个顺序来。如果你化好了妆才穿衣服，可能会把衣服弄脏；而如果吹头发之前就上妆，彩妆也许会被热风弄花。对派对前的准备来说，这可是会造成大灾难！

如果前一晚你已经做过彻底清洁的工作，派对当天只需要冲个澡，擦润肤乳液，穿上挑选好的服装，整理头发，然后化妆。最后，喜欢的话，喷上三滴你最爱的香水，嗯，一位秀色可餐的俏佳人就这样出现了！

统计数字

五分之二的法国人有吃零食的习惯。通常都是年轻人！

女孩们都知道，两顿正餐之间再吃零食，一定会发胖的。为什么会发胖？答案并不单纯。具体来说，嘴巴不停地吃会造成三个缺点：

1.吃零食，无论你怎么掩饰，就是吃东西。你可能觉得，一小颗糖果、一小块巧克力，或一杯汽水，两片饼干，好像没什么嘛！事实上，这些东西全部加起来，就相当于一份营养不均衡的婴儿餐了！教你一个好方法，可以让你知道零食占多少分量比重：拿一本小册子，记下你一天中吃下的所有东西。在每一样食物旁边加上批注，说明你为什么吃它：因为饿、嘴馋，还是神经质。最后，你会发现，通常即使不饿，你还是让嘴巴嚼个不停。

2.零食对身体有害无益。一般来说，晚上六点，你不太可能会动手煮个清蒸红萝卜来吃，而是会吞下一堆奶油面包。这些香甜可口的食物所含的养分很少，热量却很高。换句话说，这些零食让我们“营养”不足，却将脂肪囤积维持得很好。

3.在正餐之间东吃一点西吃一点时，所摄取的常常是糖分，这些糖分很容易就会被我们的身体细胞吸收。吸收糖分之后，人体会立即分泌一种分泌物——胰岛素。胰岛素的功用在于维持血液中的糖分比例，使血液中的糖分容易进入细胞。这就形成一种恶性循环，你的身体细胞吸收糖分越来越快，越来越多。糖分和胰岛素之间的调节十分复杂，而且很容易失调。失调之后，你的身体就会出现问题了。因此，要避免问题产生，就应该少吃零食，而是吃正常餐点，让糖分温和缓慢地进入人体器官，让胰岛素的分泌不再忽多忽少。这样，才能有一个健康的身体。

在年轻人群中，吃零食是一种极为常见的现象。很多人也都了解吃零食的坏处了，但人们常常忽略一件事情，那就是：吃零食不止是身材的头号杀手，也是牙齿的大煞星。

你一定还记得我们说过，正餐之间吃的零食，吃进去的通常都是糖分吧。你可能不知道的是，吃东西，尤其是开怀大吃甜食，会使你的口腔呈现酸性，腐蚀你的牙齿。通常，用餐之后，需要一个半小时左右的时间，你口腔中的酸性物质才能被较温和的唾液取代。如果这时你又不停地摄取食物，就会继续制造酸性物质，你的口腔就会一直处于酸性状态。

比如，假设你在中午十二点吃好午饭了，两点半的时候，口腔中的酸性物质才刚清除（吃饭一小时，唾液分泌一个半小时），这时，你又吃进一截巧克力，这使你的唾液重新变成酸性。下午四点左右的点心时间，继续制造酸性物质。将近六点时，你喝下一杯汽水，重蹈覆辙。晚餐时间到了，不必再多说。好了，整个下午，你的口腔都呈现酸性；也就是说，在长达八小时的时间里，你的牙齿暴露在被侵蚀的风险下，并可能遭受细菌攻击。你的牙齿怎么可能会不被侵蚀呢?

现在你知道了吧？其实，我要传达的信息很简单：正餐之间尽可能不吃甜食。如果你很想吃甜的，最好在餐点刚结束时就吃，然后，用餐完毕后一定要刷牙。你出门前一定会把头发梳理整齐吧？那么，牙齿没有刷干净的话，也请勿走出大门。这样，你就会有一口健康的牙齿了。

十大“垃圾食品”

油炸食品、罐头类食品、腌制食品、加工肉类食品、肥肉和动物内脏类食品、奶油食品、方便类食品、烧烤类食品、冷冻甜点和果脯、话梅和密饯类食品，被世界卫生组织评定为十大“垃圾食品”。

你觉得，你简直像挂在墙上的地图那样正经八百，看到那些口齿伶俐，幽默风趣的家伙，你不自觉的有些失落。唉！怎样才能拥有幽默感？你为此烦恼不已。别担心，让我来试着教教你吧。

首先，你要知道的是，幽默是另一种看待人生的方式。把一朵云看成某位老师的模样，这可能就是幽默的表现哦。再举个例子。一九七〇年代，嬉皮歌手法兰克·扎帕（Frank Zappa）在电视录像的时候，接受一位参与过第二次世界大战的老兵询问。老兵有着一条木腿，态度十分挑衅。他问扎帕：

“我看您留这么长的头发，您是个女的吗？”

扎帕回答：

“我看您有条木头做的腿，难道您是张桌子吗？”

扎帕式的回答并不是很有礼貌，但却制造了几种效果：它让人发笑，显示出对方的偏见非常荒谬可笑，同时却又能不带侵略性地回应。

所以，除了让生活好玩有趣之外，幽默还很有用，能化解不愉快的事件。这样会使你受的伤害会比较小。以幽默的方式来回应粗暴无礼是不容易的，一旦能够做到，效果非凡！

对自己抱持幽默感，这个方法几乎能让你所向无敌。比如，有人说你是“母鸡”，你干脆就面带疑惑地咕咕叫两声，这个场子就算你赢了。因为，你用行动证明，你根本不在乎这个难听的称呼，随时可以一笑置之，甚至借此让人发笑。

当然，幽默这门艺术也不是轻易就能学到的。这需要你下一番工夫训练自己。要培养自己的幽默感，一开始，你可以在一本小册子上记下好笑的故事和状况、脑筋急转弯、双关语等任何你觉得好玩的东西。

1.想让自己安心，你可以背几个笑话，在镜子前练习，然后对家人表演。我们可以严肃、悲伤，也可以有幽默感，不用达到专业女笑星的程度。通常，你用正经八百的方式，说出一句逗趣慧黠的话，就会引人爆笑的。

2.选定一种你喜欢的幽默典型，想办法往这方面发展。从你的小册子中去找，看你觉得最好笑的笑话是哪一种。例如，你可能喜欢：

●玩文字游戏

比如，老公偷情被抓。老婆：“你今天要给我一个交代。”老公立刻给了她一个胶带。

●转变事物的原义

比如，冰箱：“洗衣机，你为什么不去参加马拉松？”洗衣机：“因为我会脱水。”

●无厘头

比如，一辆脚踏车锁在电线杆上。小偷：“这个锁太容易开了吧！”警察：“喂！你偷电线杆呢！”（脚踏车在原地，小偷扛着电线杆）

●低级笑话

比如，一个已婚男子因为性无能去看医生。医生：“那你一星期几次。”男子：“一次。”医生：“那我开一个月四颗伟哥给你。”男子：“三颗就够了。”医生：“Why？”男子：“因为有一周和家里女佣，不用吃就可以了。”

一旦找出你最喜欢的幽默类型，就多刺激脑筋往“这方面”发展。训练自己寻找属于你自己的意象和能让你捧腹大笑的事。当自己的最佳观众，这已经是成功的第一步了！继续练下去，很快你就可能成为众人喜悦的焦点了。

音乐世界真是太丰富了。不仅有流行音乐、古典音乐，还有摇滚乐、说唱风等，这些不同风格说也说不完。各个乐派也都代表了一个时代，每一个时代都有自己的乐坛象征，就像萨克斯风代表整个爵士乐一样。

你是不是会常常被别人说“没品位”？比如，有些女孩喜欢静静地窝在自己的房间里，听夏奇拉高亢的歌声，但她们不见得愿意承认，因为，她们以为别人会觉得这种品味很幼稚。这真是错上加错！因为：一、你可以喜欢任何一种节奏和曲调，这和年龄没有关系；二、喜欢什么音乐是你的自由，别人无权干涉。

事实甚至相反！若你能坦承自己和别人的品味不同，勇于承受他人异样的眼光，这已经是一种成熟的举动了。至于之后的事，也许没那么好解决，因此给你几个建议：

当有人问起你爱听的音乐时，鼓起勇气，说出真相。另外再加上一句：“我相信有很多人跟我一样。他的音乐听起来或许有点落伍，不过，各人有各人的品味了！”如果对方继续批评，你可以用刻薄一点的语气回应他：“您不觉得，这个歌手被说得那么落伍，我还敢坦承喜欢听他的歌，很勇敢吗？”

事先偷偷练习一段时间，然后，在学校的表演会或某个派对上，来段莫扎特的奏鸣曲或流行乐手的歌曲，吓吓那些嘲笑你的人，让他们刮目相看。

如果你和别人的品味相差的非常大，那么，暂时先别强调自己的音乐品味了，经常去参加一些集体活动吧（如社团、派对、协会组织等）。这是让你跟别人接近的好方法。等到团体里的成员大家都熟了，就会比较容易接受其他人的特殊品味了。

如果，还是有人对你说一些比较难听的话，那就不理他算了。你喜欢那些音乐，是因为它能让你感到快乐，别人的意见并没有那么重要了。

小心音乐声太大

和有眼皮保护的眼睛不一样，耳朵没有任何保护设备，当可能造成伤害的声响出现时，耳朵没办法紧闭起来。用家用音响最大的声量或戴上耳机听半个小时维瓦尔第的《四季》交响曲，可能会把自己变成聋子。为什么？

我们的耳朵里布满细小的绒毛，称为纤毛细胞。收听到声响时，这些纤毛会产生振动，将信息传入大脑。若音量过大，这些纤毛细胞将会被摧毁，并无法重新生长。一旦所有细胞都坏死，你的耳朵就聋了。

来听音乐吧！

音乐的好处多多，让我们来看看吧。音乐能：

- 抚平你紧张的情绪，让你放松；
- 使你拥有愉悦的心情，给你能量；
- 训练你发声；
- 陪伴你度过孤独的时光；
- 叫你集中注意力；
- 像在弹簧跳床上的球一般，将你心中的情绪发泄出来；
- 训练你的记忆力；
- 提升你的艺术品味；
- 让你有机会认识别的人。

打工须知

即使你的父母亲经济富裕，出手大方，给你的零用钱足够你用的了，你还是有想挥霍一下的时候。那么，怎么赚取零用钱呢？最好的方法就是去打工！

一般而言，你能做的工作，大多是一些帮小忙的工作，如：为小孩子做家教、帮助别人照顾小狗（或帮人遛狗）、收拾园艺杂物等。你家附近或许也有邻居正找人做些你想不到的工作，所以，不必事先就设定工作内容，先找雇主商量试试看最好。谁晓得呢？说不定隔壁的老太太正需要肌肉健壮的年轻人帮她清理阁楼也说不定？或者，巷子那头，三胞胎的妈妈想聘请一位“小仙女”，帮忙筹划三个小天使的生日宴会？

无论如何，你可以把想打工的意愿告诉周遭的人，也可以请爸妈帮你宣传。当然，最有效的办法还是写小广告，张贴在你家公寓的楼梯口，或附近的商家里，或去一些职业中介所咨询。此外，也别忘了请示父母，并告诉他们你今天去谁家打工了。这样，对你的人身安全是有一定保障的哦。

小广告范例

1.临时小工

莎莉，二十岁，精力充沛，寻找临时小工机会。

工作时间：星期三下午或周末整天。

希望待遇：视情况商议或每小时X元（由你自己或和父母商量后决定）。

联系电话：XXXXXXX

2.幼儿保姆和宠物保姆

我叫伊涅丝，今年二十一岁，最喜欢小孩和动物。

我可以在星期五和星期六晚上帮您照看孩子（三岁以上），或星期一到星期五，每天中午和傍晚替您遛狗。

希望待遇：每小时X元。

联系电话：XXXXXXX

初次面试，如何穿着打扮?

一个人在还没开口之前，外型就会带给别人一连串的信息，这就是所谓的第一印象。美国导演伍迪·艾伦曾说：“我们没有第二个机会来重新制造第一印象。”所以，同样的道理，你也应该力求给面试者一个良好的第一印象。因此建议你，面试时，应避免穿太招摇的服装，也不要故意打扮得与众不同。最稳妥的做法是，穿大方且总是流行的服装，这样别人不至于对你产生偏见。等被录取之后，你就有机会自由展现你的个人品味了。

听广播的注意事项

女孩，你喜欢听广播吗？广播，是法国青少年的最爱。百分之九十的十一岁到十九岁的年轻人，每天至少听一个FM电台，而且平均听三个小时。为什么呢？因为，很多电台提供了许多专为青少年设计的节目，这是包括电视在内的其他传媒所不能及的哦。

听广播是一种消遣，能提供你信息，又能让你放松，有时还能给你安慰。在空无一人的房间里，电台的声音能跟你作伴。而且，多亏了广播，你的生活中处处有音乐。

不过，听广播有时也会给你带来焦虑，当你听到诸如粗暴的语言、暗示的意象、俗鄙不堪或骇人听闻的新闻等时，你可能会很不安。特别是，你几乎是一个人听广播时，这使你更加惶恐。

你需要清楚的一件事情是，某些电台所传播的内容不见得是唯一的真相，你需要学会辨别真伪。比如，某些电台总是谈论某些骇人听闻的内容，这并不表示现实生活就是那样子的。许多电台的主要听众是青少年群体，所以，他们总是喜欢在内容上添加一些骇人听闻的东西，以吸引青少年。人通常都是有好奇心的，尤其是青少年群体。这样，电台就能吸引更多的听众。听众越多，它的广告收入就越多，电台就越赚钱。这就会促使电台更变本加厉地去编排一些骇人听闻的内容，这是一种恶性循环。长期听这样的内容，会影响你的健康成长的。

在这种恶质环境下，你该如何自处？很难办。但是还是有解决办法的。实际上，想让你和那些广播内容保持适当距离，是很难的。所以，当你听到的某则新闻、故事或评论让你困扰不安时，不要暗自伤神，拿出来说嘛！至少跟死党聊聊，或找某个大人说说（爸妈、家中的长辈、医生都可以）。请教他人，这并不是“孩子气”的行为哦！相反的，你能正面迎向自己的疑问、恐惧和不安，这可是非常勇敢的行为，是应该受到表扬的！

统计数字

● 法国百分之八十八点六的十一岁到十四岁青少年，以及百分之九十三点三的十五岁到十九岁青少年，每天至少听一次广播。

● 百分之八十三点八的青少年喜欢听音乐电台，只有百分之七点五的人收听其他节目。

某一刻，你忽然遏制不住自己，大笑起来，怎么也停不了，更惨的是——偶尔还会乱喷口水哩。遇到这种情况，你一定很尴尬吧？而且，最奇怪的是，本来没什么好笑的，你却笑个不停。告诉你，那其实是一种紧张的笑，很难消除，你就像高压锅似的发出咯咯声响，借以排解高涨的压力，你也在用大笑排解压力。

不管你因什么原因而笑，笑的感觉都是很幸福的！在地球上所有的生物中，只有我们人类才会笑。这真是天大的运气！当你大笑、狂笑，张嘴呵呵笑时，你的全身肌肉都会放松，你能深呼吸到底，这有益血液循环，于是你的皮肤会因为激动变成粉红色，而且你觉得舒服极了！全身四肢仿佛做了最好的按摩一般柔软松弛。

怎么才能缓解这种大笑呢？教你一个小方法。当你觉得自己快忍俊不禁，要大笑了，试着连续做几次深呼吸，慢慢的，深入丹田，避免哈哈大笑出来。这个迷你瑜伽运动的目的在放松你的身体，以比较和缓的方式消除压力。你也可以训练头脑，将思绪很快地转到某件悲伤的事情上，但这种方法的成功率很低，有时甚至会造成反效果。假如你在不该笑的时候忽然大笑起来，最好离开现场，找个地方慢慢平静下来，然后回去婉转致歉。一般来讲，别人会原谅你的。因为，每个人都有可能发神经大笑，没必要为了几声大笑跟个年轻女孩发脾气吧！

笑到尿失禁，怎么办？

有些女孩笑得太厉害，结果把尿尿在裤子上了，可能只有两三滴，也可能整个尿出来。之后，她们就像婴儿一样湿答答的，糗到了极点，尤其是，假如她们在一些公共场合，一时也找不到小裤裤来替换时，就更糟了。为什么会出现这种事情呢？是因为在大笑的时候，人的肌肉过度松弛，只要膀胱里有一点尿液，尿道肌肉就会立刻松懈下来。如果这种糗事时常发生在你身上，建议你训练一下自己的控制排尿的括约肌。不需要上健身房，只要上厕所的时候练习中断排尿，将尿分几次排出就可以了。

全世界的人都知道，运动的好处太多了。有时候你提不起劲，你觉得无精打采，只想窝在暖暖的家里，你不喜欢运动，或者你以为自己不喜欢。怎样才能使自己运动起来呢?

开始之前，告诉自己：运动对你只有好处，而且好处不仅一方面！有规律从事一项活动，会使你学着去爱惜身体，释放紧张，防止过度操劳，而且，还可以维持活力十足呢！参加社团是交朋友的好方法，假如你生性害羞，不敢随便跟别人聊天，那么去社团运动对你颇有帮助。团队运动能帮助你学习和其他人相处的办法，如分享、道歉、互相帮助等，总之，多参加团队活动会使你懂得团队精神。

从事运动也能让你客观地认识男生——没有任何诱惑成分，至少在挥洒汗水时你不会去想那些事的。如今，刻意区分“女生的运动”和“男生的运动”这种观念，已经过时了。

这么看来，运动几乎没有什么坏处，除非你运动过量，超出合理范围。因此，千万不要运动过量哦。做不到就做不到，把自己弄得筋疲力尽对你没有任何好处。只是输了一场网球赛，又不是世界末日。

最后，你要明白，你运动的目的只是为了锻炼身体，并不是要成为武林高手、手球国家代表队队员或体操奥运冠军哦。因此，你要像整理花园，充实自己的头脑那样，耕耘自己的身体，让它慢慢的、稳定的、快乐的成长进步。

统计数字

●在法国，公元二〇〇〇这一年当申，从十五岁到七十五岁的女性中，有百分之五十五的人一个星期至少做一次运动。男性的比例则为百分之六十五。

●公元二〇〇〇年澳大利亚奥运会，参会的运动员中，有百分之三十八的人为女性。而一九六〇年的罗马奥运会，女性运动员的比例只有百分之十一。

假如连加菲猫都比你爱运动

给你几个建议：

●找一位行事果断的朋友，两人一起报名参加舞蹈班、游泳班或做跳马运动；当你们其中一个觉得“快撑不下去了”，要彼此互相打气。运动完后两人一起去吃顿丰盛的点心，犒劳自己吧！

●陪不同的男女朋友去上体育课，在旁边观看，说不定你也会想下场动一动？

●没事时，就去散步闲逛、跳一跳，跟狗狗一起滚一滚，多走路。要让走路成为有益健康的运动很简单，只要比平时走得快一点就行了。

关于运动服饰

●叮咛一：无论从事哪种运动，一定要戴合适的胸罩。一副好的胸罩能防止乳房晃动得太厉害，又不会对胸部造成挤压。

●叮咛二：现今流行服装店所贩卖的“篮球鞋”虽然长得像篮球鞋，其实完全不适合用来做运动。比如，如果你想跑步，请注意，一定要选择鞋底够厚的鞋，这样才能抵消脚底的冲击。你不必花上大把银子买双职业球鞋，但最好还是请教一下专卖店的店员，该买什么样的球鞋。

打电话的注意事项

如果你是个正常女孩，一定会喜欢打电话的。这没什么不好的，事实上，女生需要把话说出来，才能厘清自己的想法。对你个人而言，愉快地用电话聊天，是不会造成任何困扰的，但对你爸妈来说，问题可能就不一样了。兵来将挡，水来土掩，请学着见招拆招：

第一种情况：爸妈觉得你打那么多电话，电话费开销变大，他们必须多花钱，怎么办？

方法一：请他们送你一部手机，当作生日或圣诞节礼物，由你拿零用钱来支付通话费用。

方法二：请他们申请详细通话清单，你打的电话就由你来出钱。

方法三：请他们替你装一支专线（或者跟家里的兄弟姐妹合用），然后你自己付这个号码的电话费（兄弟姐妹合用的话就一起合出。在这个状况下，最好申请详细通话清单，以免争吵）。

第二种情况：爸妈觉得因为你爱讲电话，家里的电话经常占线，怎么办？

方法一：他们可以在服务项目中增添“插话通知”选项。当然了，当你听到“哔哔”的声音，显示有人试着打电话进来，就该把通话结束了。

方法二：参考第一种情况中的解决办法，应该也行得通。

第三种情况：爸妈觉得你花太多时间去说一些无聊的话题，怎么办？

方法：试试第一种情况的做法。如果失败，当你想到有什么事要告诉死党，赶快拿一张纸，趁还没忘的时候写下来，所有你希望在电话中告诉她的想法和事情。然后，把这张纸放入信封，隔天一早上课前就交给她。

或者当天晚上出去遛狗时（或者遛邻居家的狗，邻居应该会很高兴），将你这封信投入死党家的信箱。这样，她可以在家写好回信，隔天早上上课之前就交给你。在这些书信中，你还可以附上杂志剪报、评论、笑话、食谱等，也可以用美美的艺术信纸或好玩有趣的信封。而且，这些信用笔墨记录下来，可以一读再读，成为日后的美好回忆。

最后，你们也可以利用网络写电子邮件，或进聊天室聊天。就花费来看，网络费比电话费少多了。

打电话的一些守则

有了手机，生活便利多了，但也常衍生出一些打扰人的行为。在此，提供几个建议，教你在话聊的时候不忘尊重他人。

●你有一面走路（比方说，大街上），一面用手机电话（比方说，打给表姐）的经历吧？虽然你的思绪集中在和表姐的谈话上，然而身体却在大街上。因此，一定要注意，不要打搅那些大街上的人（不要大声说话，不要挡别人的路，也不要公开谈论个人私密或尖酸刻薄的内容）。这是对人的基本尊重。

●在你打电话时，你身边的一切也都在正常地进行。比如有人替你打开门，有人向你大声打招呼等，不要冷落你身边的人哦。如果你真的无法暂时中断打电话，那至少要抽空对别人说声“谢谢”“你好”，并报以微笑。

●最后，在一些禁止使用手机的地方（如医院、教室），或容易打扰别人的场合（如看电影和舞台剧、家人聚餐时），切记关机。

看电视的时间表

如果你跟很多人一样动不动就盯着电视不放，你爸妈一定很生气。因此，你要有所反应，向他们证明：你不是电视的奴隶。现在，拿出成熟电视观众的主见，仔细深思、盘算，订出一张观看电视的时间表吧。

一开始，先仔细分析一下你与电视的关系。你在哪些时段看节目，看哪些节目，为什么选择这些节目，看了之后有什么感想，把这些细节一一记录下来。要实事求是哦！

接下来，根据你的每日行程，规划出属于自己的电视节目表。要看遍所有电视剧是不可能的，你必须筛选，从中挑选你最喜欢的那一部来看，如果你还放不下其他的，就由死党跟你报告剧情发展吧！此外，组一个“电视剧同好会”也是个不错的主意：为各档好戏做每一集的剧情概略，收集演员的相关报道、剧评和讨论，你将能从中得到许多收获，而且还可以证明给爸妈看：你可不是个被动的观众，相反的，看电视也能让你增长知识哦。

还有，你可以坦率地告诉爸妈，你为什么喜欢看那些节目。告诉她们，其中一个节目探讨到与你切身相关的问题；另一个节目是因为你和死党经常讨论剧情。你将会喜欢这段家庭谈心的时光。如果爸妈能了解你的动机，（确实站得住脚！）他们对你看电视的行为就不会设下那么多限制了。

至于晚上的电影时段怎么安排，需要你酌情而定了。你需要仔细确定好，你当天的功课多不多？隔天早上几点上课？电影你是否感兴趣？这些问题都确定后，你就可以安排自己的计划了。

总之，如果你能很好的安排自己的计划，你会发现按照计划来看电视，其实是一件很愉快的事情呢！

电视的害处

●避免在睡觉前看电视（或上网）：你的大脑会受到刺激，不容易平静下来，入睡的时间可能因此延迟。

●看电视尽量不要吃东西：你的大脑（又是它！）没办法分心做两件事了。如果你看电视时吃东西，因为你的身体找不到感觉饱的时机，你可能会吃下比正常食量多出一倍、甚至几倍的食物。

女孩，随着假期脚步的接近，你的心一定也跟着飞扬起来了吧。是啊，度假是一件非常有意思的事，谁能不高兴呢？如果恰好你想跟朋友（女性或男性）一起去度假，那必须向爸妈证明，你可以让他们放心。

不要不理解，站在父母的立场试想一下：假如你整天都在吹嘘跟谁出去哪里玩，又不遵守回家的时间，隔三差五的闯祸，那么一旦想到你要离家，即使只是几天时间而已，他们能不担心吗？相反的，假如你能表现出负责的态度，他们就会放心多了，至少会依着你，让你去玩一玩、闹一闹的。

怎么才能表现出自己是个负责的人呢？首先考虑自己出一部分费用（交通费、食宿费），即使是象征性质也好。你可以利用打工赚来的钱，出一部分车票钱或买礼物送给接待你的家庭，这么做能展现你的诚意。同时，列出携带用品清单，规划假期旅游路线（包含时刻表、地图、停留地点等），把整张计划表拿给爸妈看，解说给他们听，这也是为了证明你的组织能力已经很强了。你还可以表现得更积极一点，比如做一些家务工作、主动提议帮忙采买、整理房间等。小心，不要做得太过火了，否则，你爸妈可能会觉得有你一起生活真好，结果舍不得让你出门去度假呢！

找到最适合你的品牌

生活中的女孩，对品牌真是太熟悉了。品牌是我们文化的一部分，我们可以不假思索地定位它们，我们对某些品牌的熟悉程度甚至超过了我们的家庭成员，还有些品牌已经成为我们身份的一部分。品牌真是无所不在，以至于很多人成为了品牌的奴隶。

二十世纪后半期出现的一个巨大的新鲜事物，就是品牌再也不被掩藏起来了。这样做的好处是，品牌的消费者变成了它们的宣传者。你可以试着做个小测试，从上到下仔细打量你自己，你会发现你在故意把你的包、衣服或皮鞋上的品牌标识显露出来，并且每次都这样。由此看来，我们花钱买的其实就是一个品牌。不是吗?

一个事实是，为了吸引你购买，很多品牌都在刻意传达一整套审美观念、社会文化甚至政治哲学的观点。一旦你购买了某个品牌，它附加的那些东西，就会附着在你的气息中，使你成为一个年轻、时尚、现代的女孩。

生活中，找到一个适合自己的品牌是件令人愉快且满足的事情，这些产品能够使你定义一个全新的自己（如果我们消费了一些绿色产品，我们感觉自己也有点环保了），你觉得自己终于找到某个为你量身定做的东西了，并感觉到自己加入了喜欢同一个品牌的群体，这种认同感的感觉是很好的。

你喜欢这些品牌，是很正常的，你不必为此感到脸红。但在购物时，一定要保持冷静哦，合理地消费你的钱财，是最重要的。如果你发现自己购买不了自己喜欢的品牌，也不要丧气，尝试着不用这些品牌，去定义自己吧!

可能，“睡衣聚会”是所有地球男孩都欢迎的聚会吧，但是很遗憾，对他们来说，这种聚会从不会有任何男孩参与。

“睡衣聚会”指的是什么呢？“睡衣聚会”是一个女孩间的聚会，我们在极度女性化的氛围中做些女孩间的事情，而无须讨好谁。我们可以在“睡衣聚会”做自己喜欢做的事，甚至发疯、尖叫，没有谁会妨碍我们。这使得“睡衣聚会”非常好玩。

怎么举办一个“睡衣聚会”呢？现在，我们来逐一讨论一下。

“睡衣聚会”的地点应该在一间女孩的房间。点满红蜡烛（注意火灾），挂满闪亮的灯饰，装点上帅哥的海报。不用太多的玫瑰哦。禁止父母、小妹妹尤其是兄弟们进入。

准备够整晚用的、女孩们爱吃的小食品，比如薯片、带包装的小块奶酪、热饮冷饮、蛋糕、巧克力或糖等。

准备好音乐，可能的话备好卡拉OK、一部电影或电视剧，如果你的房间配有电视的话。

推荐一些活动，预先准备好：长枕头（如果没有的话，枕头也行）大战，不复杂的大富豪游戏，鬼故事（准备好一个手电），时装表演（备好从姐姐和妈妈那里借来的衣服）和化妆间，《Girly》和《女孩手册》这样的女性杂志。

一切准备完毕后，就等着享受聚会的快乐吧！

保养好你的包包

女孩，对你来说，包包很重要吧？当然了。斜挎包、背包、旅行包、帆布包或棉布包，种种形式各不相同，它已经成为你形象的一部分了。

怎样选择一个属于自己的包呢？一个最基本的条件是，它必需适合你又实用。为了更好的选择和保养你的包包，请看看以下这些建议吧。

不要一时冲动

当你看到一个喜欢的包时，不要一时冲动就购买了，先试背一下，检查一下，等几天后再做决定。注意，你的包应该适合你的身高（如果你身高一米五〇，不要选拖在地上带穗的包）、你的工作和你的组织哦（不要选迷你背包，如果你是大文件夹的忠实客户）。

经常清洗

要经常清洗你的包包，彻底清洗它，反过来清空，除灰尘，然后用肥皂和刷子清洗，最后剪掉断开的线头。

当你想换包时

当你的包变旧了，你想换一个包时，不要冲动着去购买一个新的，先把它清洗一下。然后买个小饰品装饰你的包，一个机器缝制的皮花，一个漂亮的装饰别针（不要被人偷走），一个手机护链，丝绒绕出的字母，一种织物的移印花，或其他所有你想到的饰品都可以。这样做了之后，你会发现有了一个新包，而且是独一无二的，而且基本上没花什么钱。

实用的问题

你可以在包里加一两个小兜，将它们简单缝在贴背的面上。这是相当实用的，可以放入你的钱包，食堂卡，卫生巾等。如果你擅长女红，还可以考虑缝一条带子，连到另一头的弹簧钩上，用它来挂钥匙非常方便。

好包好背

有一个漂亮的包包还不足够，还需要它善待你的背。对于脊柱来说，最好的包包是双肩背包，因为，它不会过于沉重。如果你选择了挎包或旅行包，当你背着包时，记着换肩、换胳膊或换手携带，不然，你可能会变成一个“斜肩的”女孩哦。

有没有一个属于自己的房间，是个大问题，无论是大房间，小单间或一个开间都行。因为，当你已经长大，你就需要一个属于自己的私人的、个性化的空间。

两人分享一个房间时

当你必须和一个兄弟或姐妹分享一个房间时，要划分空间并不很容易。在此，可以教给你几种解决办法：

一. 利用植物。如果房间足够大，你们可以放一些绿色植物，其中至少有一盆足够高。如果你担心不知如何打理，可向家人、邻居或街边的花商寻求帮助和建议。一个或两个大花盆，再配些小花盆，就能圈出地界。此外，植物既能美化空间又能令人舒适。一举两得。

二. 利用衣柜。无论是一个桌子两人用还是真的将家具分作两半，衣柜总是必需的。它既分隔了空间，并不使空间显小，且总是实用的。

三. 利用窗帘。在视觉上一分为二非常有效，只需要一个固定在楼顶或两墙之间的拉杆，一块漂亮的布料，这样我们很容易就将房间一分为二。窗帘的巨大优势在于，我们拉或不拉窗帘，房间的面积是会“变化的”。

大小无所谓，重要的是私密

你的房间大一点小一点都没有关系，关键是你的地盘应该完全属于你自己。作为“正在发育的”年轻女孩，你感到非常需要一个属于自己的小空间，这也是合情合理的。你可以向你的父母提要求，并解释说，这是一件统筹安排的事情而不是钱的问题。在你的“小天地”里，你可以安安静静地待着，无人打扰地做美梦。你可以按照你喜欢的方式布置它。注意，一定要保持整洁干净哦，这是最基本的要求。

父母的检视权

如果你的房间变成了垃圾堆，你的父母有权要求你清扫垃圾。

怎么整理你的房间

在整理房间之前，为了能够清楚地知道你所有的物品，请对你的衣物、书籍和笔记本等定期筛选。另外，你可以利用圣诞节后和长假前的时间来进行大扫除。现在，你该为自己制订一个打扫卫生的计划表了。

你可能会问自己，到底该不该加入一个俱乐部呢？没加入之前，俱乐部会散发出很大的吸引力，强烈而瞬时。可一旦加入进去了，情况又可能会有所不同。所以，提醒你，在加入一个现有俱乐部或创建一个俱乐部之前，最好先问问你自己的真实动机，你觉得你加入或创建一个俱乐部的目的是什么？真的很有必要吗？

陌生人之间的共同目标

对于那些渴望分享同样的感情或忧愁而相互不认识的人来说，俱乐部提供了现实的平台。举例说明，如果你希望做各类贸易（衣服，书，CD），如果你想为一个讽刺节目投资（免费发放面包房的存货），如果你想清理政府办公楼后的荒地，这些事情，你不可能一个人完成，那么建立一个俱乐部吧，这会对你大有好处。同时，俱乐部也是一个结交朋友的好方法。

创建俱乐部

如果你决定创建一个俱乐部了，你要做的第一件事是为你的俱乐部起名，然后确定各种事项，和运转所必需的成员数量以及他们的角色，将这些写在招贴栏和小手册里，并奔走相告。你很快就会发现，你的俱乐部诞生了，并不断发展壮大。接着，你要考虑的就是组织的问题了。

我的身体我在乎

五

女孩，二十岁之前的你，需要丰富、多样且均衡的饮食。营养师们认为，要达到这个目的，在几十天之内，你必须摄取上百种不同的食物。

先给你个建议，切记以下原则：什么都要吃，但不要过量！尤其小心那些体重计的敌人——甜食、汽水和其他又甜又腻的美食，这些玩意儿可不能滥吃哦！你的身体喜欢保有规律作息，尤其是关于饮食方面。试试在固定时间吃饭，这样能帮助消化顺畅，避免过度囤积。

最后，告诉你（其实在培养一种良好的生活态度），晚上，临睡之前，你的身体就不再努力工作；反观白天一整天，你会动来动去，做些事情，也会思考。所以，从早到晚，你需要足够的能量来支撑长时间的站立，清醒的头脑以及愉悦的心情。以营养学的观点来看，这表示你需要一顿丰盛的早餐、中量级的午餐、清淡的晚餐。还有，别忘了多喝水，记住，每天至少喝一公升半水，这对你的身体健康非常有益。

拥有一些基本的饮食控制常识是很重要的，这么做倒不是为了增进你的智慧，而是因为，当你对整个生理组织的运作方式有所了解时，就能更完善地补充身体的需求了。

木材能生火，我们所吃下的食物将变成能量，这些能量以卡路里为单位来计

算。缺乏能量，我们的器官就无法正常运作。

你每天平均需要吸收一千八百卡到两千卡的能量。当然啦，这不是要你吃下两千卡的榛果巧克力或菠菜泥哦！食物中的主要养分有：

●糖类（多糖或单糖），提供我们可直接使用的热量。

●脂肪类（油脂），帮助我们储存能量，这些备用的热量就囤积在你身体那些胖嘟嘟的部位！

●蛋白质，帮助我们制造并维持身体组织（血液、皮肤、肌肉、骨骼）。

为了拥有元气活力，你应该照以下比例摄取每日所需的两千卡：百分之十五的蛋白质，百分之三十的脂肪和百分之五十五的糖类。

除了这些主要营养成分之外，你还需要吃下少量：

●纤维，帮助消化；

●矿物质（钙、铁、镁、钠等），促进化学反应，帮助身体运作（肌肉的收缩，记忆力，荷尔蒙分泌系统等）；

●维生素（A、B、C、D、E、H、PP），跟矿物质一样，维护生命不可或缺的机能。

多吃食物但不过量

这些营养哪里来？

糖类：

●多糖：面、米、马铃薯、淀粉、面包、谷类；

●单糖：水果和所有吃起来甜甜的东西。

脂肪：奶油、鲜奶油、奶酪、食用油、肉类制品。

蛋白质：蛋、鱼、肉、奶、优格、大豆。

纤维：蔬菜、有籽水果、全谷类。

矿物质：

●钙（Ca）：奶制品；

●钾（K）：谷类、榛果、香蕉、一般水果；

●镁（Mg）：谷类、干果、巧克力；

●磷（P）：奶酪、鱼、各种豆类；

●铁（Fe）：肝脏、肉类、豆类和西洋香菜中含有少量；

●钠（Na）：盐。

维生素：

A：蛋、奶油、水果；

B_1：肝脏、肉类、蔬菜、谷类、干果；

B_2：鱼类、乳制品和肝脏；

B_5：蛋和内脏；

B_6：内脏、鱼、海鲜。

B_9：蔬菜、水果。

B_{12}：牛肉、鲜奶、肝脏、蛋和海鲜。

C：柑橘类和其他水果。

D：蛋、奶油，以及其他含脂肪乳制品。

E：食用油和肝脏。

H（$=B_8$）：核桃、巧克力、动物内脏、蛋和肉类。

PP（$=B_3$）：肝脏、禽肉类、鱼和豆类。

咀嚼大自然

营养健康组织建议，想拥有一辈子的健康，每天至少摄取五种蔬菜和水果。这种以蔬菜、水果为主的饮食能有效降低患上癌症风险。

让牙齿长久健康

你的牙齿始终忠诚地为你工作，无怨无悔，因此你要好好的照顾它哦。它们只有长久健康，才能继续为你服务，比如剪咬、切断、咀嚼什么的。通常，损害你牙齿的是龋齿，龋齿会使你的牙齿质地变软，然后受细菌侵蚀蛀坏。

怎么避免龋齿呢？就请牢记以下事项。通常，一个人患上龋齿的原因可能有三种：遗传、细菌和酸性物质。

1.遗传，即你的牙齿遗传自你的父母，好牙坏牙都来自他们。假如你的龋齿是因此患上的，很遗憾，没有什么解决的办法，只能在幼儿时多补充氟。对目前的你来说，为时已经太晚了。

2.细菌，即你的口腔中有病菌繁殖。一个事实是：口腔是身体最脏的部位，里面肮脏的东西最多。就是这些细菌让你早上起床时有口臭的。因此，你千万别忘记刷牙，也别忘了刷舌头（为了保持口气清新）。

3.酸性物质，它是牙齿的最后一个敌人。餐点里的食物，特别是糖分，会让唾液变成酸性，然后侵蚀牙齿的珐琅质，于是牙齿的质地变软变弱。

酸性物质侵蚀牙齿的过程是这样的：午餐时，你吃了各种咸的甜的食物（这很正常）。经过化学变化之后，你的唾液变成了酸性的。由于酸性物质的作用，你有一颗牙齿的珐琅质开始变得很脆弱，几乎软绵绵的了。于是，肮脏的细菌欢呼，太好了！开始进驻软软的牙齿，繁衍生殖。于是，这颗牙受到感染了，痛得要命。至此，你有了颗蛀牙了。假如你还不好好保养，这颗牙就会渐渐被蛀出一个大洞，蛀光，甚至造成牙龈脓肿。

你觉得这很讨厌吧？没错，但这就是现实。要想避免这场恶梦的发生，你一定要刷牙——每次用餐完毕，或者每次吃完零食时，不必很用力，好好地从牙龈往牙齿的方向刷。牙龈和牙齿之间有个小小的凸边，经常有食物屑塞在这个角落。而且，咀嚼会把脏东西往这个地方堆积，刷牙时绝对别疏漏掉哦！电视上常看到人家从左到右刷牙，这是错误的示范。我们的牙齿垂直生长，所以要顺着这个方向上下刷才是正确的。

每个人都知道，爱惜自己的身体非常重要，但要做到可并不容易。你需要下工夫好好学习一番，这需要你独自努力才行。现实的情况是，我们很少真诚地去面对自己的身体。

有时，你会提到身体的某个部分（头部、双脚、腹部），有时，你会去探讨身体的功能（器官运作）、痛苦（疾病），有时，你严格要求自己的身体散发强烈的女性魅力（魔鬼身材、完美比例）。但是，基本上，你从没有真正想过你身体的本来面貌是什么样的。

有时候，你不太喜欢自己的躯体，对它进行报复：让它饿、把它撑得好胀、抓破皮肤、操劳它，将身体健康置于险地。到头来，你惩罚到的不只是那副臭皮囊，连你自己也一起受罪。

还是停止这种行为吧。你应该试着想想：为什么不喜欢自己的身体？你有没有正确地使用它？它对你来说是一个负担吗？丑陋的究竟是躯体，还是自己？它真的那么丑吗？在电视、报纸、杂志上，我们只看得见一个又一个美丽的躯体。长期下来，这种现象产生极为负面的影响：越来越多人渴望拥有完美的外形，并对自己越来越不满意，甚至感到焦虑！告诉你，这是很荒谬的一种想法。所谓完美身材并不存在。而且，说不定，一旦你拥有超级名模的躯体后，还是会讨厌它的。因此，要喜爱你的身体，必须学着去认识它，倾

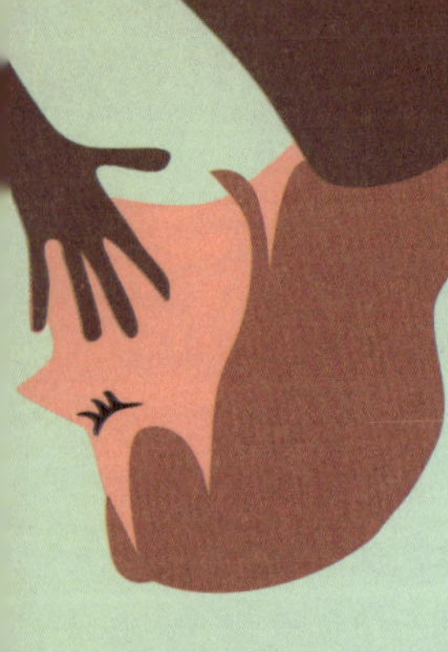

听它的心声，要尊重它。

这段学习体认可能很漫长，先提供你几个秘诀，帮助你学着去喜爱自己的身体吧。

经常进行一些运动或跳跳舞。运动和舞蹈是身体的好朋友，四肢动一动，就可以解放你紧绷的躯体，同时还能学会怎么控制它。经常运动或跳舞，渐渐地，你会觉得自己轻盈了许多，动作不再那么笨拙，不再驼背僵硬了。

当你一人平静独处、赤裸着身体时（如洗完澡或淋浴之后），你也可以试着观察、感受一下自己的身躯：注视你的肢体移动，仔细探索关节的动作，弯弯腰，扮各种鬼脸。这时，你会发现，你的身体很愿意听从你的要求哦！

有一个好方法能帮助你很好地认识身体，而且并不需要很伤脑筋。你可以问问自己：“假如我的身体是一朵花，它会是什么花？假如是一部机器，它会是什么？假如是一种动物，它会是什么？”你可以跟几个朋友一起玩，保证有趣好玩又富启发性。

好了，那就赶快试试吧！

身体文学

关于身体，法国知名女作家玛格丽特·尤瑟纳曾写道：“这座王国以肌肤为界，我们自以为是国王，但其实是被束缚在其中的囚犯。”

一句中国谚语则说：“保养你的身体，让心灵乐意居住。”很美的建议，不是吗？

进化

人类的身体似乎一直在慢慢演变：有些年轻人突然开始长智齿，有些人的大拇指忽然长得比其他指头都快——大拇指变得肌肉发达，动作灵巧，可能是我们常使用它来操作手机、遥控器和电动玩具的原因！

想要美丽，有一脸光滑白嫩的皮肤是非常必要的哦。因此，你需要学会清洁皮肤的方法。怎么清洁皮肤呢?

首先，每日早晚，洗脸之前先把手洗干净。用水龙头的清水冲洗脸部，之后，轻轻用面纸按干。之后，拍上化妆水，再次用面纸按干，然后彻底保湿。

其次，你需要一周一次或两次“扫除”死去的细胞，以防止青春痘成形。事先告知家人，你将占用浴室半小时左右。先将肌肤清洁干净，之后涂上去角质霜。用很轻柔的动作画圈按摩，去除遮盖在皮肤上的细胞角质（因为皮肤不断新陈代谢，所以表面会有一层细微的“死皮”）。然后，用清水冲洗，拍上化妆水，然后敷上舒缓面膜（避免肌肤受到过度刺激紧绷）。面膜需要在脸上敷五到十分钟（这个时候，你的脸上涂满霜膏，所以最好独占浴室不要让别人看到）。等肌肤吸收了面膜精华后，再轻轻按摩，让营养成分尽可能渗入皮肤，然后用面纸拭去多余的残留。将脸擦干净。这时，你看起来就容光焕发了。

小辞典

●荷尔蒙：是由腺体分泌出的一种化学物质。荷尔蒙是我们身体的地下司令，直接或间接地掌管着某些器官或组织的运作。譬如说，有一种腺体位于脑部下方，叫做脑下垂体，此处所分泌的荷尔蒙能命令皮肤制造更多皮脂。接受到这个指令之后，皮肤上的毛细孔大开，以便让油脂通过。于是，细菌透过张开的毛孔入侵，可能会引发青春痘。

●皮脂：是一种油脂，其主要功能是保护皮肤。皮脂中的油分能滋养皮肤表面，但也可能引发青春痘。随着人的年纪增长，皮肤分泌的脂肪越来越少，所以人就不会再长青春痘，然而，人的肌肤也会逐渐变干，皱纹随之产生!

皮肤的滋润与保湿

对女孩来说，皮肤的滋润和保湿是非常重要的哦！即使你觉得自己属于油性肤质，也要注意好好保湿哦。因为，如果你不在脸部擦上面霜保养，为了保护你的肌肤，你的身体将分泌出两倍的油脂喔！

无论哪一种肤质，都需要保湿（避免储存在细胞的水分蒸发）和滋润（用油脂柔软皮肤）双重保养。不过，在你这个年纪，皮脂本身已分泌足够的油分了，所以，你应该多着重保湿的工作。怎么做呢？你可以选择“年轻肌肤专用”的保湿面霜，但不要过分油腻。有些产品甚至还能抑制脸部泛油光：就是所谓的“控油”乳液及乳霜。

需要提醒你的是，最好使用最天然的产品，即包装上有“抗过敏检验合格”以及“抗粉刺”标志的产品。如果你属于敏感型肌肤，那你所有脸部用品（面霜、洗面奶、卸妆乳液、彩妆）最好都在药店里去购买。因为，那里的产品比大卖场里的质量好，价钱却没有专柜商品那么高哦。

如何拥有婴儿般娇嫩的肌肤?

以下产品不可或缺：年轻肌肤专用的无皂性洗面皂或洗面奶、化妆水、保湿面霜（抗油光或年轻肌肤专用）、白色面纸、去角质面霜（或磨砂膏）、舒缓面膜（可能的话采用不需清洗的）。

凯萨琳·丹妮芙的小秘诀

买一瓶保湿乳液，加入几滴香橘精油、柳橙精油，或任何其他气味芳香的精油，依你的个人喜好而定。盖上瓶盖，用力摇，然后擦在身上。这是一瓶世上仅有，仅属于你的乳液哦！

身体的肌肤

买一罐好用的去角质霜（或磨砂膏），一个星期用一次。养成擦保湿乳液的习惯（或滋养油），可能的话，至少一天一次，从脚趾到颈部都要保养。

小心眼睛

最好不要在眼皮上涂厚重的面霜。因为眼部肌肤特别娇嫩，保养品会很容易渗入眼球，进而引起眼睛刺痛、发痒、干眼症和灼烧感。

干爽不干燥

避免让皮肤暴露在空气中自然晾干。与一般所想的相反，这样做会使皮肤变得干燥。水分蒸发掉的同时，也会带走皮肤表层细胞中的水分子。此外，石灰质也可能造成皮肤脱水。无论如何，最好用面纸把脸拭干。

改善膳食，改善肌肤

女孩，如果你想改善肌肤，就赶快食用啤酒酵母、小麦胚芽油和水等神奇食品吧！

啤酒酵母菌含有丰富的维生素B和维生素PP，它们能净化毛细孔、柔软皮肤角质，促进细胞再生。麦芽油能滋养皮肤。水分能帮助你做体内大扫除，并能维持身体内部所有器官组织细胞中的水分，当然也包括皮肤在内。因此，别忘了，每天至少要喝一公升半的水哦！

这些东西并不难买，你可以在专门店铺或大卖场的营养食品部门找到啤酒酵母（药片或粉末）和小麦胚芽油。

还要提醒你的是：啤酒酵母也是对抗痘痘的非常有效的天然抗菌剂呢！

戒烟吧！

香烟不只会提前老化皮肤，长期吸烟还会使肤色变得又黄又绿，真是太恐怖了！尼古丁会摧毁细胞，妨碍毛孔的呼吸，此外，还会延缓角质的新陈代谢，这一切后果都难以挽救，实在很可怕！

一般情况下，肌肤会呈现出自然漂亮的粉红气色，那是因为皮肤下的微血管中血液循环良好。但吸烟会使微血管缩小，到最后根本显现不出来。所以，千万不要尝试吸烟。

通常，女孩第一次去看妇科，总是感觉很害怕。的确，这感觉和去看其他科不一样。需要去看“妇科”，就表示你不再是个孩子了。当然，你也不能因此而觉得自己已经是个女人。女孩们对于青春期和这个时期所产生的变化都怀有一定的恐惧感，通常不想把身体极为隐私的部位给素未谋面的医生看，而且，你还担心那说不定会很痛呢。所以，有点害怕是正常的。

其实，这没什么好怕的了！首先，“这”一点也不痛哦，第一次去看妇科基本上不需要做体内检查的，通常只是初步检查，除非你主动要求，否则可能连脱衣服都不必。

一般而言，年轻女孩会去看妇科，大多数是因为月经来时肚子痛，对阴道分泌物有疑问，月经不规则，或者需要避孕。患者若还是处女（或刚开始有性经验），妇科医生是不会实施内部检查的，除非患者强调某个特定部位疼痛。

就诊时你可以根据自己意愿，选择男性医生或女性医生。这完全是由你自己来决定哦。

关于隐私问题，你大可放心，医生职业规范中重要的一项便是，要为病患的医疗情况保密。即使是对未成年人，医生也没有权力把患者的数据外泄，如果说出来了，他就违反了自己的职业规范了。

比如，如果你的母亲陪你一起去，在做检查的时候，医生会请她在外面等待的。并且医疗机密是双向的，如果妈妈和女儿看的是同一位妇科医生，医生既不能对妈妈泄露女儿的病情，同样的，也不能把妈妈的就医数据告诉女儿。这件事事关诚信。

在法国，若你想去看妇科，但又不愿意让任何人知道，你可以到家庭计划中心和医院去，那里都有免费的服务。

最后，要提醒你的是，请做好心理准备，为了自己身体的健康，一定要如实回答妇科医生提出的问题。青春期、男女性事、避孕，都是非常重要且复杂的事，你不可能全盘了解。而你的医生则是专业人士，他是很在行的。他不仅可以治疗你的疾病，也有义务为你提供这方面的信息。所以你自己也可以尽量大胆地提出疑问，不要觉得不好意思，毕竟，身体的健康才是最重要的！

为什么有白带?

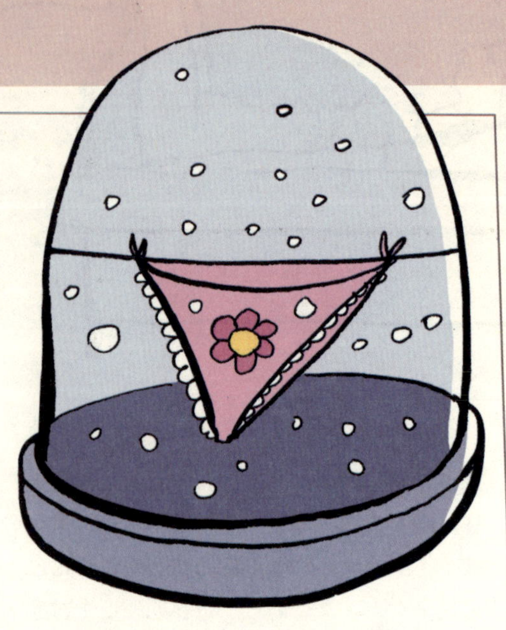

女孩，你有过这样的经验吧：小内裤上残留的白色渍痕，总让我们觉得有点不安。不过，不需要担心，有白带是很正常的啦，而且，它也并不肮脏哦！

白带是怎么形成呢？它们是从阴道里分泌出来的，原本是透明的，干了之后变成白色。阴道是个很奇妙的性器官，它具有自动清洁的功能。阴道的表面是一层薄膜（又称为黏膜），会不断地再生、老化的，黏膜从阴道表层剥落，以便长出新膜。而白带就是老化脱落的黏膜。

女孩分泌白带的现象从青少年期起就产生了，促使这种生理现象产生的因素，就是大名鼎鼎的激素——一种女性荷尔蒙，它能保障生殖系统的正常运行。白带正是这种女性荷尔蒙作用下的产物。有这些分泌物，就表示该女孩的一切器官运作良好。这和皮肤呼吸会代谢出汗水是同样的道理，所以，你就不要奇怪和紧张了。

在每个月的生理周期中，你会发现有一段时期，这种分泌物较多，此外，当你穿牛仔裤或紧身裤时（阴道口受到些许摩擦），白带量也会增加。这些都是正常的。不过，如果出现下面的情况就要倍加小心了：当分泌时出现灼热发痒的感觉，或白带气味刺鼻难闻时，就表示你的身体出现某种异常情况，可能受到了感染。这时，你就必须尽快去医院就诊治疗了。

我们都知道，从青春期起，腿上、下腹部、腋下会长出毛发。不过，很少人晓得，有时候，恼人的毛发竟也会长在一些奇怪的地方，而且数量并不算少。其中一个地方叫人难以启齿，就是竟然有一部分毛发长在屁股缝里了。

恐怕没有人会觉得那里长毛是漂亮的吧，怎么办？为了消除这些烦恼，有些人会在除毛时特意“扩大”范围。其实，你不必那么紧张了，因为，大多数女性这个地方都会长有一定的毛发的，大部分是棕色的，也可能有其他颜色。所以，如果你有这种烦恼，完全不用觉得羞耻。只是便便出口的毛发浓密些而已，这并不代表你是什么稀有怪物。

为什么人会长毛发？

人是一种恒温动物，生长毛发是恒温动物的特征之一。毛发除了可以保持体温外，还有保护躯体免受创伤和昆虫叮咬的作用。随着文明的发展，人类已远离野生动物世界，舒适的住房和暖和的衣着已足以使人类抵御任何寒冷，所以身上的毛发早已显得多余。人类的毛发如今已退化了很多，在灵长类动物中是最少的，目前仍在退化。当然，人体上的毛发并非是同时减少的，各个部位的毛发根据生理上的需要与否，发生不同程度的退化。那些起着特殊作用的毛发，如保护头颅的头发、保护眼睛的眉毛和睫毛、减少腋部摩擦的腋毛等，都在进化中被保留下来；而那些显得不必要的手毛、脚毛、胸毛和胡子等，将逐渐趋于稀疏，并终将消失。

你觉得这件事真是太可恨了，因为，你的乳晕周围竟然长了几根毛。不要慌，告诉你，乳晕周围长出几根毛其实并不稀奇。

如果你有这种状况，你可以用除毛专用的夹子把它们小心地拔掉（使用前后都要记得消毒哦），或用毛发专用的漂淡剂将颜色漂淡；或者，也可以请皮肤科医师用电蚀法除去。

千万要注意的是不能用剃刀或除毛霜去毛哦，因为毛发会重新长出来的，并且会越长越硬。此外，也不能过度搓揉，以免感染。

假如你的胸毛真的很多，那原因可能是荷尔蒙失调。你最好去咨询医生，他会检验分析你身体内各种荷尔蒙的比例，必要时为你做适当的调整的。

最后，如果你真的很讨厌这些恼人的毛发，那不妨对自己说，跟整个身体面积比起来，长毛发的地方只占很小很小的一部分，完全可以忽略不计啊。除了你自己和夜里飞在身边嗡嗡叫的蚊子之外，还有谁会注意到这么微小的地方呢？

人类学告诉我们，体毛是上古时代遗留下来的纪念品，提醒着我们：人类是猿猴表亲的后代。哦，不，奇丑无比的长尾猴竟是我们的亲戚，听到这个说法，女孩们谁不觉得气恼呢？如果单从毛量的观点来看，肯定会有人发出这样的感慨，我们宁愿当瓢虫的后代！但事实却是不能改变的。

大自然赋予我们这一身毛发，我们该如何处置才是最好呢？有四种方法能将体毛彻底打败的：

第一，如果毛发很细而且不多，你可以将毛色漂淡；

第二，把毛剃掉，用剃刀或除毛膏，两者的效果是一样的；

第三，将体毛连根拔起；

第四，永久除毛，可用雷射或电灼方式将毛囊的根部杀死，以防再生。

以上这些方法的使用简易度、价格、成效各有不同。

然而，无论你用哪一种方法，偶尔会有新生毛发会从皮下长出，形成小小的凸起。改善这些颗粒的最佳良方，是使用身体去角质霜，一周一次。先将去角质霜涂抹在专用手套或手心上，然后轻轻摩擦肌肤，磨砂颗粒能带走堆积在皮肤表面的坏死细胞。“小毛”将不再受到堵塞，便能够自由冒出，直到你再将它们除去为止。

此外，完成去角质的步骤或是采用上述的各种方法除去毛发之后，皮肤都会受到一点刺激，这是无法避免的。这时，你应该使用乳液、润肤油或保湿水来滋润肌肤。相信不久你就会惊喜地发现皮肤变得又光滑又柔嫩了哦！

对于身上那些细短的体毛，建议你不要除毛，而改用漂淡的方式。千万记住不要用剃刀处理这些几乎看不见的小短毛，因为剃除之后，它们会重新再长出来的，而且会变粗，并越来越明显。

漂淡的做法是：在毛发上涂抹含有漂白成分的乳液或药膏，几分钟之后，用清水冲洗，擦干之后便宣告完成。

对于腋毛，有些女孩毫不在意，而有些则认为很难看。如果你不喜欢腋毛，从时间、金钱和成效等角度综合来看，最好的方法就是漂白。不要使用双氧水，它会直接损害皮肤的，如果长期使用的话，会使皮肤遭受过度刺激，逐渐发黄。其实，在大超市或药房都可以买到很多种成效良好又不刺激的漂淡剂。

此外，为了达到完美的效果，可别忘了你的双手哦。手背上的细毛虽然没有胳膊上的来得明显，但是，如果你漂淡了手臂上的毛色，却忽略了手背的话，色差会使手背上的毛变得尤为明显，这样反而会因小失大哦。同样，上唇周围的细须也是不能忽略的。漂淡剂用来处理这两个地方效果是非常理想的。

漂淡剂建议使用范围：

腋下、上唇，以及所有细短的毛。

剃毛跟剃头一样，会刺激皮肤。换句话说，你越剃，毛发就长得越多，颜色越深，质地越硬。因此，一旦你开始使用剃刀或除毛霜，以后几乎每天都必须使用。

怎么剃毛呢？剃毛时，先在要处理的部位抹上肥皂或除毛膏（让剃刀可以行进顺畅），然后逆着毛发生长的方向剃除，这样可以刮得干净。然后用水冲净拭干即可。

当然，要提醒你的是，时间久了，你的腿毛将不会再像当年那样柔软了哦。

除毛霜则是一种“化学剃除”方式：这种乳霜把毛发从根部灼断，从而自身上脱落。一般来说，你该让除毛霜在身上停留几分钟，才能更好发挥作用，然后冲洗干净、拭干，重现光溜溜、滑嫩嫩的皮肤。

在选择除毛产品时是要很小心的，即使现在相关技术已十分发达了，但这些产品还是会有强烈刺鼻的气味。

上述两种方法用来对付浓密的腋毛也是很有效的。如果你很注重小节，那么只要每天都刮一刮，就能一年三百六十五天都保持完美了！

剃刀和除毛霜建议使用范围：

金色发毛、体毛稀少者、腋毛。

拔毛的技巧

剃刀和除毛霜的原理是断毛，而拔毛则是将毛发连根拔起。从毛发的生长原理来看，毛发自毛囊再生，加上毛尖冒出，至少需要几个星期的时间，所以相对断毛而言拔毛则能维持得比较久。并且几年之后，毛发便开始萎缩，也就是说，质地将变得细弱易碎。这真是太好了！所以拔毛是最划算的方式：自己动手，花费也不是很高，而且效果还满持久的。

拔毛可分冷热两种，用蜜蜡或糖蜡。无论哪一种，原理都是以一种黏稠的物质将毛发包起来，然后猛力拔起：所有腿毛都会黏在除毛纸上，小腿将变得像瓷杯一般光滑细致。

你应该在哪里拔毛呢？你可以自己在家拔毛或上除毛中心。由于这需要一点技巧，在自己动手之前，你可以先上一两次除毛中心，看看护肤师怎么做，或向新手护肤师请教几招“秘诀”。现在，在许多大卖场都能找到各种使用方便的蜜蜡，可以冷用或温用（用微波炉加热或隔水加热）。涂抹蜜蜡时应顺着毛发生长的方向，然后以极快的速度，一口气将所有腿毛拔除——撕的动作一定要快，要不然会很痛哦！然后，用力压按皮肤，舒缓热痛的感觉。

拔毛法除毛的方式适用于全身体毛，尤其对腿毛特别有效。倘若你采用这种方式，别忘了脚背和脚趾哦，几乎所有女孩这里都长毛，这看起来并不怎么性感，尤其是在夏天，穿着细致的凉鞋，却露出毛毛的脚趾，实在不雅。

至于腋毛和阴毛（专业术语应该是比基尼部位），拔毛法比其他方法来得更持久。但请注意：这两个部位的皮肤非常敏感，采用拔毛法除毛虽不至于无法忍受，却也不怎么舒服。俗语说：“爱美不怕痛”，怕痛就不能将毛除得干干净净了。所以，这两个部位的体毛最好请可靠的护肤师帮你拔除。

拔毛发方式的唯一缺点是：你必须等毛有一定的长度之后才能再次拔毛。如果毛发太短，那就无效了；而很短的毛，仔细看还是看得出来的，这便是拔毛发的缺点。

最后，拔毛的某些工具是可以合用的，你何不与几个人（姐妹、母女、堂表姐妹）合买一支，一起用呢？

拔毛建议使用范围

棕发、多毛者、腿毛、臂毛、腋毛和比基尼部位（有勇气的话）。

一根一根，永久拔除！效果是挺好的。不过，目前，这种除毛法的花费仍然是十分昂贵的，一般只能在皮肤专科或仅有的几家专业美容院里进行。

永久除毛的原理是：用一支极细的小针，将电流导入毛根，精确地说，应该是导入毛囊中心（毛发就是从这个小袋子发展长出），利用电流摧毁毛囊。这样，毛发便无法继续生长了。现今最新的仪器是利用微弱的激光将毛连根摧毁。

事实上，无论用哪一种方式，你都必须进行好几次的除毛手术，才能将毛囊彻底消除，可见这个小小的“毛袋”还是很顽强的！做完电灼疗法后，你会觉得针所插过的每一个地方都在隐隐作痛。那就再坚持一两天吧，之后，红肿的部分会结痂脱落的。

这么描述起来，永久除毛好像很恐怖。其实不然啦！除毛过程中，你几乎没有什么感觉的。导电用的针非常非常的细，电流也很微弱。至于激光，几乎一点也不痛。

由于永久除毛既耗时又昂贵，所以只适用在很小的范围，或者很麻烦的病例中。比方说，有些女孩的胡须很明显，那当然让人很不自在。这时，永久除毛就是最好的解决办法。

假如你想采用永久除毛，最好先咨询一下皮肤科医生。他能给你一些建议，和你解说一下这种高科技的。

最后要提醒你的是，永久除毛手术一定要经过医疗检验之后，才能进行哦。

无论发生在何时，残障都将是一种巨大的伤痛，这是一种痛苦的经历，但你不得不去面对现实。残障分为很多种：天生的、看得见或看不见的、意外产生的、肢体障碍、脑部疾病、慢性病、已经控制住的或仍有可能病变的。

无论是哪种状况，一旦你不幸遇上了，第一个难关就在于如何面对残障这个现实。通常，你会先出现一段激烈的挣扎，然后，向自己妥协。接下来，第二道难关，就是如何应付他人异样的眼光。残障人士对此是完全无能为力的，只能想办法去克服、承受。因此，要接受并适应自己异于常人这个事实的过程是十分艰辛的。

而青少年期的残障，则会遭遇更多困难。这个时期的残障，有些治疗方式会扰乱你身体的生长，减缓青春期的发育，这好比又新添了一项残障需要克服，无疑是雪上加霜。同时，在生活安排方面，要兼顾学校课业和医院的疗程，也不是件容易的事。

那些正值青春年少的男孩女孩即使身带残障，他们一样要经历这段时期中的所有波涛起伏：何谓正常、男女性事、他人、独立自主、恋爱，这一切都因为残障而变得更加复杂。背负着如此沉重的负担，他的身心都必须忍受煎熬，哭泣吧、反抗吧、呐喊吧，这些都是理所当然的。

不过无论如何，千万不要气馁，不用害怕，你一定要大胆地说出自己对这些问题的看法，语言不仅能释放思想，也会通过文字将感觉传递给别人，或许“别人”会对你另眼相待哦。

在心情放松的时候，你可以试着集中精神，仔细找出让你痛苦的各种原因，将这些困难各个击破，这样的效果是非常好的哦。

总之，如果你不幸陷入这样的人生境遇，请抬起头来，拾起所有的勇气，不畏艰难，尽情享受你的人生！你将会发现，生活从此更加精彩！

你经常担忧自己的胸部不够大吗？面对拥有傲人双峰的女孩，你可能非常嫉妒，却只有低声轻叹的份，其实这种心理很正常。冷静下来想一想，为什么你要羡慕那些“大奶”女孩呢?

首先，应该是因为你急着想变成女人，而胸部正是成熟与否的指标之一吧。也许你看到的是与你同龄的男孩不喜欢找身材姣好的女孩，而更倾向于找熟女碰碰运气吧。其实他们只是想借此证明一下自己的男性雄风而已。所以不用着急，耐心一点，你还那么年轻，等你再长大一点，你也会倾倒众生的。

再者，或许是因为在我们的社会中，丰满的胸部特别受到赞赏，所以你也希望拥有火辣“双波”。自从有了“明星”这种人物出现后，每个打造明星的经纪公司的手里总握有一两位“波霸”女。她们的身材很壮观，爱说黄段子的人和记者可以以她们为题材说些暧昧的笑话。看看帕梅拉，还有那些名模多受欢迎，身边都是追求者。但是，实际的情况是，只有小部分男生才会喜欢这个“调调”了，大部分男性还是会欣赏小一点，没那么突出的胸部的。

其实，胸部尺寸大小与流行时尚是紧密相连的。也许你不知道，在六七十年代，大部分女性梦寐以求的是十九世纪像洗衣板那么平的小咪咪。有些女孩用绷带缠绕，尽量将乳房压平，这是当时的“趋势”。虽然现在时代不同了，但谁能肯定这样的潮流不会再回来呢?

最后，谈一点“小小的想法”。随便拿一本医学课本或人体构造图来看，你会发现，“正常”的女性比例，屁股要比胸部大才对。以前的好几个世纪里，稍宽的臀部（生小孩比较好生）加上中等大小的胸部，这样的身材才是最好的。

所以，不要太在意胸部的大小问题了，胸部并不是我们生活的全部！健康的身体，幸福的生活，才是最重要的！

即使现在正流行丰胸，肉感女星个个风光，你还是有可能觉得自己的胸部太大了，希望能小一点。产生这种想法的原因可能如下：

可能性一：你属于早熟的女孩，比其他死党发育得早，所以胸部看上去比较大。其实，这没有什么好担心的，你要做的是赶紧买件合身的“运动型”内衣，因为这种款式能将乳房支撑得最好，也藏得最好。然后，就耐心等待其他人追求你吧。到时，你就不再是班上的“波霸外星人”啦。

可能性二：你真的拥有一对巨乳。你觉得男生都在讨论你的胸部，根本没注意你这个人，你会觉得那种眼光使你备感困扰，好尴尬，太过分了等。尤其是还在青春期，你都还不能确定自己会成为怎样的女性，而这两颗“球”却一天到晚提醒着你：你已经变成一个女人了。真是很烦呢！

现在不用烦恼了，你不如试试下面的方法：

解决办法一：尽量把胸部藏起来，买几件贵一点的缩胸胸罩——告诉妈妈，有了它，你会觉得好过很多。不要穿太贴身的衣服，但是也不要完全遮盖了身体的曲线，还是要穿能凸显身材的服饰，展现你迷人的风采。

解决办法二：试着接受上天赐给你的礼物。穿自己觉得舒服的衣服，不必刻意添加任何东西。比方说，夏天到了，细肩带小背心就留给胸部没什么分量的“太平公主”们去穿吧，你自己则应该在里面加一件漂亮的胸衣，可以把肩带露出来哦。此外，试着正面迎接男孩的目光，不要脸红，也不要乱笑。还有一点很重要：为了保持窈窕曲线，请小心控制体重，尽可能不要发胖。或许对胸部大的女孩来说这很不容易做到，但还是请努力去做吧。

解决办法三：整形手术。不过，请你等自己大一点，“驯服”了成熟女性的躯体之后再考虑。不然到了二十五岁，你很可能会后悔当初的决定哦。

最后，不管你天生是太平公主、尖挺胸、圆胸、中等胸还是波霸，还是顺其自然吧。告诉自己：每个女孩的体型尺寸都是不同的，每个男生的喜好也不一样的！你并不需要为了别人的目光而改变。

卫生棉的种类五花八门，各种各样的品牌数不胜数。

今天的卫生棉和以前那种接近“纸尿裤”的厚垫早已不可同日而语。现在的产品讲究超薄，材质好而且吸湿量大。大部分产品，即使穿紧身牛仔裤都看不出来!

卫生棉的优点是：使用简单、更换方便。使用单片产品时，只要丢掉旧的，摆上新的，再用包装纸把使用过的棉垫包起来丢掉即可。唯一必须注意的是：更换新棉垫之前之后都请记得洗手。

要知道，经血和受伤时所流的血是不一样的。经血颜色较黑，比较浓稠，经过子宫和阴道之后，散发一种特殊的气味。其实经血一点也不脏，但跟流汗一样，有些女孩的“体味”会比较重。如果你有那种不太好闻的味道，建议你勤换卫生棉，严格注意清洁卫生。另外，出门在外时，请使用一个专门的袋子装当天需要用的卫生棉。

卫生棉的一个妙用

如果你在做爱之后需要立刻穿上衣服，卫生棉垫（尺寸最小的那种）就可以派上大用场了！就算你已经冲过澡，精液还是可能会从阴道中沿着大腿内侧流出，多不舒服啊！而且如果你穿的是裙子，那不是很糗吗？这时候，在小裤裤里贴上一枚小小的卫生棉垫，就万事OK了！

远离厌食症

你一定认识几个患有厌食症的女孩吧！她们瘦得像根火柴棒，通常很有活力，但也有点病态，似乎很讨厌吃东西。媒体也经常报道，有些模特儿有这方面的问题，如名模凯特·摩丝。他们把厌食症说得像一种生活态度，简直成了高深的哲学。这对上百万个希望效法名模的女性造成极坏的影响。

事实上，厌食症是一种严重的饮食障碍，跟生活态度根本扯不上关系。起初，可能是自我要求很高的少女开始节食，想要减肥。很快的，体重问题只变成了厌食症女孩的借口。她始终觉得自己还不够瘦，还是太胖。厌食症的症状十分明显：她不断监控体重，忍受饥饿，她对自己身体不断施压，厌食的女孩们常常拿自己的身体去进行刻苦的魔鬼训练。

如果说贪食症患者往往不知道自己的问题所在，对自己的病很不在意，那么厌食症患者则是不肯承认自己的痛苦，甚至会认为自己很坚强。在学习或工作成绩方面，她们经常名列前茅。在日复一日消瘦的身躯上，她们却希望只看见自己坚强的意志力。然而事实上，在内心深处，她们阻止身体长大，不肯出现女性特征。长期下去疲累不堪的躯体将无法进行某些功能的运作，整个身体的步调迟缓下来，从而导致月经中止，也就是医生所说的“闭经”。

因此，厌食症不仅是营养摄取的问题，也代表着人的思维和身体的关系变得极度紊乱，这是心理障碍的信号。由此我们知道，厌食症是一种非常严重的病，极端的状况下，甚至会造成死亡。假如你认识患有厌食症的女孩，千万别让她一意孤行。试着跟她谈谈，多给她提供一些建议，不要让她一个人去承担这件事。

女孩的障碍

一百个少女之中，平均有一人患有厌食症。在青少年时期，百分之四到百分之十的女学生患有贪食症。由于许多女孩会隐瞒病情，所以这些数字还不见得准确。不过，从专门从事饮食行为障碍的医生和心理学者所提供的数据来看，百分之九十的患者都是女生。为什么？很难回答，因为这些治疗者还没找出深层的原因。这种障碍和一般疾病不同，没有病毒或细菌作祟，厌食和贪食两种行为的问题很复杂。

每个厌食女孩都把这种障碍跟自己的过去连在一起。我们几乎可以说，有多少个女孩厌食，就有多少种厌食病因。

然而，有一件事情是确定的：厌食和贪食这两种行为障碍，都和自我形象和外貌问题密切相关。这些问题对青少年来说特别严重。我们的社会越来越注重人的外表，这些障碍也就蔓延得越来越快。而女性比男性更要求体态的完美。所以，女性患者也就相对更多。

统计数字

- 在美国，厌食症案例每年增加约百分之三十。
- 在法国，厌食症患者的年龄层越来越低：十二岁、十岁，甚至八岁的患者都有。

人们对贪食症患者常有一种错误印象，都以为那是一个胖女孩，一天到晚吃个不停。其实，事实正好相反，大部分患有贪食症的女孩（或妇女）都是隐瞒高手，你从外表上根本看不出来。

一方面，她们对自己无法停止吃东西的行为感到可耻。只要家里没人，她们就会在很短的时间内把冰箱里的东西全部吃光；但全家人一起进餐时，她们又比谁都吃得正常，甚至吃得更少。另一方面，有些人吃过之后就去呕吐，或服用泻药，以防变胖。所以尽管吃个不停，但大多数贪食症少女的体重还算正常，所以，一般人很难察觉她们的障碍。据统计，一半的贪食症女孩都患有呕吐症。请注意，这可不是闹着玩的：如果长期呕吐，食道、胃及肾脏都可能受损，或造成身体内部矿物质的匮乏。

贪食症患者为什么那么贪食呢？他们不一定是因为肚子饿，也不是因为嘴馋想吃。那是一种无法控制的冲动，她不把自己“填满”不行。于是，她能拿到什么就吃什么，可能一次就吞下相当于好几餐的分量。之后，她暂时得到满足。然而，很快的，罪恶感便来了：狼吞虎咽地吃那么多，为什么不能克制自己？！

对比厌食症患者和贪食症患者，我们不难发现：

厌食症患者能精准地控制自己的身体反应，且引以为傲，而贪食者恰好相反，她们感到无地自容，并且，她们常以为只有自己才有这种见不得人的病。如果她从来没跟任何人提过这件事，甚至恐怕要等到三四十岁的时候，才会从好朋友口中听到：原来这位朋友也曾经历相同的贪食症困扰。

通常，厌食女孩认为自己过得很好；相反的，贪食女孩则觉得自己过得很糟。因此，她更不愿意主动就医治疗，容易把发病当成偶发行为来安慰自己：“下次我一定不会再犯。”

厌食症与贪食症

这两种障碍常有关联。事实上，有些厌食女孩过去曾有过贪食症状，还有些女孩的行为在这两种病症之间摇摆。这两种看似完全相反的症状之所以会同时出现，一个原因是：食物成为一种借以表达深层的心理不适的语言。患有这种行为障碍的少女，通常对自己的形象不满，并严重缺乏自信心。因为她们无法找到适当的文字来安抚内心的不自在，于是就试图用具体的食物来填满空虚的内在（贪食症），或想办法完全掌控自己的身体（厌食症）。这两种病症其实都是对自己的惩罚行为。

很显然，减肥专家或营养师都无法替你解决贪食症的问题。跟厌食症类似，患有贪食症的女孩不见得是因饥饿才吃东西，这是一种非常深层的适应不良反应，通过饮食行为表现出来。所以，想治疗贪食症，就应该请心理治疗师帮忙，找出引发这项障碍的原因。时间一旦拖久，贪食出现的概率恐怕会越来越高。所以，千万不要安慰自己说这种行为会自动消失，反而应该时时警告自己："这样下去我会崩溃！"

看过《丁丁历险记》中“蓝莲花”那一集的女孩都知道，不找出正确的声音不行。但是，要做到这一点不见得很容易。声音有温柔的、有低沉的，或尖高，或带鼻音，有人喉音重，有人声细如蚊。说话的声音能反映出一个人的性格特征。

在青春期，你的声音产生的变化，或许令你不喜欢。相对而言，女孩子的变声程度不像男孩那么剧烈，而是慢慢地演变，不过还是能感觉出差异的。有一个例子能证明：讲电话的时候，接你电话的是个七岁的小女孩，还是个十四岁的少女，你一下子就能分辨出来。

首先，为了让自己安心，记得，你的声音在别人的耳里跟在自己的耳里听起来是不一样的。你听到的是从自己身体内部发出来的声音，要想和别人听到的感觉一样，只要录下自己的声音就可以了解，从录音机放出来的才是别人所听到的声音。小心被自己吓一跳哦！

假如你觉得自己的声音不好听，那么多做以下两个练习吧，它们能帮助你欣赏自己的声音。这两个练习是，高声朗诵和歌唱。练习时，要很认真了！选择你喜欢的书（或杂志上的文章、食谱，或吹风机的使用说明书，随便什么都可以），以及不太难唱的歌曲。我们的目的不是要练成电视名主持人的腔调或名歌星的歌喉，只希望你的喉咙能发出美妙、清晰且坚定的音色，也就是所谓庄重而平稳的声音。

抗焦虑小妙招

假如，你将要执行一项重大的任务，这个任务可能会关乎你的命运，比如，你要做一个高深的口头报告，或赴一场非常重要的约会。你为此感到非常焦虑，怎么办？建议你，在开始之前，先花个几分钟唱唱歌。即使唱得很难听，也没关系！通过唱歌这种行为，你能调整气息，放慢呼吸，心情自然就会放松了。试试看！

睡觉是一件很重要的事情哦，可有些人总是睡不好觉，长时间下来，会对身体健康产生很坏的影响。

要想找到困意并不是件难事，看看这里的一些小建议吧。一般来说，读一读书你就会开始打哈欠了。

当你的身体高速运转或大脑处于警觉时是很难入睡的，你的身体需要一段时间安静下来。因此，不要在睡觉前做运动或大量进食。同样，也不要在睡觉前看电视，因为你的大脑刚刚还在不停的接受资讯的刺激，所以最好的方法是不要在你的房间放置电视。

睡觉的时间长短是很重要的，很多青少年准时上床休息，但到午夜时才关灯，有时甚至发短信到凌晨三点！如果你是这样，还有什么理由抱怨第二天一整天没精神呢？所以无论你的生物钟和习惯如何，请你必须在晚上十一点前入睡。

一般来讲，适当的降低室内温度是可以更好的入睡的，所以，一间清爽的房间比过热的房间更适宜睡眠，如果你觉得有点冷，可以盖上被子，但是别调高暖气的温度哦。此外，建议你，休息前洗澡的水温也不要太高了。

阅读同样是一个值得推荐的好方法，这时的你无须离开你的床便可以到处旅行，体验别人的生活。看一段时间的书，会使你很好地进入睡眠的。

枕头的功能也不能忘记哦。香枕这几年迅速发展，我们可以看到很多商店出售家居用品，它的淡淡的芳香能让人快速入睡。

还有一个更简单实惠的办法是：在乳液里加几滴薰衣草精油，睡觉时搓搓手，对皮肤也有好处的。

不要忘记关灯前喝一小杯水或在床头放一瓶水。

接下来要做的就是，平静下来，保持安静，照顾好自己。

一切准备就绪，晚安啦！

同肩膀一样，脊背作为身体的一部分已经失去了其魅力。现如今，男孩已经不对女孩的背部做过多的关注了。真遗憾啊，因为女性的背部是美丽而个性化的，具有独一无二的美。

通常，在画家和雕塑家的作品中往往有一些沉睡的女人，她们将背部展示在观众眼前，凌乱的头发垂在肩胛骨或裸颈上，无精打采地歪着。这些优美的背部曲线，往往令人铭记在心。这说明，你的背部是值得被关注的，即便你不经常看到它。

除了美丽之外，背部也是你脊柱的保护层，它使你不会是只软软的毛毛虫。

因此为了你的骨架，试着始终保持挺直你的背吧。把自己当成一个木偶，头发被悬在线绳上，背部挺直，无论是等公交车、上课或吃饭时，在电影院或食堂排队时，还是走路、玩滑轮或开车时都不要随意松懈。同时，这也有利于你收缩小腹和打开肩膀。如果你能坚持下去，那么它会变成一个习惯。想象一下吧，长时间下来，你笔挺的身姿如同女王，那么优雅，那么迷人。

为了我们美丽的身姿，不妨尝试以下的方法吧：

第一，背部按摩。为保持脊背的柔软，可以要求你的姐姐或女伴为你做个背部按摩，在浴室里，用按摩膏把背部涂满，然后，戴上手套或直接用手用力地按摩，然后清洗并保湿。

第二，适当的运动。当你蹲下来捡一张纸币，系篮球鞋带或爱抚你的小狗时，记得像青蛙一样蹲下来，就是说保持膝盖弯曲，背部挺直的姿势。

第三，减轻肩膀的负担。所有的校医和父母都清楚：法国的学生已经被他们的书本和文件夹压弯了背。所以你需要最大限度的减轻你的背包，尽量使用双肩包，它能将重量更好的平均分配在两个肩膀上。

最后，如果这些方法都不能缓解你背部的疼痛，别置之不理，快去看医生吧！

要想使自己吃得营养均衡，其实很不容易。因为，你需要在各种食物标准和类别中找到适合自己的标准，对普通人而言如同走迷宫一般。

为了使你摄取的营养更均衡，不妨看看下面的几个注意事项：

首先，对于杂粮、面包或其他面食，这些由小麦制成食物而言，尽可能选择标有“全麦”标注的食品。比如，全麦面包、全麦杂粮和面食等。所谓全麦就是指在将小麦磨成面粉时没有去掉皮，这样，磨出来的面粉就是棕色的，而不是白色的，制成的食物也一样是棕色的。从营养的角度讲，没有去皮的小麦比去皮后的小麦营养更丰富。

其次，选择带有绿色和白色（不含化肥农药）标签的天然食品，这些标签表示该食品至少百分之九十五的成分源自绿色农业，也就是说它们是由特殊的生产过程生产出来的（使用绿色农药等）。你要知道，当你在享用传统方式下生产的水果和蔬菜时，也吞下了大量的污染物。相对而言，绿色食品比传统生产方式下生产出来的食品更健康。

第三，那些带着“轻质”、“节食”、“营养的”或“缓解情绪”标签的食品真的比其他食物含有的脂肪或糖少吗？理论上是这样的，但是也不一定，比如，健怡巧克力中确实含有较少的糖，但为了提高口感，商人会往里面添加脂肪。很明显，糖是少了，脂肪却多了。这下找到误区了吧。同样的事也存在于某些酸奶或蛋糕中。所以，请睁大眼睛不要轻信哦！

相信看过以上的说明和注意事项后，你就懂得怎么摄取食物了。合理健康规律的饮食方式，才是我们最应该了解的。

早餐对一个人非常重要。如果说，你是一辆脚踏车，那么早餐就是保障脚踏车顺利前进的润滑油。

早晨，当你从睡梦中醒来时，已经一晚上没有吃东西了，而你的身体还在继续运转，所以，你一定处于能量亏空状态。如果不及时补充能量，你的身体将不得不动用储备能量来维持正常的生理状态，这将导致你一整天都无法集中精神，尤其是来月经的那几天，情况更糟，你会动作迟缓，萎靡不振。

更重要的是，不吃早餐非但不会让你变瘦，反倒很有可能使你体重慢慢增加哦！人类的身体有它自己的一套应急机制，如果不吃早餐，你的身体可能会以为是闹饥荒了，所以你下一次进食时，它将吸收两倍的食物。所以，不吃早饭反而会越来越胖！

可是，如果你在早上真的一点胃口都没有，那么也不用勉强自己了。如果你不吃早餐，你仍然全天感觉良好，那你大可不吃早餐。相反，如果你从早上八点到中午都相当疲倦，并且除了喝杯咖啡外，什么也没有再吃，那就请咨询医生吧，这可能表示，你的身体出现了异常情况哦。

改变这种状态的方法很简单：认真的享受早餐时光。当然，做一顿真正的早餐需要花很多的时间。如果你能坚持做下来，你会发现这一切还是值得的。早晨起床后，打开窗户，坐在饭桌前尽情享用一顿美味的大餐，还有什么比这个更美妙呢！以后就这么做吧！

在此，为你提供一份早餐的必需食品：

1.奶制品：鲜干酪，酸奶或纯奶酪，奶茶，牛奶咖啡或巧克力牛奶、奶酪等；

2.面包与杂粮（选择“全麦”的食品，可以为你身体带来更多的纤维和缓释糖分）：蛋挞，面包干，饼干，以及杂粮等；

3.新鲜水果：生吃或榨汁，由你来选择，但是放入酸奶中的小块木瓜不算在内；

4.鸡蛋或火腿。

至于怎么吃，就是个人习惯的问题，完全由你自己决定了。

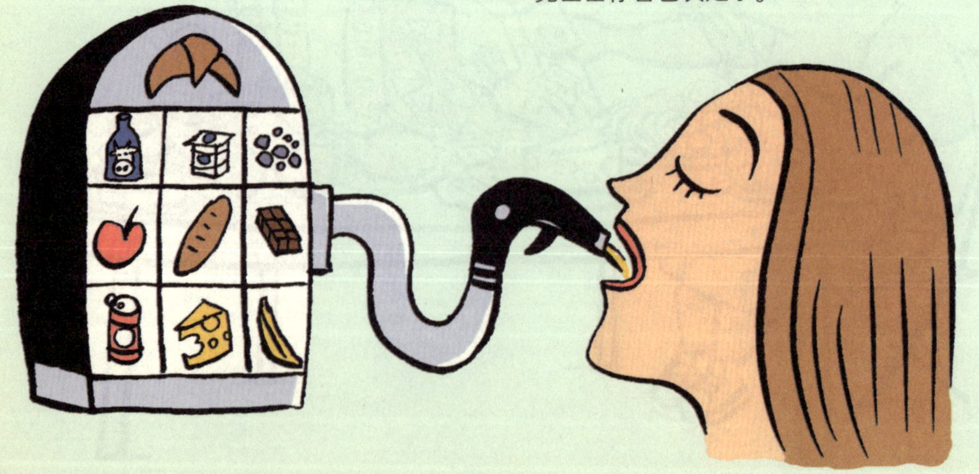

尽管我们并不看重自己的脚。但是脚的作用对人却是很重要的。每天，我们的脚从早到晚支撑着我们，使我们成为一个站着的、顶天立地的人。

随着你年龄的增长，脚比身体的其他部分更快地失去柔滑、变得粗糙。你肯定不会在意这个小变化的。但是需要提醒你的是，人养脚，脚才能养人。预防胜于治疗，你需要好好保养你的脚哦。这里给你几个小建议，用来爱护你的脚。

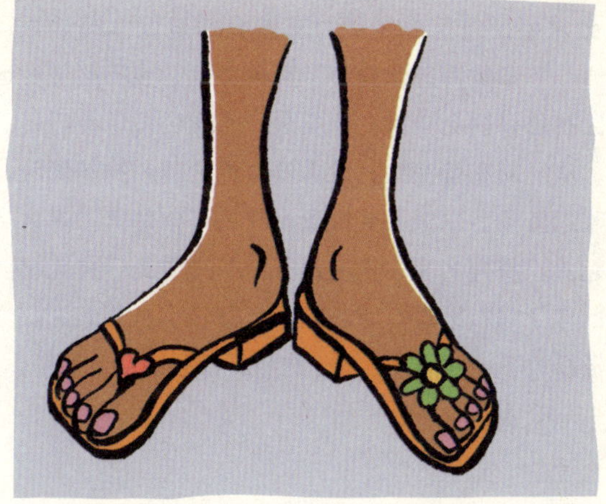

第一，去死皮，补水。

如果在你的脚后跟或大脚趾下出现一层粗糙的皮肤，别担心，这是正常的。因为脚经常与鞋相互摩擦，摩擦的部位会逐渐形成一层由死细胞构成的皮层。时间越长，皮层就越厚，这就是俗称的“老茧”。要想除去他们，我们可以在淋浴或泡澡后，用一把专用于脚的锉刀，在有茧的部位轻轻摩擦，通过摩擦将死皮去除，几天后就会长出一层更嫩的新皮。之后涂上不油腻的保湿霜就可以了（为了保持效果，你需要定期给脚部去死皮哦）。

第二，修剪脚指甲。

根据脚指甲的自然形状将其剪短，大多数情况下都是剪成“圆方形”，尤其是指甲边缘一定要剪圆，以免指甲嵌入肉里形成嵌甲。嵌甲是很痛的，并且如果我们不小心照料，即使伤口很小，也会引发感染。

夏天时，洗完脚后，记着晾干它。脚趾间不能太潮湿，否则会滋生真菌，使你的脚变痒，从而长出医生们常说的“脚癣”。为了预防患上“脚癣”，你可以涂些抗真菌的药膏，它们能治疗脚癣，还能防臭。如果你经常穿球鞋就更应该谨慎些，要勤换袜子，并定期清洗。养成一个良好的日常卫生习惯，首先就是要消除身上令人不适的气味。

第三，脚趾甲油。

不要犹豫，在脚趾甲上你可以大展拳脚，美丽的脚趾甲尤其能凸显你的女人味哦。你可以使用更为精细易刷开的，特别是鲜亮颜色的指甲油。在夏天穿凉鞋的时候，涂上从未用过的深红色或强烈的玫瑰红色指甲油，远远看去就像脚趾上镶嵌了晶莹的珠子，当然靓丽无限了！

第四，脚、手，同样爱护。

关注脚的时候可别忽略了手哦，手指甲的保养品完全可以用在脚趾甲上，反之亦然。

如何才能精力充沛

对一个女孩子来说，保持精力充沛是很有必要的。因为，精力充沛，是一个人是否拥有健康生活，是否能合理安排生活和乐观看待生活的直观表现。

怎么才能使自己总是精力充沛呢？建议你经常做运动锻炼身体。不要觉得身体是个沉重的负担，也不必像奥运会的田径比赛那样拼命奔跑，只要进行合理的锻炼就行了。每天早上，从一起床就开始，试着伸伸你的腿，抻抻脚趾，坐起来时收起肚子，别像一头大象一样离开你的床。在大街上时，抬起头，展开肩膀，像被悬在一条绳子上一样走路。看到远处的车了吗？跟着车跑起来吧，即使你赶不上它，你还是会感觉释放了一点精神压力。这样就已经达到效果了。

保持精力充沛的一些小秘诀

保持精力充沛，有很多方法可以选择，以下是几种常见的方法：

- 加强饮食；
- 加强运动；
- 利用淋浴缓解身体疲劳；
- 保持良好的形象；
- 给情绪一个出口；
- 听听音乐；
- 保持周围环境清洁；
- 学会休息。

这么说，并不是说你要不停地做运动哦，那完全不必要。只要合理的适度的运动就行了，长时间坚持下来以后，你就会发现，自己总是生机勃勃、精力充沛的。

女孩，你很怕冷吗？很多女孩都很怕冷，气温才刚刚有所下降，有些女孩就觉得自己冻僵了。别担心，看看我提供给你的一些小建议吧。

首先，每天吃一根香蕉。因为香蕉中富含钾、金属盐和血清素，这个和阳光颜色一样的水果，能带给你能量和好情绪。

其次，丰富你的沐浴方式。泡个牛奶浴吧！在浴缸中倒几勺奶粉，可能的话再加几滴味道清香的精油（玫瑰，橘子，茉莉花精油等）。

再次，平时，多喝点“高山雪水”——覆盆子糖汁，新鲜柠檬榨的汁和开水。

最后，进行“腹腔深呼吸”——练练瑜伽吧。第一次练的时候，你可能会感到好笑，但是练习几次后，你会发现，仅仅通过你的想象和集中精神，你能很快的使自己热起来的。

赶快试试吧。

为什么女孩更怕冷？

一到寒冷季节，很多女孩便会感到全身发冷，而且这种感觉往往甚于男性。女孩为什么更怕冷？美国两位专家对此进行了研究，他们发现：这主要是因为女性身体里铁和碘这两种元素的含量太低了。

女性缺铁的主要原因是月经导致铁元素的损失。铁元素是制造血红蛋白的重要原料，血红蛋白是红细胞的主要功能物质，担负着身体内氧元素的运输代谢功能。若女性膳食中含铁元素较低，加之月经导致铁元素的流失，就易患缺铁性贫血，致使营养素得不到充分的氧化，产热不够，就容易感到寒冷。

甲状腺素具有生热效应，它能使基础代谢增高，加快皮肤的血液循环。酪氨酸是制造甲状腺素的主要原料，组成酪氨酸的一种重要元素是碘，而碘需要不断由食物提供。如果一个人长期缺碘，便会影响甲状腺激素的合成，人体的御寒能力也会因此降低。

如何消除疲惫的感觉

疲惫，疲乏不堪，筋疲力尽……这些词我们小时候很少用到（当我们累的时候，很简单：睡觉），如今，你开始体会到其中的意义了。很不幸的是，在你这么大的你年纪，你很容易感到疲惫，因为，你的生活节奏在变（你睡的更晚），你的生理状况在变（你来月经了，你长大了），你有更多的事情和压力。总之，你总是疲惫不堪。怎么办？

一般来讲，疲惫可以分为两种：一是身体的疲惫，一是精神的疲惫。

一、身体的疲惫。身体的疲惫也可以分为两种。第一种是真正的疲惫，它是你连续游泳两小时，闲逛一天或通宵跳舞后感受到的疲惫。为什么会产生这种疲惫呢？是因为，你想要抛开一切，舒展肢体，放松肌肉。但是，你的身体却经受着严酷的考验。第二种和第一种不同，它的表现是，如果给你一个舒适的靠垫和枕头，你便会睡觉。这种疲惫是健康自然的，它并不意味着身体不工作了，而是恰恰相反，它能使你的身体得到很好的休息以便更好的工作。一觉醒来，你又会感到精力充沛了。

二、精神的疲惫。通常，精神疲惫和身体疲惫的表现相似。对你来说，你感到你的弦绷得太紧了！可能是因为，你考了一天的试，晚上却还要上一节钢琴课，或参加戏剧表演。精神疲惫时，你会感到空虚，心中只有一个想法——睡觉。

怎么与疲惫作斗争呢？这里，教给你一些小技巧。

一、早餐喝一杯鲜榨橙汁，可能的话，再加半个柠檬。

二、洗澡时，先用热水后用凉水来洗。大胆尝试一下，效果立竿见影。

三、音乐会带给你好精神的。如果你喜欢古典音乐，听一下莫扎特的协奏曲，就像跳入激流之后一样，效果相当好。

四、如果有可能，每天午休半小时（定好闹钟）。这会使你以整个下午都精力充沛。

六 轻轻松松认识“性”

女孩，对你而言，这可能是一个比较敏感的话题，但是却是一个你必须学会的知识哦。

事情的过程是这样的。起初，你们两人彼此吸引。然后，你们一起出去约会，互相触摸拥抱。渐渐的，对另一个躯体的认识与感触转变成欲望，于是接下来就会发生性爱行为了。

一开始以抚摸作为热身。男人和女人在探索对方身体的同时，也在发掘自己的身体，尤其是自己的敏感地带，那是欢愉的源头。男性的阴茎胀大伸长变得坚硬：这叫勃起。女性的阴部可能轻微扩张，变得湿润。男人和女人互相渴望。

然后，男人将性器官放入女性的阴道中。他可能会用手去找寻入口；她可以引导他，或比方说，将阴唇张开，仿佛在为他“开启大门”。进入女性的身体之后，男人会在阴道中做来来回回的运动。女人可以伴随配合，加速或减缓他的动作。女性阴蒂裸露挺起，因受男性性器官摩擦的刺激而兴奋。阴道口也对碰触非常敏感，但内部深处则对阴茎的推挤产生反应。对男性和女性而言，他们正在寻求快感，正在相爱。

等男人的兴奋到了一定程度时，阴茎会数度收缩，精液从尿道喷出，射进女性的阴道：这叫射精。射精引发极度快感。而女性的快感也称为高潮。高潮来时，从阴蒂开始产生收缩，有时会扩散至阴部深处、阴道，直到肛门边缘，最后整个躯体感受到一种喜悦幸福。男性和女性不一定会同时体验到快感，这种概率甚至可说很小。最常见的情况是，男性先使女性达到高潮，然后才轮自己享乐。此外，男女两性所体认的快感并不一样：男人的感受比较猛烈快速，而女人的感觉则较为分散、缓慢。对两人而言，这是性爱行为的结晶，他们正在品尝享受。

终了，快感过后，紧绷的情绪舒缓下来。彼此的器官又回到原先的状态：阴茎变软，外阴、阴唇和阴蒂充血消退。对男性和女性而言，这是最温柔的时刻，尤其是，如果他们真的彼此非常相爱，这时他们可以依偎着对方平静休息。

●性爱的声音

做爱时，有些人会说话，有些则不，另外有些人只发出细小的声响或呼吸声。没有什么一定要遵守的规则，做爱时寂静无声也可以。一般而言，话语、喘息、喊叫和耳语自然而然就会产生，有时候连自己都没注意到。

●性爱体位

性爱千奇百怪的姿势很多，印度探讨性爱技巧的情色哲学指南《爱经》中就记载了六十九种，这本书写于公元四世纪末，并附有插图。事实上，不必拘泥，性爱中的两个人能想出几种就有几种吧。

需要提醒你的是，做爱不是在做体操，并不是体位越复杂就能获得更多快感！这也是一样，没有任何准则。

●没有爱的性爱

不一定要有爱才能做爱。女孩和男孩一样，也可以不谈恋爱只做爱：不必存有任何感情。一般来说，男孩比较容易不带感情就上场；相形之下，女人的心显然较需要编织美丽的故事。

●只要爱，不要痛

一开始，不见得所有动作都很顺。这很正常，而且，男孩可能会把女孩弄得有点痛。如果他不晓得该怎么办，女孩可以把疼痛告诉他，好让他动作轻柔些。假如他很粗鲁，可千万不要放任他哦。

●放轻松！

女人在做爱时必须够放松。假如她很紧张，说不定会笑场的！要不然就是，她的肌肉紧绷，尤其是阴道口的部位，可能会在性爱中造成疼痛不适。

如果疼痛不断发生，就必须找出原因。原因或许是生理上的（比方说受到细菌感染），或许是心理上的。

●在哪里做?

电影里，两个人总是在路上某家旅馆舒适的房间里做。现实生活里，特别是在青少年期，哪有可能在旅馆里做爱呢？通常，你们也不会想去爸妈家。那么去哪里呢？可能的地点有：车子里、朋友家、野外、露营地、夜店，或车库。其实，在哪里都没关系啦，只是，要小心路过的人哦！

●性爱的合法年龄

某天，你觉得自己已做好准备，可以发生性关系了。这可能是你十三岁时的事（基本上很少见），或在十七岁的时候（这是法国女孩初体验的平均年龄），或在二十五岁时，甚至更晚。这是没有年龄的限制，随你的情况而定。不过，法律是不允许青少年受性犯罪侵害的。在法国，十五岁被视为合法的性年龄。假如有一个成年人（十八岁以上）和十五岁以下的青少年发生性关系，他就会被判诱拐未成年人的罪名。这算是一种轻刑罪，根据刑法可判五年有期徒刑。若是两个未成年者发生性关系，而其中一人已达十五岁，较年长者则会受少年法庭审问。

什么事情能让你觉得自己变成女人呢？第一次月经来潮？进入合法成年年龄？还是第一次性爱？很多女孩都会选择第一次性爱吧。的确，全世界的女孩都有这样的感觉：体验前和体验后真是大不相同啊。

这次初体验真叫人紧张不安。生理上，你可能会怕痛、怕流血或弄痛对方，没有任何愉悦的感觉。心理上，你也有点七上八下，因为你知道自己即将跨越生命中一个重要的里程碑。而且，我们发现，和第一次性经验相关的字眼听起来都不怎么顺耳：玷污、开苞、撕破（处女膜）、见红……看到这些词汇，真想象不出任何幸福美满的感觉！

面对这些恐惧，年轻女孩通常持两种态度：一种是和不怎么熟的男孩做，其实她并不爱他，只是想“做做看”；另一种则相反，希望第一次能和自己深爱的男孩做，把童贞献给他。然而，无论选择哪一种方式，要让自己的初体验顺利成功，必须先破解心中的恐惧。

第一次会痛，是很正常的。但是，如果你情欲旺盛，温柔的爱抚引发足够的冲动，阴道湿润膨胀，男生的阴茎将能顺利进入，那就应该不至于太痛了。处女膜被穿破时，有时一点也不痛。

对一些喜好运动的女孩而言，这个部位其实已经松弛（如从事骑马运动的女孩们），就不会有很痛的感觉。如果在第一次做爱时，你的处女膜仍完好如初，会不会痛就视状况而定了，这和做爱对象是否很小心，你是不是够放松，欲望是否很强烈等因素密切相关。至于见红，你可能很紧张吧，其实大可不必。大部分情况下，见红都只是轻微流血，顶多几滴罢了。当然，这也和处女膜是否已经松弛有关。总而言之，即使流血有点多，也并不

注意：必备避孕用品及安全套

据统计，约有百分之十到二十的年轻人，“第一次”时没有任何避孕措施。这太冒险了！因为，你有可能第一次就中彩奖怀孕，或第一次就被传染性病。所以，从初体验开始，良好的避孕措施就是不可或缺的！至于你的伴侣，他也一定要使用安全套！

统计数字

百分之七十的女孩，初体验的对象是已经有性经验的男性。然而，只有几乎不到百分之五十的男孩把他们的“第一次”献给有经验的女性。

会加重痛苦的——痛不痛和流血的多少并没有必然联系。有些女孩第一次时，完全没流血，那也不需要担心，这只表明，你的处女膜在之前就已经破了而已。

另外，你还可能担心另一件事：怕自己笨手笨脚的。不用担心，你可以告诉自己：其实，那个男生也有相同的顾虑。性爱又不是考试，没有什么对或错的。如果你还是觉得自己笨拙，你可以对你的伴侣讲出来啊，这没有什么不好的，相反，言语还能够增强你们彼此的爱意哦。

最后，说说快感的问题。告诉你，第一次你很可能什么快感都感觉不到。原因太多了：可能因为你太紧张了，可能因为男生不知道该怎么开始，可能因为你们彼此了解还不够深，也可能因为你们不敢把恐惧说出来。尤其是，第一次时，你还不是非常了解自己的身体，以致从错误的方向去寻找快感，怎么可能找得到呢？别着急，通常，几次之后就会出现的，可能在你意想不到的地方哦。

年轻的女孩发生性关系时，一个必须注意的问题是——避免怀孕。目前，避孕的方法有很多，主要包括：适用于男性的（保险套），适用于女性的（阴道隔膜、女用保险套），天然的（基础体温），人工的（避孕器、子宫帽）或化学的（杀精剂、避孕药）等。有些避孕法很有效，有些则成功率不高。

所谓天然避孕法，其原理是依靠信息观察（如基础体温），根据女性的生理周期来判断安全期。这种方法的可信度不高，常出现意外，所以只建议关系稳定，而且不排斥生宝宝的成年人使用。

女性避孕器也不适合年轻女孩使用，只适合年纪较大的女性使用。阴道隔膜和子宫环，两者都是在子宫颈内侧安放一种阻塞装置。和女用保险套一样，置放并不容易，需要特别学习。避孕器则是一种T形物品，需要由医生置入子宫底部，以阻止受精卵在子宫壁着床。尚未生过孩子的年轻女性是不适合使用避孕器的，因为一旦遭细菌感染，可能导致不孕。

目前，保险套是唯一确定能避免性病传染的性用品。它的避孕率只有百分之九十七，配合杀精剂一起使用可以加强避孕效果。市面上售卖的杀精剂有好几种，包括软膏、胶囊或棉条等。提醒你，这些药剂必须在发生性关系之前使用。同时，你要知道的是，杀精剂单独使用时，并不是很好的避孕方式，因为它无法有效杀除年轻男性活跃的精虫。

所以，最适合女孩们使用的避孕方式还是避孕药。但是，不要忘记吃了哦，忘记吃就没效了！

欲望、兴奋是怎么一回事

一个人产生了性欲，意味着他（她）想和某人做爱了。欲望会引发兴奋感，但是两者是不能混为一谈的。

一般来讲，欲望的对象针对某一个人。想拥抱他，依偎在他身上，和他做爱。你的大脑向你的身体发送出这一类的意念及影像。

这股欲望会使人产生生理上的兴奋，会想做爱。不仅大脑会散发这些信息，你的身体也会产生反应，如果是女性，你的表现是：轻微的颤抖如电波般顺着脊椎流过，乳头硬挺，腹部下方被一股温热的感觉侵袭，阴道湿润，阴蒂挛缩，微微挺起。如果是男性，则表现为：生殖器官充血、变硬。

身体兴奋和好胃口的规律一样：吃饱了，就不饿了。欲望则不同，它是一种更强烈的感觉。欲望能不断产生，不断更新，欲望是永远不会停止的。

在性爱的领域里，想象占据着很大的空间。什么是“性幻想”？所谓的性幻想指的是：脑海里产生一些画面，通常都很稀奇古怪，但却让人很想那么做。比方说，在一艘火箭里发生性关系，或想象现在在你眼前的DJ赤裸的模样。性幻想和梦一样，不是意志所能控制的，所以如果你偶尔来点“性幻想”，也不必有心理压力哦。

性幻想和性没有必然联系，但是这两者都是在青少年步入青春期时开始产生的。所以，当你脑海里出现性幻想时，不要担心。

一般而言，我们是不会轻易谈论自己的性幻想的。最多有可能和一两个十分亲密的人说（应该不是父母了）。但我的建议是，最好还是把它们保存为自己心底的秘密。为什么？因为，这样你才有绝对的想象空间。只有自己知道，没有任何人能做任何评判。这样不是很好吗？有些人喜欢公开谈论自己的性幻想，那是他们的自由。但他们（或她们）可能没有考虑到：一旦说出来，他们的想象就必然会遭受他人批评。因为，这些“想象画面”通常都很怪异，会让其他人产生疑惑的！

性幻想有时候很暴力。比如说，很多女性会幻想自己遭到强暴的画面。然而，她们有这种想象，并不表示她们希望真的被强暴！其中差异很微妙，但十分重要！幻想的世界和真实世界不同。如果有一天，这些女子真的遭遇性侵害，她们也会和所有女性一样，会受到严重的心灵创伤的。那为什么她们会有这种性幻想呢？因为，我们每个人身上，多少都存在一点暴力因子。正常的状况下，这种暴力是不会在真实世界显现出来的，所以，它们只会通过梦境或幻想发泄出来。

人生中，虽然某些幻想是有实现的可能的，但是，幻想毕竟只是幻想，大部分的幻想只会永远停留在想象的阶段。说到底，性幻想只是一种幻想罢了。

从青春期开始，男性能够制造精子了，一直到老也不会停止；而女性则相反，一出生时，身体里所有卵细胞都会变成卵子，被保存在卵巢里。直到青春期，开始产生月经时，卵子才会被排出来。

每个周期，月经来潮之前十到十四天，会有一颗卵细胞长大，变成卵子，从卵巢排出，这被称为“排卵”。卵子在输卵管伞部附近进入输卵管暂留，等待精虫到来。女性只有在排卵期和排卵期前几天才有可能受孕，因为活动力最旺盛的精虫可以在阴道中存活四到五天。

假如，在排卵时或排卵前几天，女性和男性发生性关系，女性的身体里将会发生下面的事情：男性射精，将几万万只精虫输入阴道。就像一场无比盛大的马拉松赛跑一样，一只只小小“蝌蚪”冲进子宫，往输卵管方向狂奔。大部分精虫很快就被阴道分泌的酸性物质杀死。最强健最旺盛的精虫则进入输卵管继续前进，黏聚在卵子附近。这时，大约只剩一千只。然后，命运的相遇就此展开。

这些精虫附着在卵子上，仿佛好几艘太空舰艇攻击一颗星球。你知道吗？精虫比卵子要小四十倍！最后，其中一只精虫，成功地穿透卵子的细胞壁，成为最大的赢家，进入其中，精、卵细胞核结合在一起。一旦与一只精虫结合之后，卵子将立刻收缩，将其他所有附着在表面的精虫通通赶走。这颗卵子从此就被改称为“受精卵”了。受精卵缓缓地朝子宫方向前进，然后附着在子宫壁上并开始发育。九个月之后，一个宝宝就会诞生。

如果你不小心有了宝宝，怎么办？这时，你必须面对一个严肃的问题——堕胎。一九七五年以前，法国的妇女怀孕后，没有任何选择，法律规定她必须生下宝宝。这时，她只能冒着生命危险，偷偷堕胎。然而，这种状况目前已不存在了。从一九七五年一月十七日起，维尔法案通过，准许自愿性地中止怀孕。这条法律在公元二〇〇〇年时曾稍做修订，至今仍然通用。

维尔法案规定，怀孕十二周之前的堕胎是合法的。对于未成年少女，法律规定，除了本人的同意之外，尚需要父母其中一人，或家族中某个成年人，或监护人的同意，才能堕胎。因为，年轻少女可能不和家长商量便私下进行堕胎。

一般来讲，经过妇科医师诊断，确定怀孕，并检查没有感染（性病）之后，年轻的怀孕者就可以带着妇科证明，到医院或诊所要求进行堕胎手术了。一般来讲，她必须等待七天，因为法律给予她一个星期的时间考虑。

堕胎可通过两种方式进行：机械途径和化学途径。第一种方法是机械途径，即在医生为怀孕者施全身或局部麻醉后，通过阴道，将一根管子导入子宫颈，然后一种设备吸出子宫内的胚胎。手术时间很短，也没什么大痛苦。早上进医院，当天就可以出院。

第二种方法是化学途径，原理就是吃药阻止黄体素作用，黄体素是怀孕所需的荷尔蒙。吃药四十八小时之后，药效就能发作。然后，吃第二剂药，刺激子宫收缩，将子宫内的胚胎排出。排出胚胎的过程有点像月经流量很多的情况，并伴随疼痛。

虽然，目前已经有很多措施可以使人工流产不再那么可怕了，但堕胎者的感受仍然不会好受。因此，比较年轻的堕胎者会得到心理治疗，她们可以倾诉自己的感受，借此度过难关。

一个年轻的女孩堕胎之后，会和以前变得不一样的。一些人认为，那会使你从今以后变得“事事谨慎”。很难说一定会这样。但是，堕胎毕竟是一次惨痛的经验，需要付出很高的代价。所以，为了避免这种惨痛经验的发生，最好还是事前做好防范措施，也就是说，采取避孕措施哦。

性病重在预防

你知道吗？和身体其他部位一样，生殖器官也会被微生物（病毒或细菌）、霉菌或寄生虫感染的。感染后，生殖器官就会染上性病。有些性病是经由别人传染的，和患有性病的人发生关系，或穿性病患者的贴身衣服都有可能被传染；有些性病则是自然产生的，就像感冒或消化不良一样；还有一些性病既可能是被传染的，也可能是产生的。

一个基本常识是：所有传染性性病，包括艾滋病，都能用保险套预防。

长久以来，人们认为患有性病是可耻的。直到现在，在某些时候情况仍然如此。为什么呢？人们认为细菌只有在不干净的地方才会滋生，因此，只有性观念特殊的人才会得上性病。

一个人长期在非常肮脏的地方居住，得阴虱的风险就会较高，与此类似的是，一个人与许多不同的性伴侣发生多次性关系，感染艾滋病的机会自然也较大。然而，很多人往往并不关心疾病，而更关注性事方面的事。这会给患病者带来很大的压力。因此，如果某天，你怀疑自己得了某种性病，千万不要因为害怕而迟疑，不敢说出来，而延误就医的时机啊。放心，医生们不会就性事方面的问题去批评你的，他们的职责是给你治疗。他们会给你和你的性伴侣开出一些对症的药，这对性病的痊愈很有好处。还有一点是你必须知道的，如果你患上了性病，即使你觉得难以启齿，还是要鼓起勇气，告诉你的男友，然后两个人一起去医院就医。否则，他可能有危险。

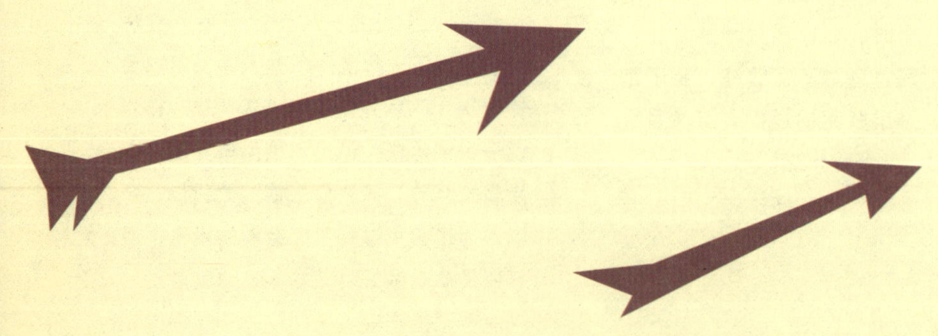

什么时候应该就医?

以下症状应视为警讯：

- 白带的颜色混浊，气味难闻；
- 阴道或外阴出现严重瘙痒；
- 上厕所、性行为前后，下腹部出现疼痛；
- 外阴或肛门附近长出痘痘；
- 生理期之外（且你并未忘记定时服用避孕药），下部出血。

自然产生的性病

外阴部和阴道受到刺激而引起的感染，如外阴炎、阴道炎和外阴阴道炎等。

皮肤方面的疾病（如湿疹），也有可能发生在外阴部。

自发性或传染性的性病

由白色念珠菌所引起的球菌阴道炎，奇痒无比，如果就医时机延误时间过长，还会造成巨大的疼痛。这种感染，可能在服用抗生素之后产生，或经由性伴侣传染。如果是后者，必须两人一起接受治疗。

阴虱：在阴毛里滋长，痒到令人受不了。杀除阴虱，可以利用除虱粉或喷剂（阴虱专用，与灭除头虱的产品不同）。

对于艾滋病，你一定不陌生吧。今天，这个名字全世界的人都知道了。艾滋病，学名为后天免疫缺乏症候群，简写为AIDS。字面上的解释就是：某种病毒破坏了患者的免疫系统的功能，使她连最微不足道的细菌都无法抵挡，任何一种普通感染都能夺去他的生命。艾滋病是目前一大疑难病症，即使在医学界长足进步的今天，艾滋病仍然很难被治愈。

艾滋病毒缩写名为HIV，它只会通过细胞传播。通常，它会经由血液、生殖器官的分泌物传播，但口水就不会传染艾滋（唾液中并不含细胞成分）。和肝炎一样，艾滋病病毒病原携带者可能不会发病。这些携带者的HIV为阳性，本身没有艾滋病，也没有任何感觉。所以，他可能会在不知不觉的状况下将病毒传染给性伴侣。所以，在刚开始发生性关系时，一定要使用保险套。

一般来讲，艾滋病毒需要六个星期才能从血液中筛检出来。因此，若发生性关系时没有采取防范措施。这时，你有疑虑，或你希望和该伴侣的关系能持久，那你在这段时间内就必须去做检查。检查时只需要简单抽个血，三个月之后可以再做一次，确保安心。

千万不要松懈

专家们担心，使用保险套的人越来越少。尤其是年轻人。二○○○年时，十八岁的少男少女中，有百分之三十七的人使用保险套；但到了二○○一年，只剩百分之二十九的同龄年轻人使用。比起十年前，艾滋病似乎不再那么令人恐慌了，但事实上，还是有许多人死于此病。因此，务必小心保护自己。

目前，因为艾滋病新被发现，危险性高，传染速度快，于是它成为头号传染性性病。媒体上、学校里，处处都在谈论艾滋病，有时你甚至还和父母一起讨论呢。所幸，并非所有传染性性病都像艾滋病那么危险，而且目前，大多数性病经过治疗都能痊愈。这真是一个好消息。至于保险套，容我再次提醒你，它是可以有效预防传染性性病的。我们来“见识”一下一些常见的性病吧。

●阴道毛滴虫：因鞭毛寄生虫在阴道内繁殖，引发绿色浓稠分泌物，气味难闻。

●湿疣（菜花）：因受人类乳头瘤病毒（HPV）的感染而附着在外阴部的疣状物。通过涂抹软膏，或像铲除菜花那样，用电烧灼法或冷冻疗法可去除。

●疱疹（及疱疹二型）：很痛，传染力强，病毒与引发唇部和鼻腔水疱及高烧的病毒（疹病毒二型）类似。目前已经有可以使病程缩短的治疗方法，但不能保证不再复发。疱疹病毒能在人体内沉寂许久之后才发作。

●披衣菌：这种细菌十分常见，初期症状极为不明显，只显示为阴道异常分泌，上厕所时有障碍或伴随灼热感，或月经之外有轻微出血。在发病较严重的阶段，会引发输卵管炎。这时，你和性伴侣两人都必须服用抗生素消炎，这一点非常重要。

●霉浆菌：这种细菌少量时危险性不高，不可与真霉菌混淆。没有特别详细病征，只有通过妇科检查才能发现。

●淋球菌：引起淋病的主成分，常被称为“热尿症”，因为男性患者小便通过尿道时常出现强烈灼热感。在百分之七十的病例中，女性患者没有任何疱状，但淋球菌可能会感染输卵管。所以，若男孩觉得自己有异状，应该立即告知女友，以便两人一起尽快就医。

●梅毒：由梅毒螺旋菌引发。在过去，人们像害怕艾滋病一样，害怕这种疾病。现在，可以利用抗生素治疗，治疗方式已相当完善。不过请小心，梅毒是会复发的，如果你身上出现了不疼痛的“下凹”肿块，请立即就医诊疗。

自我安慰很正常

嗯，你可能觉得这不好启齿吧。其实没什么的，你一定知道“自慰”这种行为吧。自慰，又称手淫，意指：自己——不通过性伴侣，单独一个人，让自己产生性快感。这种行为不仅关乎享乐，也和童年心理有一定的关系。

和我们平时所想的不一样的是，性的乐趣并不是因为荷尔蒙的作用，突然在青春期出现的。青春期，人的生殖系统发育完成，证明个体已具有生殖能力，也就是说，能拥有性生活了。但其实，在生殖器官还不能使用之前，个体或许已经会想要品尝欢愉的滋味了。为什么？因为，控制愉悦感的器官不是生殖系统，而是大脑。而我们从出生以后就一直使用着大脑了。

其实，性事从婴幼时期就开始发展了，即使你已经不记得了！父母亲对刚出生的小宝宝温柔的爱抚，小男孩常会一边把玩生殖器，一边“咯咯”发笑。虽然不是那么明显，小女孩也一样会玩弄性器官！这些都可以被看作性事的现象。当然，在孩童时期，自慰并不会引发高潮。对孩子而言，那只是一种寻求愉快的方式，同时也能满足自己探索自我身体的欲望。

长时间以来，自慰被视为一种禁忌，人们认为这种行为对身体有很大的危害。谁若有这种歪念头，就会被再三告诫，威胁将会大祸临头。其实，这是一种错误的认识。今天，你可以大声说：不，“那”不会害我耳聋；不，“那”不会影响我生小孩，也不会妨碍我和男性之间的快感。不，自慰并不会让人“走火入魔”。

当然，手淫还是应该被视为个人的隐私。虽然现在人们的观念更加开放了，但是还是应该有所禁忌的。换句话说，如果你有自慰行为，那是很正常的，但是，你也不需要把它当成话题向全世界展示。

女孩，为了性生活的安全，不致意外怀孕，你一定要学会使用避孕药。避孕药就像一种神奇的鸡尾酒，它能够将两种由卵巢分泌的荷尔蒙——雌二醇与黄体素调和在一起，使你不能怀孕。

在剂量足够的情况下，这两种荷尔蒙会产生三种效应：一、停止排卵；二、减少子宫颈的分泌物，借此阻挡精子向卵子前进；三、使子宫内膜变薄，受精卵无法着床。

避孕药是一盒二十一颗的药丸，一个月吃一盒。第一次服用时，应该在月经发生后的第一天开始吃第一颗，然后每天都要吃，尽可能在同一时间服用。连续吃二十一天之后，停吃七天。停药期间月经来潮，产生的月经的量比没吃药时少。停止吃药后的第八天，即使月经尚未结束，也必须开始服用新的药丸了，程序和前一个月相同。

一些人认为，吃避孕药会让人发胖的。是的，早期的产品的确让某些妇女体重增加过。不过，如今的新产品剂量只有过去避孕药的十分之一，几乎没有任何副作用。你可能会微微胖一点点，或胸部变得稍稍丰满些，但一点都不明显。如果你服用某个品牌的避孕药，引发了不良的副作用，那表示这个品牌不适合你。你可以去咨询一下医生，请他给你配另外一种品牌的产品。

一开始服药的时候，你的器官可能需要一点时间来适应新的荷尔蒙剂量。第一个月，如果有少量出血是挺常见的，并不严重。如果你也有这种状况，可继续服用，下一个月应该就不会再出现了。另外，你也可能感到腹腔或胸部微弱紧绷，偶尔还会想吐，这些感觉很不舒服，不过，这也并不严重。一般来讲，在你服用三盒之后，这些困扰应该都会消失了。

避孕药的小故事

避孕药是两位美国医生乔治·品克斯（George Pincus）和约翰·洛克（John Rock）在一九五六年发明的。在法国，直到一九六七年才被合法售卖，但当时规定，不可卖给未成年少女。要到一九七五年，著名的维尔法案通过之后，避孕药才能自由买卖。这些小小药丸在社会上引起了极大的轰动：性解放（再也不用怕不小心怀孕）、男女关系动摇、女性主义抬头等。

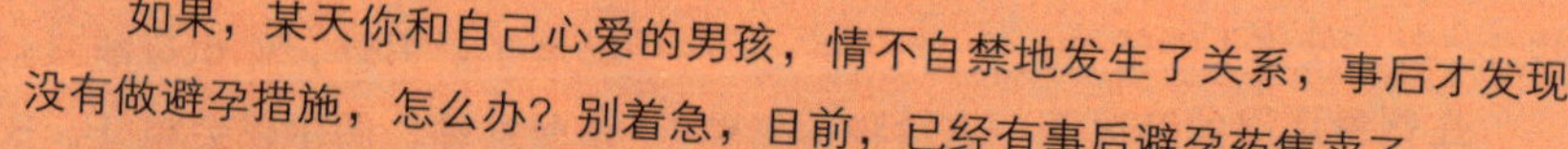

如果，某天你和自己心爱的男孩，情不自禁地发生了关系，事后才发现没有做避孕措施，怎么办？别着急，目前，已经有事后避孕药售卖了。

事后避孕药同样有避孕作用，其主要成分是各种高剂量的女性荷尔蒙，一方面，它能延缓排卵，另一方面，它也能阻挠受精卵在子宫内壁着床。若你连续好几天忘记吃避孕药丸，失去了避孕效用；或正在发生关系时保险套破了，你就非得吃事后避孕药不可了。

目前，普通药店基本上都会售卖事后避孕药。无论你成年与否，还是有没有医生的处方，都可以自由购买。

事后避孕药的避孕率可达百分之七十五。必须提醒你的是，要达到事后避孕药的最佳避孕效果，你必须在发生性关系后的二十四小时之内服用。超过三十六个小时以上，避孕率将会降低到百分之五十四。

事后避孕药由两颗药丸组成，尽早吃下第一颗，之后，必须等十二个小时再服用第二颗。服用事后避孕药后，月经会和平时一样，或稍微提前一两天。

事后避孕药真是太棒了，能预防不慎怀孕，避免令人惶恐不安的堕胎手术。然而，它并非标准的避孕方法。首先，它的效率不如正常避孕药来得高。而且，长期来看，事后避孕药会造成月经失调，紊乱生理周期。

事后避孕药有哪些副作用？

服用避孕药有时会引起一些轻度的副作用，例如恶心、呕吐、头痛、头昏、腹痛、乳房胀痛等。一般来讲，这些副作用会在二十四小时内消失。

人们为男女之事做了一个很形象的比喻——鱼水之欢。在所有官能感受之中，鱼水之欢应该是最难描述的，最爱时的高潮，那可是生命中的一个大喜悦呀！可不是那么容易就能说清的哦。

一些基本的事情是你应该了解的：

生理上，最能引发女性高潮的部位是阴蒂，原因很简单，因为在这个部位分布了许多神经，而组成这些神经的细胞也被称为“快感细胞”。通常，高潮时的收缩即由阴蒂散发出来。可达三到十五次。然后，一波又一波的收缩蔓延到整个性器官，最后扩散到全身。

其他的，比如脑中的形象、性幻想，以及各种感觉，对许多人来说，这一切也都是引发高潮的元素。这是很正常的，因为，说穿了，最终掌控欢愉的器官还是大脑啊！

除了这些心理科学上的要点之外，你还可以告诉自己：要达到高潮的方法之一，就是不要去想它。期待越少，成功率就越高。最后，特别重要的一点是，你必须给自己时间，慢慢适应自己的身体以及性关系中两人的身体。两人共享的欢愉需要你们自己体会，一点一滴地学习，千万别照着书本进行哦。

性冷淡

所谓性冷淡，指在性关系中无法体验到欢愉和乐趣。有些女人无法达到高潮；有些人不但感受不到乐趣，而且根本没有欲望。产生性冷淡的原因，可能是生理或心理上的问题，必须就医。

男人也可能是造成性冷淡的原因：有时候，他们太早射精，女伴来不及达到高潮。这种现象在很年轻的性伴侣身上十分常见：男孩过度兴奋，甚至在插入之前就射精了。

人们常把鱼水之欢和高潮连在一起，这是不正确的。你可以没有高潮，但一样能感到十分愉悦。有些女人不是每次都享受高潮，然而性爱带给她们的喜悦丝毫没有减少。

安全套一定要戴

在艾滋病盛行的今天，性爱时一定要有保护措施，这甚至是人命关天的事！因此，一定要使用保险套哦！有些人以为，安全套用起来不舒服，它会扼杀性爱中的浪漫气氛和愉悦享受（年纪越大的人越容易这么想），其实不然。没错，两性性器官直接接触确实感觉更好一些。但是，想想，如果男生愿意从一开始就戴上小套套，那玩意儿不是比较容易“滑”进去吗?

所以，发生关系时，男生若要求不戴安全套，千万不要接受。即使你疯狂地爱着他，即使他发誓自己绝对没有病，也不行。想一想，就算他非常确定自己很健康，他又怎么能知道你有没有病呢? 如果他够自爱，对你也够尊重，就一定会明白这项保护措施的必要性。

现实中，有些男孩喜欢让女孩为他们戴上小套套，有些则喜欢自己动手。如果你胆子够大，可以试着提议为他服务。假如他自己做得来，那好，就让他自己处理吧。想怎么做随你们的喜欢。

安全套的使用方法

安全套就像一只袜子，顶端是水滴状的（那是一个迷你储存袋，用来盛载射精后的精液）。

保险套只有在男性生殖器勃起后才戴得上去。戴法如下：一个新的保险套是卷成一团的，把它戴上阴茎的同时慢慢将套子解开。首先，请将保险套挂在男性生殖器的顶端，储存袋在外。然后，一只手夹起储存袋，另一只手将卷起的部分顺着阴茎轻轻滑下，套子自然舒解开来。就OK了。

性爱完毕之后，男生必须扶好阴茎及保险套，立刻离开女体，这一点很重要。

注意事项

保险套防止传染性性病的效果非常好，但并不是最理想的避孕方法。“小雨衣”有可能没戴好，也可能破裂。使用时要小心哦！

现在，我们来说说你身体最私秘的部位——阴部。在这个长期被视为禁忌的字眼背后，隐藏着许多你不了解的秘密哦。

这么说吧！男生一辈子都能观看自己的生殖器，而女生则很少有机会能看得到自己的阴部。而这说的还只是外部生殖器官呢！事实上，女性的生殖器官有一部分是藏起来的，完全看不见的。“藏起来”的部分有子宫、卵巢和输卵管，“看得见”的部分则是外阴和阴道。外阴将阴道封包起来，保护并遮盖阴道。假如你拿一把小镜子，放在两腿之间，就可以看到外阴部的大小阴唇，以及正中间阴道的入口了。阴道是一条小通道，连接子宫颈，也就是“宝宝袋”的开口。

阴道里有许许多多的末梢神经，因此它对欢愉和疼痛，都极端敏感。一层微湿的薄膜附着在阴道壁上；它在你性欲高涨、想做爱时，会很快地变得十分湿润。

每个人的眼睛鼻子嘴巴长得都不一样，同样的，每个女人的阴道也长得有差别。每个女孩的阴道都有自己特殊的形状。不必担心，没有哪一种形状比哪一种好或坏。女孩经常好奇自己阴道的长短。一般而言，女性的阴道平均约有十几厘米长，但要测出实际长短是很难的。因为一方面，阴道的长短和阴道入口的大小及阴道本身的宽窄并没有关系；另一方面，阴道是一个弹性极佳的肌肉皱褶组织。因为，这条管道是被设计用来生宝宝的，并且，在性交时，阴道会被拉长，性交后恢复原来的尺寸。

总而言之，大自然将一切都安排好了。性交时，柔软的阴道能完美地配合阴茎来做调整。所以，不要在数字上伤脑筋了，测量阴道的长短是没有任何意义的。

神秘的G点

可能位于阴道内部，靠膀胱的地方，一旦受到刺激，将引发无与伦比的高潮。G点于一九六〇年代被发现，究竟是不是真实的，目前还不清楚，但它不断成为流行话题。所以，大家纷纷找寻自己的G点，因为，似乎每个人G点的位置都不一样。然而，如果你完全不知道自己的G点在哪里，也不用担心。因为，从古到今，女性并不需要靠G点来享受性爱的愉悦。

众所周知，一位从未跟男性发生过性关系的女孩，被称为所谓的“处女”。

第一次发生性关系时，男生的阴茎会撕破女性保护阴道口的处女膜，引发一阵轻微的疼痛及少量出血——也可能不会流血，因为每个女孩的处女膜都长得不一样。每个女孩的处女膜上都有洞，以便经血流出，但洞孔分布的方式不尽相同：有些女孩的处女膜有好几个小洞，有些则是一个圆圆的开口，还有些是一条裂缝。通常，在第一次插入之后，处女膜还不会完全破除消失，而是像花瓣似的，边缘会缩卷成一团。因此，人们常用“开苞”这个字眼来形容女性的第一次性行为。古时候，人们用“采花”这个说法，含蓄地意指“夺去女性的贞洁”。

长久以来，女孩的贞洁是很被人看重的，年轻女子结婚时应是完璧之身，这样才能让丈夫放心，维系其纯正的血缘。以前，法国有新婚人家在洞房花烛夜隔日晾出床单的风俗。床单上必须沾染一点血渍，这样能够证明新娘是贞洁处女。直到今天，还有许多国家有类似习俗。

如今，性革命已经很长时间了，但是，大部分的女孩还是很看重自己的贞洁的。她们希望能把它“献给”自己的真爱。但也有些女孩对此并不看重，她们对自己是处女这件事感觉很羞愧。没有强制的行为需要你去遵守。想不想保有贞操，或保持到什么时候，完全由你自己支配。毕竟，你才是自己身体的主人呀。

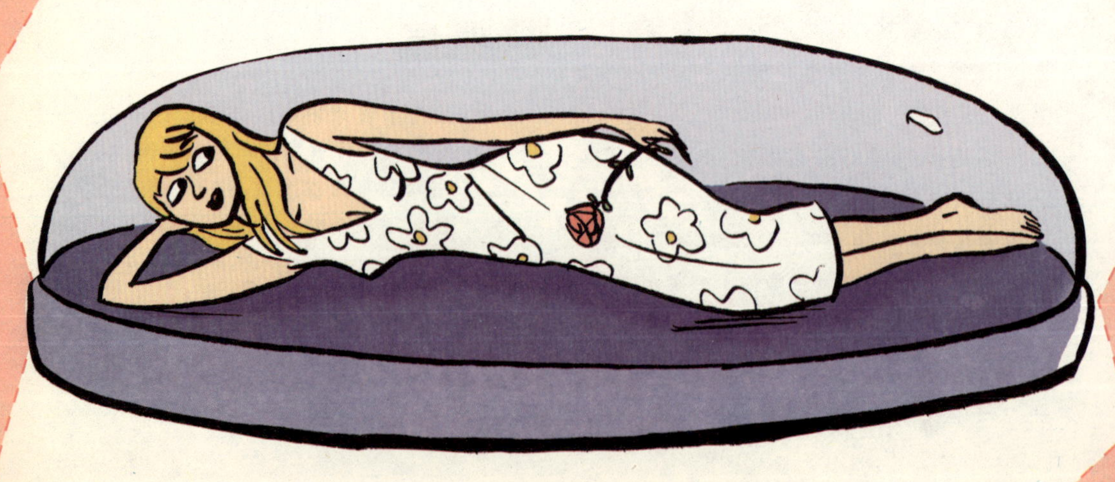

七 烦恼魔障全走开

女孩，你正处于青春期，这是一个特殊时期，此时的你尚未成为成熟女性，但也不再是个小女孩了。这是一个尴尬的年龄。

法兰西瓦丝·朵投和她的女儿凯特琳发明了一个想象力丰富的字眼，将青春时期的男孩和女孩非常贴切地形容为“螯虾情结”。螯虾是一种大甲壳类动物，这种动物换新壳的时候，会先将旧有的那一层壳蜕去。这时，它只剩下一条软绵绵的身躯，没有任何防卫措施，直到新的壳长出来为止。青少年男女就好比此时的螯虾，失去童年的保障，又尚未得到成年人的力量，没有足够的保护。

青春期从何时开始？到何时才结束呢？这一点，每个女孩的经验不尽相同，要视她们的家庭出身和居住地区而定。相反地，在生理上，倒是会出现一些较明显的可观察得到的变化。从头到脚，荷尔蒙生长激素处处跳舞，你的身体器官开始了一场盛大飨宴。青春期开始后，慢慢地，胸部、体毛，还有你的身体，都在不断发育。你开始每个月的生理期，这代表你已有生育能力，能怀小宝宝了。伴随着这些生理变化而来的是心理上的不安。于是，青少年必须一切靠自己，有时候甚至会感到痛苦。提醒你，可不要以为这是一种疾病哦。即使你有可能会接受治疗帮助，你也不具任何危险性，青少年并不一定就要和暴力画上等号。

你不再是个孩子，也还不是成年人，你处于两者之间的过渡期——青春期。青春期虽然复杂，却也是一段丰富的时期，而这一切正因为你已经有一点女人味，同时又还拥有小女孩的稚气。女性的聪慧加上女孩的清新，这杯五味杂陈的鸡尾酒里充满浪漫色彩、理想主义与热情。这好比一顶两面开口的头盔，一面是女人，一面是女孩，戴哪一面才好呢？实在是个棘手的难题。

到了这个时期，你有一大堆烦恼，化成一连串疑问。我是谁？我从哪里来？我该往哪里去？你突然觉得对自己一点都不了解。受疑惑所困，于是你深入自己，试图探寻，为自己树立一个身份，支撑你在人生道路上前行。

因此，这会使你出现过度敏感症，对外来刺激的感受极为敏锐，做出各种过分极端的行为，甚至发生危险，这都是可能的。然而，这时，你也能体会到一波又一波的喜悦，以及绝对的浪漫心情。好好享受你的这段人生旅程吧！

自残，就是自我伤害。在现实生活中，有时候，人会变得不喜欢自己。在建立自己的身份时迷失了方向，不断自问：“我想变成谁？”却得不到答案。

既然你在追寻自我时那么痛苦（因为困难重重），你就让自己痛苦（那是一种处罚），来感受自己的存在。虽然大家不常说起自残，自残这种现象是存在的。据了解，在一个有三十个中学生的班级里，平均有五个女生会规律性地进行自残，用尖锐的工具割伤自己。她们在手腕或手臂上做小记号，深浅不等，有时很明显，有时看不见。

为什么会出现这样的行为呢?

青春期和生命任何其他时期一样，要建立自己的人格，需先找到自己与他人的不同之处。

年纪很小的的小孩对这点已经十分清楚：到了两三岁，他会了解自己和周遭的人并不一样，开始进入说“不”的时期。

“你要不要吃西瓜？”

“不要！”

“巧克力？”

“不要！”

“亲一个？”

……

小朋友觉得这很好玩，特别是，当他说“不”的时候，他本能地感受到自己的存在，知道自己是个有独特个性的个体。

每个人的一生都在持续追寻童年时的自己，不过，方法不再是简单地说“不”。人们在脑子里摆脱刻板的标记，做出自己的选择：在生活、外形、友情、爱情、职业等各方面，试图以此来建立自己的人格。于是，每个人都变成了自己，都会和别人不同。

但是，如果一个人感觉没办法在内心和别人不同时，就会想在外表上与别人不同，于是，一些孩子就开始用尖刀割伤自己的身体了。

一些有自残行为的女孩说，刀子划下之时，她们会感到松了一口气。然而，这样将暴力加诸于自己身上又有什么用处？这只会导致她们一再重复这种行为。于是，割伤自己成了一种象征，代表的是“将自己与现实世界一刀两断”。

女孩，若你也有这样的行为，听听我的忠告。在开始进行自残时，你应该问问自己：为什么会想伤害自己的身体呢？当然，你最好去看医生。请医生帮助你将伤口复原吧。不仅复原肌肤上的疤痕，还复原你内心深处的创伤。

度过沮丧坏心情

通常，一个年纪很小的孩子可能会忧伤，但很少会感到沮丧。沮丧这种情绪，应该是青春期才出现的“新玩意儿”吧！生活中的你，如果感到很沮丧，怎么办？首先，你得先学会辨认这种感觉，因为，沮丧刚开始发作时，你还搞不太清楚涌上心头的到底是什么滋味。青春期的少女特别容易受到这可恶的坏心情影响，这会使内分泌紊乱，干扰身体机能。

如果，在你眼中，一切有如大象的皮肤那么灰暗、乌鸦的羽毛那么漆黑；你的双脚、手臂、头发、浑身没有一个地方提得起劲；你的肚皮里彷佛装了一颗大球；你看什么都不顺眼，好想哭，那说明你正处于沮丧的情绪之中。受到沮丧的情绪攻击时，挣扎抵抗是没有用的。还不如试着找个可以解压的活动，有点事情可做又不至于占据你太多时间。这样做，可以让脑袋不致太空，以免你过于在意坏心情，终日反复乱想——沮丧已经够辛苦的了，假如你还不断审问自己，那未免太悲哀了。

注意，千万别把沮丧和忧郁症混为一谈哦。沮丧这种情绪是过渡性的、单一的，在某一段期间可能反复出现；而忧郁症的主要症状则是一种强烈的空虚感，而且无法开口谈论病情。

其实，心情有了起伏，我们也不一定非要去平息这些波动呀！有时，像小说里的女主角那样，躲在床上大哭一场也可以，这样反而会使你精神百倍，活力重现。有时候，情绪也不是什么坏事，因为在经历强烈的情绪时，你才会觉得自己真正地活着。不过，话虽如此，你也不必过度情绪化哦。

几个“捕杀”沮丧的新药方

几个“捕杀”沮丧的新药方，试试看，或许有效。

- 泡个澡；
- 把自己从头到脚精心打扮一番（仿佛要去参加宴会那样）；
- 一口气读完一本厚厚的书，看一大叠漫画，或者拿出你最喜欢的书重读一遍；
- 听你最爱的音乐；
- 烤个蛋糕，或者，下厨做菜；
- 出去逛橱窗，可能的话，允许自己花几百块钱买东西。

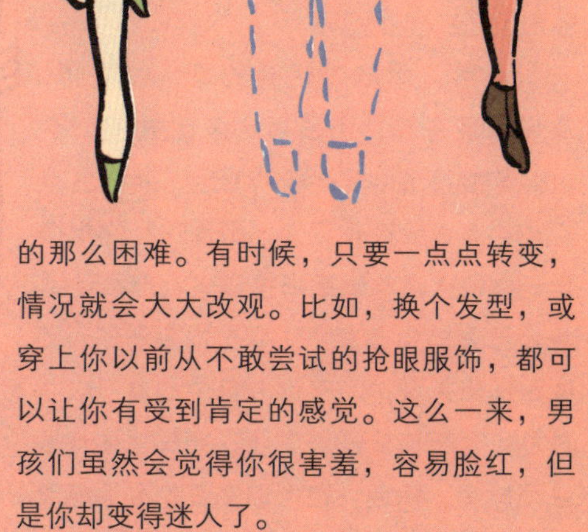

你是个害羞的女孩吗？这种形象一旦建立，就会立刻阴魂不散地跟着你，就像黏在鞋底的口香糖，怎么都摆脱不掉。若你身边的人认定你是个“害羞”的人，他们对你恐怕不怎么温柔吧！

但是，事实上，你真的害羞吗？这是你该问自己的第一个问题。你觉得，为什么别人会认为你怕羞呢？是因为你的行事风格？还是来自家庭教育？

如果你并不愿意别人把你看成是怕羞的女孩，那你就该正面迎击（非常好）。假如你的“造型”有问题，而爸妈又不肯替你买比较流行的衣服，请你先和他们商量看看，告诉他们：你因为自己的外表感到不自在。但假如是别人太夸大其词，那你可不要客气，大胆地予以反驳。

如果你真的很怕羞，自己想想：是什么原因造成的？你爸妈是不是用很传统的方法教育你？还是你本身的个性导致你总是畏畏缩缩的？两性关系真的那么恐怖吗？为什么呢？找出这些问题的答案后，不要犹豫，赶快去寻求帮助吧。一般来说，向女性寻求建议比较好，比如说，你可以找你表姐或姨妈谈谈。

其实，要改变这种状况，并没有想象的那么困难。有时候，只要一点点转变，情况就会大大改观。比如，换个发型，或穿上你以前从不敢尝试的抢眼服饰，都可以让你有受到肯定的感觉。这么一来，男孩们虽然会觉得你很害羞，容易脸红，但是你却变得迷人了。

总之，放心吧！从你开心的那一天起，你就再也不会怕羞了！

你是不是经常会在心里拿自己和别人比较？并为此感到烦恼？不必紧张，这是很正常的。即使是成年人，有很多人也不是那么有自信，也经常什么都拿来比的。所以，偶尔把自己和别人比较一下，并不是多大的坏事，只要你不走火入魔，变成斤斤计较的讨厌鬼就可以了。因为太爱斤斤计较，你可能会很愚蠢地深深刺伤周遭的人，这对你没什么好处。

告诉你，你会有这种“锱铢必较”的个性是有原因的，而且原因并不古怪。对正在成长中的自己，你认识得还不够清楚，所以，很正常的，你会观察周遭，找出你心目中的理想典范，以及那些你绝对不想被拿来做比较的类型！

当然，你应该明晓的是：过犹不及！从现在起，不该再比来比去了。不过，若能找出你爱比较的原因，痛苦会减轻些，而且比较有意义，不是吗？你觉得自己你的人格轮廓还很模糊吗？那么，试着自己去描绘出来吧！拿一本小册子，不要给任何人看，写下你心目中的自己。描写你自己，写下你最爱的东西，最厌恶的事物。你必须诚实、确定。记下你真正的喜恶感受，而不是你希望别人眼中所看到的自己。把这些记录重新读一遍，你就会对自己有个大概的认识了。这种认识变得越来越详细，你就越来越不需要去做比较。最终，你就能摆脱爱比较的困扰了。

就像化学产品会污染地球的含水层一样，自卑感会毒害你的人生，这一点是十分肯定的。为什么呢？因为这种心结会扩散到你的人格中去，以至于你的人格是在自卑感作祟之下建立起来的。这就会很麻烦了。

你过矮或过高、有斜视、有体重方面的问题、伤疤、口吃……这些或大或小的缺陷都会使你产生自卑情结，自卑情结的严重性和缺陷的严重程度不一定成正比。一个极小的缺点也可能造成某些女孩很重的自卑情结；相反，有些人有重度残障，却比世界上任何人都看得开。总之，有时候，无缘无故，你就会产生自卑情结。

有些缺陷是可以弥补的。医生可以解决某些问题：整形外科手术可以弥补丑陋的伤疤，把招风耳“贴紧”一些。长满痘痘时可以去接受皮肤科治疗。有些事则需要你耐心等待：比方说，你的左右乳房发育速度不太一样。但是，有些事则可能无法补救。怎么办？你就像被下了毒一样，总还会有某种精神上的解药可以缓解的。但是，缓解的过程则会十分艰辛，而且通常很漫长，你必须通过反省、自我分析等内在努力来解决。

具体说来，首先，最重要的，你要找出自卑情结的源头所在。然后，试着去了解，为什么这种病症会发生在你身上。最后，试着换个观点，用另一种眼光去看事情。举个例子，法国女歌手莎姬（Zazie）说她曾长期因为胸部太小而感到自卑，直到女星珍·柏金（Jane Birkin，歌手、女星，代表一种脆弱的优雅）成为时尚女性，这种感觉才消失。因为，这时的人们都觉得这样的女性很性感了！

为了让内在省思达到效果，你可以独自一个人，用写日记的方式细细思考，或跟家族里某个亲人倾谈。如果自卑情结来自于家庭因素，例如你遗传了雀斑，这时，找亲人聊聊不失为一个好方法。另外，你也可以找心理医生寻求协助。

其实，有很多童话讨论到人类的各种心结，还有主角补偿自己这些情结的方式。你可以想想“大拇指”、“金色卷发的女孩”和“三只小熊”等故事。别小看了这些童话哦。这些故事告诉我们，有时候，自卑心结也是有优点的！想想这些故事，也许会给你一些信心也说不定啊。

统计数字

根据一九九八年《医疗日报》在法国所做的调查，有百分之六十的青少年觉得自己太胖；只有百分之二十对自己的身材满意。实际情况是，大部分觉得自己胖的人其实并不胖。在我们的社会里，怕胖是最普遍的自卑心结。

信心是一种强大的力量

没有信心，其余免谈！自信是动力来源：让你放心跨越障碍，让你在想放弃的时候能坚持下去，不畏狂风暴雨，在风暴之后重新站起。

自从出生之后，一个人就开始培养自信。透过轻轻的抚摸、温柔的眼神和话语，爸爸妈妈让小宝宝了解到：他是父母亲有生以来所遇到最特殊的人！这种备受宠爱的感觉赋予宝宝一种强大的力量——即使他还不懂得分析利用。有时，父母和宝宝之间的“电波”会出问题。也有的时候，生命中会出现某些事件，使人丧失一点自信。

没有自信的女孩并不是做事失败的女孩，而是因为她从不记得自己的成功，却太在乎失败的时刻。假如你觉得你就是这样，可以拿一本小册子，记下所有大大小小的成功事迹。你认为历史考试一定不会过关？你一想到舞蹈比赛就紧张得像个热锅上的蚂蚁？快打开这本小册子，温习一下过去的辉煌胜利。

对别人的信心则是渐渐养成的，其中融合了尊敬与尊重、爱情和友谊。而且，若两人之间没有互信，便很难去真心相爱，反过来，若不相爱，如何取得互信？即使为数不多，但你能信任的人就像绳梯上的小木棍——可以让你抓住、依赖，使你能爬得更高，更上一层楼。

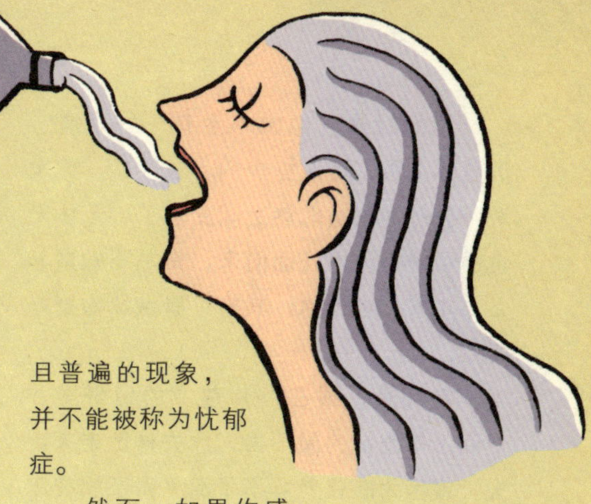

女孩，对于你来说，忧郁症这个名字一定不陌生吧。其实，忧郁症十分复杂。为什么呢？因为，要确切定义它已经变得非常困难。许多人误用忧郁症这个字眼来形容自己一时的沮丧，身心疲惫，或灰心失意的感觉。就连医生们也觉得，他们越来越能掌握治疗忧郁症的方法，却越来越不容易去定义它了！

我们可以说，忧郁症是一种病，其主要特征是：长期抑郁，喜悦的感受消失，极度消沉，深深的气馁、焦虑，觉得自己无能到了极点，再也没有能力去做任何事情了。此外，法文里，忧郁症这个词语中还包含了压力这个字根。当躁郁情绪来临，无法再忍受任何一点点外来压力，于是，突然将内在所有的压力一口气释放出来。患有忧郁症的人会经常哭泣（大部分的患者），再也无法振作。如果某人患上了忧郁症，患病期间，患者本人会非常痛苦，周遭的人们也不会好过。

在法国，甚至在整个西方社会，忧郁症都很普遍。在法国，近三十年来，患过忧郁症的人数增长了六倍之多。青少年也未能幸免。有百分之五到十的青少年为忧郁症所苦，且以女孩居多。

读过这些触目惊心的报告之后，提醒你，不要随意混淆！青少年期是一个过渡期，充满变化。在这个时期，你渐渐朝成熟女性的方向发展。你经历好几次学习环境的变迁（从小学升到初中、高中），你和父母亲的关系在转变，和其他同龄年轻人的关系也在转变。所以，有许多原因可能让你一时沮丧，失去勇气。这是很正常且普遍的现象，并不能被称为忧郁症。

然而，如果你感到，悲伤的情绪越来越常出现，且持续的时间越来越久，而且你对任何东西都失去了兴趣，发现自己有上文描述的一些症状，那你必须很严肃地跟父母谈谈了，并请他们带你去看医生。

现在，一些抗忧郁药剂的研发，使得忧郁症的治疗已很有成效了。但对于一个忧郁症患者来说，这还不够。化学药剂虽能舒缓疾病所引起的痛苦，但若想彻底治疗忧郁症，则必须从心理治疗做起，这样才能防止病症再度复发。

身边有人患忧郁症

面对患有忧郁症的亲友，是一件非常艰苦的考验，而且令人惊慌失措。因为，一方面，你不清楚这种病到底是怎么来的；另一方面，这种病痊愈的过程很漫长。假如你认识患有忧郁症的人，不要犹豫，请多表达自己的感受：焦虑，害怕，愤怒，气馁。文字具有极强大的力量，尤其当你迷失方向的时候。

小的时候，你偶尔会有一些烦恼，但总体来讲，还是挺少的。长大后，你发现，自己的烦恼忽然之间变多了。无休无止的烦恼不停地扑面而来，真是不知道怎么办才好。告诉你，其实，有点烦恼挺好的。

在郊外，或在一片荒凉的田野里，一间没有电视的屋子里，你失神地走来走去；或因为感冒老好不了而不得不躺在床上，像一只没有色拉菜可吃的天竺鼠，你觉得有点烦。不过！你应该为此感到高兴才对，因为，烦恼是人生的一种必要痛苦。

一开始，你的身心是不会喜欢自找苦吃的。短期内，就算情势很糟，你也会本能地试着从中找出正面有益的部分。

当你感到烦躁，为了不在虚无中枯萎，你的大脑可以发挥一点想象力：你可以画图、写歌、创作几则小故事、玩文字游戏。在你的想象中，橡木根部的青苔变成神秘岛，根据墙上油漆的裂纹，你画出一座到处藏着怪物的迷宫。渐渐地，你的烦恼被淡忘了，空间留给充满想象的冒险世界。

因此，若非曾经历深刻的烦恼，那许多作家又怎写得出有趣动人的小说？若不是迷失在偏僻的约克郡乡下，艾米莉·勃朗特也不会写出《呼啸山庄》，呐喊孤独；如果不是因为患有气喘病，普鲁斯特不会走下床，动笔写《追忆似水年华》；至于蔻莱特（Colette），假如巴黎灰暗的天空没有害她终日忧愁，便永远不会有“克萝汀娜”（Claudine）这个系列作品问世。

在今日社会中，生活像旋涡似的转个不停，人们似乎很容易忽略遗忘，而烦恼则是让你重新面对自己的好机会。从这个角度来看，烦恼是不可或缺的。利用这个时机，你可以深入自己的内心，探索自己的喜怒哀乐、各种感受和回忆，然后进一步了解自己，寻回自己。

若没有一点点烦恼，人就无法了解自己；若不了解自己，就无法建立自己的人格。

你总是羡慕别人，这是缺点还是优点？这也分好几种。你可以站在一间精品店前，对着橱窗里的钻戒流口水，或你好想给自己买一支精美的钢笔。一则关于某影星的报道可能让你羡慕半天；你羡慕隔壁那个养了条狗的漂亮女孩，她有自己的房间，还有一大帮朋友。

你可以渴望某样东西，或羡慕某个人。这绝不是什么坏事。这些感受都是很正常的，有时还挺不错的，甚至可以给你带来好处。

渴望某样东西（戒指或钢笔），这种欲望可以成为生活的动力。即使你想要的东西可能一点用都没有，没什么价值，或非常昂贵，渴望的心情迫使你去想办法得到它。你想办法在暑假打工，变得很有责任感、独立自主。然后，等你富有了，不仅将能得到你想要的东西，整个过程也让你收获良多。

羡慕别人是一种较复杂的心态，但也不是那么有害。你羡慕人家拥有你所没有的东西（或你以为自己没有的东西），你相信因为有了那样东西，那个人过得比你快乐。事实上，你所看到的只是外表罢了。说不定隔壁那个漂亮的邻居很不快乐，说不定那个女明星的生活根本没有报道中描述得那么美满。你为什么会羡慕别人呢？其实，羡慕别人往往是因为你对自身的现实感到不满。真相是什么并不重要，当你感到有点烦恼、沮丧的时候，或对自己失去信心的时候，你可能会想做另一个人。你做着梦，梦想自己变成他，想象从此之后所有可能发生在你身上的好事；你的思绪绕了地球一大圈，就像在小说或电影中的情节一样。

通常，羡慕一下别人也没什么不好的，但羡慕的心情如果过于强烈，到了把你拉出现实的地步，使你变得不怎么纯真友善，那么，它就成为缺点了。在想要某样东西的时候，很极端地，欲望迫使你做出不老实的事，比如，你羡慕别人有支钢笔，于是，你就去偷那支钢笔。你因为自己不是隔壁那位漂亮幸运的女孩而非常失望，结果，你就在心里暗暗地祈祷：希望她会遇到很多麻烦。你可能并非出于恶意，但可以确定的是，你对自己的生活也并不怎么满意吧！

像这样的行为很容易伤害自己和别人的。假如你觉得自己也有点想这么做了，那么，首先，除去你心里的罪恶感吧，告诉自己，这是人之常情；其次，赶紧把这种丑陋的想法扫出脑袋吧。

在侮辱中保护自己

如果有人侮辱你，你该怎么回应？告诉你，最好不要当场回应。若是你立即回应，场面可能变得更激烈难堪，而这并非你所愿。更何况，当场回应，你恐怕也没有这份勇气。

然而，你也不能就此任人侮辱。可能的话，事后再去找那个侮辱你的人，告诉他那很伤人，你不懂他为什么这么做。如果他继续侮辱你，你就必须反抗，先找相关人士反映情况，不行的话就告诉大人。这不是在打小报告，这和打小报告完全是两码事，而是在保护自己，是保护自己的一种基本的行为。

此时，你还应该仔细回想一下：你为什么会招惹来这些侮辱？又是怎么招惹来的？当你想清了痛苦的来龙去脉之后，不仅能帮助你释怀，也会感到些许安慰。

一般来讲，侮辱人的“炮火”通常落在最让人神经敏感的地方。你应该也注意到了，大部分的侮辱字眼都提到家人（母亲经常成为攻讦的目标），或动物般的性行为，或人与人之间的差异（肤色、身材、体重）等。

为什么呢？因为，在青春期，我们有一大堆疑问，而问题特别集中在身世、性事和自身正常与否这三个范畴上。

首先，关于身世。这也不是新鲜事了，提到青春期，不能不提对于家庭的疑惑。父母突然被看成不一样的人，他们的缺点一一展现。有一天，你甚至可能开始说他们的坏话，但是你并不希望别人批评他们！

其次，你非常急迫地想对性进行探索，尤其是对自身的性体验探索。你经常担心做过了头，或还不够，有时还担心自己可能被同性吸引。无论根源为何，这方面的事情总叫人紧张兮兮。

最后，你还可能害怕自己不正常。差异、独特的个性等，这些都有可能成为别人“开火”的对象。

总之，如果你受到了侮辱，不要忍气吞声，一定要做出积极的、有技巧的回应哦。这样，你就能很好地保护自己了。

嫉妒总是叫人痛苦，不过，偶尔吃点小醋，倒并非什么不正常的事。但是，真正的嫉妒则摧毁力超强。

病态的嫉妒很极端：她所爱的人只能专属于她。她总怕别人不够爱她，怕人家喜欢另一个人而不是她，怕被抛弃。疯狂的嫉妒使她本人很痛苦，别人也很难受。

嫉妒心将摧毁那个女孩，因为没有人能让她安心，她永远得不到安慰。比方说，你最要好的死党很嫉妒你其他的朋友，你可以不断向她证明你对她的友谊，她会感到很高兴，心里会平静些，但只限于当时一下下。我敢打赌，她不久后又会开始嫉妒。如果你很爱你的男朋友，而且很容易吃醋，即使他向你说过一百遍他爱你，你还是不由自主地感到害怕。

所以，对心生嫉妒的女孩而言，她所深爱的那个人，既像刽子手，又像是能治疗她的医生。角色时常互换。无论这个人是恋人、亲人，或最要好的朋友，都无法终止这恐怖的恶性循环。因为，问题不在于被爱的这个人，而在嫉妒的女孩身上——或许她自己也不知道，她要求人家替她修补创伤，但这伤口却藏在她自己内心深处。或许是童年时所发生的悲伤记忆，至今未曾痊愈；或许是许久之前曾遭受背叛；也或许是极度缺乏自信。

因此，若你觉得自己容易为了一点小事就吃醋，而且嫉妒得发狂，有时候甚至变得不可理喻、恶意伤人，那么，你该试着去了解自己为什么会这样。你从什么时候开始发现自己有这种现象？之前有没有人说过你很爱吃醋？你晓不晓得自己到底在怕什么？最糟的状况是，如果你被嫉妒心折磨得痛苦不堪，就该去找心理医生治疗，让他帮你找出病态的根源。

而假如，相反地，恋人或朋友的嫉妒困扰着你，请保持冷静，尽量让对方安心，时时告诉对方你非常爱他（爱情之爱或友情之爱）。不过，别让你的人生因此受到毒害。嫉妒之心已开始荼毒你们之间的情谊，可能的话，试着温和但直接地和对方讨论。态度要坚定，即使强硬激烈也在所不惜。

爱情总免不了一点酸溜溜

看到别的女孩接近你心仪的男生，你觉得自己恨得牙痒痒。这通常是爱情来临的征兆，而且很准哦。你觉得不好受，但是这种反应很正常。因为喜欢某人，当然会想把他留在身边。于是，对于“他”觉得有好感的人，你都很敏感。男生也会受嫉妒折磨，有些人甚至在这方面还非常吹毛求疵呢！有些女孩讨厌这样的男生，却也有女孩爱得不得了！

每个女孩都有烦心的事，这很容易造成她们的神经紧张。为了“松弛神经”，人人都自有一套暂时平息情绪的小秘诀，但是，做了之后可能反而更后悔。比如，咬指甲的女孩难过不已，因为手指肿得像郁金香的球根；挤痘痘的女孩嚎啕大哭，因为发现脸孔有如葡萄干面包；爱咬嘴唇的女孩在接吻的时候，只有苦笑的份。

因此，学会怎样转移紧张的情绪，是非常必要的。以下有两个不错的方法，可以帮你转移做傻事的欲望：

第一，拿出拔毛用的夹子，选一块十平方厘米左右的面积，开始拔毛（例如：小腿）。

第二，拿一把修磨刀，慢慢磨指甲，一根手指磨完后再换一根。注意：使用修磨刀粒子较细的部分，以免将指甲通通磨光。

这两种方式都能平息紧张，也不会造成任何灾难。甚至还颇有好处。你试试看吧。

比“痛苦”还让人痛苦，这种情绪是什么？是“莫名的恐惧”。“莫名的恐惧”是一种令人非常难以释怀的深刻感受，因为你从来不知道它什么时候会来。它和焦虑很类似，潜伏在心里，在某一刻突然袭击你。你知道，有一天，它会爆发，但是却毫无预兆。你感到害怕、焦躁不安。你不知道到底为什么，或许这就是最恐怖的地方。

如果你偶尔会有这种感受，别着急。先冷静下来，不要过度担忧，这样的心情起伏确实很难受，但也很正常。

有时候，跟来时的情况一样，“莫名的恐惧”会慢慢离开。你会渐渐淡忘它，那种感觉终于消失，有如闪电般短暂。不过，也有的时候，它会停留许久。

这种彷佛“肚子里压着铅块”的恐惧感，几乎总是和童年时期所经历的深刻感受有关。但你不一定能回想起来。由于这样的原因，事情于是变得复杂了，要克服它也就更加困难了。

想对抗这种隐藏在心灵深处的阴霾，你必须有无视恐惧的勇气，深入内心，扫除乌云。这一切都是为了弄清楚它从何而来。而能做到这一点已经非常不容易！

接下来，你必须试着驯服这种感觉，就像驯服一头野兽一样——这头在我们内心出没的蛮兽！

当你实在痛苦难忍，无时无刻不想到这件事，再也快乐不起来，晚上睡不着，白天不能工作，那么，就不该将这份恐惧藏在心底。你可以先告诉爸妈，如果这样还不足以解决问题，那就必须向心理方面的专业人员寻求援助了。

恐惧文学

“有时，它让我们的脚踝生出翅膀；有时，将我们的脚钉定在地，动弹不得。”（蒙田）

“恐惧是一种可怕的车西，一种令人憎恶的感受，心灵彷佛破碎，思绪抽搐，心头揪痛，光是回想起来，就让人焦虑颤抖。”（莫泊桑）

“所有人都会害怕，所有的人。不会害怕的人有毛病。这和有勇气完全无关。”（萨特）

哭泣，也就是任由自己抒发情绪。哭泣的时候，你表现出自己的不舒服，可能是生理上或精神上的，而后者代表你很悲伤。

通常，女生比男生爱哭。这也没什么好惊讶的，只是因为男生不太爱表达情绪而已！告诉你，感到难过和无法抑制自己表达难过的情绪，是不一样的，千万可别混为一谈哦。此外，不要抑制自己的哭泣，即使你拼命抑制，悲伤也不会消逝的。所以，想哭的时候就哭吧！

放任自己抒发情绪是好的，就像高压锅释放蒸汽那样，在一串串泪珠滚滚流下的同时，堆积在心头的压力大部分也发泄掉了。

如果你很清楚自己伤心的原因，那么，光是哭泣于事无补。不过，哭完之后你的确会觉得好过一些，情绪稍稍舒缓一点，仿佛眼泪能带走一部分伤痛，洗去灰暗的念头。

如果你因为神经很敏感，或感到沮丧，无来由地想哭，那么，好好流一场眼泪也能让你舒服些。然而，放松之后，不能就此算了，你应该尝试着找出自己为什么会这样的原因。这样，才能解决自己老是流泪的问题呀。

泪水溃堤的边缘

有些女孩常常有事没事眼里就泛着泪花儿。如果你就是这样，应该很苦恼吧！因为大部分人都把这种敏感当成一种懦弱的表现，虽然事实不一定如此。这里有一个小妙招，在你觉得睫毛开始湿润时，可以试着用用看：往高处看，但不要抬头，假装在沉思或凝视天上的云朵，这样能避免看起来像个小可怜。正常的话，这个小小的动作能防止泪水从泪腺涌出。

因痛而哭

当你被打、受伤害，有所不适或生了病，身体感到疼痛时，你的身体会起一些变化来回应，以试图承受疼痛。结果，你的整个身体会收缩紧绷。与悲伤的时候一样，释放疼痛压力，一口气排解掉紧张感时，泪水就会自然滑落的。这就是因痛而哭的原理。

生活中，谁都想成为一个受欢迎的人，但，如何才能成为受欢迎的人？回答这个问题之前，先看看另一个问题——为什么要受人欢迎?

首先，我们先看看，受欢迎是什么意思？受欢迎，跟有名气有点类似，但程度不同，受欢迎的范围较小，譬如说，仅限于学校里。受欢迎的男孩和女孩从不乏谈话的对象，他们引人注目，受人羡慕，惹人嫉妒，看起来很友善。

其次，你之所以希望受人欢迎，除了想体验一下那种愉快感觉之外，也可能是因为，你觉得受到排挤，心里很难受。这就是为什么班上成绩第一名的同学整天耍宝的原因，因为她希望别人忘记她的成绩很好。你之所以想成为受欢迎的人，还可能因为，你以为这样你就不会寂寞无聊，只要有派对或聚会，人家一定会邀请你。

最后，应该也是最常见的状况，希望受到欢迎，其实是想让自己安心:“人家都喜欢我，这表示我还满有分量。”这种想法就是问题所在，因为，如果你过分追求人气，你可能会得到相反的效果。

不管是哪个年龄层，总有一些不择手段想取悦他人的人，你也应该听说过几个这样的人吧！一般而言，她（或他）并不是很受欢迎，原因不在于她所表现出的样子，而在于她所没表现出来的部分：她想显露出某种形象，却将真实的自我隐藏起来。结果，她接近别人时，其实也不是对别人有兴趣，而是试图借此展露她所想表现出的形象而已。譬如说，下课时，她总喜欢跟最帅最漂亮，或最时髦的同学聊天。

她对别人的要求很多，自己却没有付出什么。这怎么可能使她成为受欢迎的人呢？其实，众所周知的一点是，友情是建立在互利的关系上的，有付出才能有收获。一个不懂得付出的人，是不会受欢迎的。此外，受欢迎的人很有人缘，但并不表示他真的备受喜爱。你将很惊讶地发现：许多人缘好的人其实很寂寞，特别是在遭遇困境的时候。

要想真正成为受欢迎的人，你可以试着先弄清自己，了解自己，确定自己喜欢什么，喜欢谁。然后跟几个人深交，成为真正的好朋友，不是挺好的吗？自然表露自己，你可以用更直接的态度去和他人交往。和他们的人、他们的品位及观念“慢慢磨合”，不需要有意无意地借由他们来肯定自己。这样的关系会比较平衡。经过几次讨论之后，他们会觉得，嗯，你越来越受欢迎了哦！

什么时候该看心理医生?

什么时候该看心理医生? 答案简单明了：当你受不了的时候。

这里谈的不是生活上的小烦恼。没有人希望遭遇这些小苦恼，但它们是无法避免的：轻微平凡的痛苦促使你去反省自己，找出解决的方法，然后向前迈进，总之，它们对你还是挺有用的。

但时时刻刻，非常痛苦，"活得不自在"的感觉纠缠着你、羁绊着你，让你伤心欲绝，总而言之，使你不快乐，那你就应该注意了。

如果你认为自己无法独自走出困境，又没办法对父母开口，或不想让他们知道，那就最好请一位专业人士来协助你渡过难关。这时，你就可以去看心理医生了。去看心理医生并不表示你不正常，那是一种老旧过时的观念，在过去，人们认为，只有那些需要被绑起来的疯子才应该去看心理医生，但现在，人们普遍认为，求助于心理专家，跟他讨论自己的难题，反而证明你并不想逃避，有勇气正面迎击。

看心理医生需要注意的事项

找"心理医生"治疗是一件很严肃的事。在诊疗室里，你一定会被要求说出一些个人私密的，所以你必须对医生有足够的信任。如果"感觉就是不对劲"，那你勉强也没有用，需要另请高明。此外，假如你做心理治疗只是"为了让父母放心"，那也大可不必，只有你自己才知道你是否需要和别人讨论自己的痛苦。

最后，你需要知道的是，无论是哪一种心理专家都不是魔术师。想真正康复，还需要你自己努力。心理专家是能给你一些安慰，帮助你度过困难时期，但是，他不能包办你的一切。有个美丽的说法将这个行业比喻得挺好：患者处于黑暗之中，心理专家是替他照路的人。他提着灯笼照亮前路，但路，还需要患者本人来走。

统计数字

在法国，有四十万儿童和青少年曾接受过儿童心理医生的治疗。这样的医生专门治疗儿童的心理疾病。

你是那种很容易脸红的女孩吗？人家对你发表一点看法，男孩过来跟你说句话，或者你只是觉得自己似乎成了众人注目的焦点，你的脸颊立刻像七月的鸡冠花那般火红。当然你自己并不知道，结果脸就越来越红。

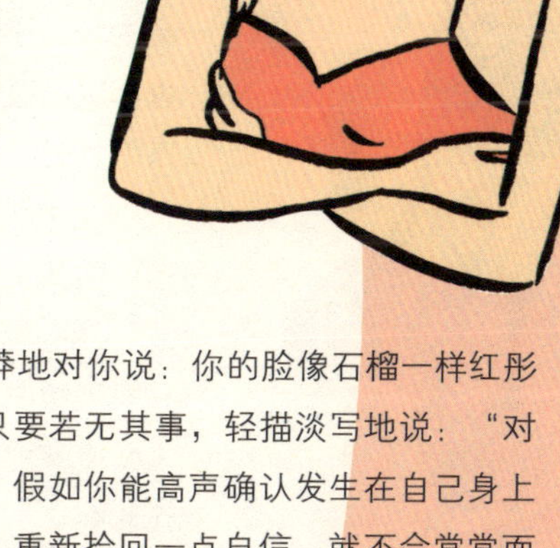

你为什么会脸红呢？那是因为你觉得困扰，你会感到困扰是因为没有自信。你对自己缺乏信心，可能是因为当时的情势真的很尴尬（比如有人跟你说你的牛仔裤屁股的地方破了个大洞），或者因为你的经历和个性就是如此。

现在，如果有人很鲁莽地对你说：你的脸像石榴一样红彤彤的！告诉你，别犹豫，只要若无其事，轻描淡写地说："对啊，我脸红了，然后咧？"假如你能高声确认发生在自己身上的事，就能重新掌握局势，重新拾回一点自信，就不会常常面红耳赤了。而且，说到底，你脸红关他们什么事呀?

其实，在现实生活中，很多人都有缺乏自信心这个问题的，因此，你不需要有罪恶感。这种现象发生在青春期的孩子身上再正常不过了。

为了改善这方面的问题，你试试以下这个小秘诀：用笔写下自己的几项优点和光荣事迹。下次你觉得脸颊发烫时，赶快想想自己写下的那些成就，慢慢地从丹田做深呼吸，这时，你应该会感到很祥和平静，脸上就只稍稍染上一点粉红，像木兰花的花蕾那般可爱。

作为少女，情绪起伏总是很大的。经常会今天精疲力尽，明天却又生龙活虎，没办法，就是这样。只能去适应，不要过分在意，把它当作一阵风，吹拂过百花盛开的草原，然后试着平稳落地。

为什么会这样呢？想必你已有所觉悟吧。因为，你的童年时光已经过去，同时，你也隐约看到成年生活的风景。你能看到未来就在你的前方，它们仿佛一张白纸，等你去填满。你就像面对一座大迷宫一样，可以自由选择喜欢的路径穿越它，而且，路由你自己挑选。因此，你一定会觉得这让人既兴奋又不安的。所以，你才常常会对任何事都神经过敏，这是正常的。欢笑吧，哭泣吧，千万不要压抑！哭与笑都能释放压力，让你好过些。

如果你的情绪起伏不定，怎么办？你可以这样安慰自己：情绪上下起伏不定，总比心如止水好吧。内心平和无波、淡而无味的宁静（没有快乐，也没有不快乐）境界，只有能控制自己的情绪及欲望的哲人才能达到，我们一般人是不可能达到的。如果真有可能达成，说不定会觉得很无聊呢！

当起伏的情绪涌上来时，请把自己想象成一个小瓶塞，让（心灵的）波涛带着你载浮载沉，你漂流着，但永远不会被淹没。这不是挺好吗？

有时候，你觉得，你简直不认识自己了。以前的你总是心平气和的，现在却常为一些芝麻蒜皮的小事就哭得稀里哗啦。以前你常和最粗鲁的男孩打架，但现在，当最温柔的男生过来跟你说句话，你的脸就红得像颗西红柿。更叫人担心的是，听说表弟的黄金鼠伤了一只爪子，你竟然也会难过半天。

你大概会问自己：这是怎么啦？为什么变得这么敏感，甚至超级敏感？其实，这都是青春期造成的（以后你就会知道）。目前，你已经晕头转向，搞不清楚自己的成长状况、外貌究竟变成什么样子（假如一切顺利，应该是成熟女性），信心都到哪里去了。所以，这时随便一点风吹草动，你就会疑神疑鬼，把自己搞得好累。甚至，你已经意识到自己有“神经过敏”的倾向了，但还是无法抵抗，遇到事情的时候，你还是会敏感异常，可能疯狂大笑，也可能是一把鼻涕一把眼泪。

敏感的个性，让你变得很脆弱。这时，你该怎么办？你可以选择继续抱怨下去，但这一定是很好的选择吗？其实，想一想，神经敏感一些，也没什么不好的啊。活在一个“情感一成不变”的世界，永远不能哈哈大笑，不会紧张，不懂哭泣，这不是很无聊吗？选择神经敏感一些，虽然也会遇到一些小小的烦恼，但会为了春天即将绽放的蓓蕾感动，为了魅力十足的帅哥心头小鹿乱撞，听到惊人的音乐高兴得颤抖起来，这不是更好吗？

有时候，你觉得自己好孤独。你觉得自己孤身一人，一个朋友也没有，你真的好孤独。

你为什么会陷入这样的状况呢？这绝对不是因为你是个坏女孩。你觉得自己很没用，但也不该因此而孤独呀。那到底是什么原因呢？如果你没有朋友，那应该是因为某种你不知道的、埋在心灵深处的某种因素，造成你害怕跟别人交往。你怕受到他们品头论足，你觉得自己跟人家都不一样，你的品位跟大部分人有很大的差异。

有时候，你甚至相信自己来自于另一个世界。

无论你怎么伪装，不可否认的一点是，孤单的人绝对是不快乐的。或许，你总是可以用这个借口来安慰自己：那都是因为别人太无趣了。但你知道，这不是真的。别人即使没你有趣，但也不会比你无聊的。他们只是平凡人，缺点可能比一个成天窝在家里的人多，但却也有数不清的优点。

当你以为只有和世界切断关系才行，当你越来越常暗自哭泣——暗暗地，因为你不敢在别人面前显露伤痛，那么，还是请用力鼓起勇气，找一个人，倾诉一下你的孤单吧。最好是能找个专业人士，比如心理医生。一旦你敢于面对孤独，你就会觉得自己好过多了。

最后，要告诉你的是，孤独不是注定的，也不是解决问题的方法。如果你此刻深陷于孤独的泥潭中，还是赶紧摆脱出来吧！

摒弃自杀的念头

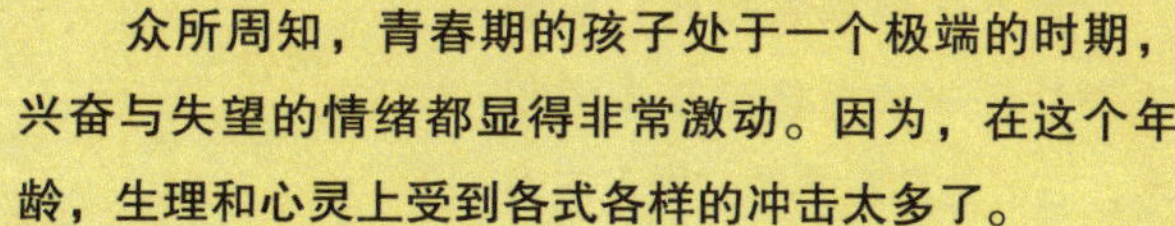

众所周知，青春期的孩子处于一个极端的时期，兴奋与失望的情绪都显得非常激动。因为，在这个年龄，生理和心灵上受到各式各样的冲击太多了。

你觉得，你渐渐长大了，必须面对自己的人生了。这时候，你想到了死，想到自己的死亡。这没什么好大惊小怪的，或许有点恐怖，但没有关系，这是正常的。反正，你已经问了自己一连串关于人生的存在问题了，难道就不能探讨一下深刻的死亡问题吗?

但是，若你经常幻想自杀，那就不一样了。因为你有解决不了的难题，因为你万念俱灰，只有寻死一途。但自杀也不能解决问题啊！那是在逃避问题，两者并不相同。

如果你常有自杀的念头，那表示你真的过得很糟。或许，你把事情看得太严重；或者，无来由地，你就是“活得不自在”。无论是什么原因，一定要记住，当你觉得心中存在着极痛苦的事，就不该把事情藏在心里。

凡事一定会有解决的方法。但太痛苦时，你很难独自跳出困境，因为伤痛会使你失去理智。所以，你绝对有必要去找一个可靠的人谈谈：家人、医生、朋友或所有愿意听你诉苦的人，都可以。有了他们的支持，你应该能找到解决问题的办法。

一个小警告

如果有人向你提起自杀的念头，试着劝他去找个成年人，说出心中的苦恼。或者，赶快通知身边的大人。你的年纪还太轻，还无法承受别人失望灰心的情绪。

这个词语相当粗暴，同时也表达了一种愚蠢而吓人的观念，它表达的观念是：男人主宰女人，女人由男人支配。

现实情况

我们可能认为，在二十一世纪初不会再有这种思想了吧。然而，情况远非如此。大量的男人甚至女人，一直认为他们是主人，有女仆服侍，而其他人，即便他们不明说，通过他们的神态和行为也证明，他们在把自己当成是主人。

可恶的大男子主义

你很容易看出，你身边有几个男孩是大男子主义者。他们到处指手画脚，把所有的女孩都当作花瓶，你很难与他们进行正常交流。当然，他们还是没长大的孩子，他们可能是大男子主义者，也可能仅仅是年龄在作怪。

为什么会存在大男子主义者

为什么会存在大男子主义者呢？合理的解释是，很多男孩，他们正在经历自我确认的危机，他们还不清楚自己到底是谁，这时，他们便不自然地学习一些老典型——向女孩讲粗话的大男人（可能是胸毛很多的那种）。

另一种可能是，他对他的男子气概还不确定，所以他就故意学“大男子主义”一点。但这可不能被当作理由。

对他说不

不能放任他对待你的方式！只要他缺少一点尊重，你就应该说“不”。如果你需要帮助，不要犹豫，尽快告诉成年人。但你也同时告诉自己：“当他开始自信的时候，今天的大男孩将会变成明天的一个好（更好的）男人。”你通过反驳他们的每一次令人觉得羞耻的行为，更多地帮助他们，你可以有立场地、冷静而沉着地、怒视着告诉他们：“不！”“不，你不要用这种字眼和我讲话；不，你不能这么说话；不，没有我的允许，你没有权利碰我。不！”

很多女孩抱怨道："烦死了，我总是和父母争执不停！"这可不是开玩笑，这类现象真是太普遍了。

发生争执总是令人有点心理失衡、伤心和苦恼。如果和父母发生冲突，情况会更糟糕，因为我们爱着他们！与其他人一样，你从不会在与父亲或母亲发生争执后感觉良好。

发生争执是一种痛苦

和父母发生争执后，你可能会很痛苦。其实，一般来讲，你的父母也不会快乐的。毕竟，发生争执并不是一件很有乐趣的事。即便他们对你非常生气，他们也不愿和你发生争执。但为什么他们还会和你发生争执呢？还不是为了你吗？为了你的成长，他们承担着不得不承担的痛苦。所以，你一定要学会理解他们哦。

尝试互相沟通

发生争执后，你可能会这样想："我父母认为他们对我的态度都是好的，但是他们说的对吗？"告诉你，虽然他们说的不一定全是对的，但绝大多数都不会错。因此，如果你们的意见不一致，你最好和他们一起讨论，并发表你认为正确的意见，比如，你可以试着给他们解释你为什么深夜回家的原因等，尝试着互相沟通。这样才是正确的处理方法。

找找自身原因

再深层次地思考一下：你正在改变，开始独立和自我管理了。总之，你已经不再是几年前那个小女孩了。此时，你的父母一定会感受到之前从未感受过的焦虑，他们对你崭新的"生活方式"（比如出去很晚才回来，和男孩交往等）还不是特别适应。他们在为你担忧着。

暗藏的担心

一个事实是，你的爸爸肯定不太愿意他的女儿和男孩约会；你的妈妈也担心她的女儿正在长大，并有可能反过来评价她。这些隐秘的事，我们可能感觉到了，只是没有说出来而已。因此，如果和父母发生争执，想想这些原因吧，并努力使他们放心，可能的话，也可以和他们谈谈。这样，你就可以逐步独立，并更加从容地成长了。

如何对待不公平和不公正?

什么是不公平?什么是不公正?举例来说,有一些女孩长得很漂亮,而其他女孩却没那么漂亮,这就是不公平。我们对不公平无能为力,因此接受它。然而,如果说一个漂亮的女孩比一个不那么漂亮的女孩学习成绩更好,是因为她更漂亮,这就是不公正。对于不公正,我们不能熟视无睹,也不能让别人这么对自己。

不可避免的不公平

不公平很难让人接受,当然了,它有时让人气得直哭。若想摆脱不公平的困扰,你必须直面问题,找到解决的办法。然而,如果不公平没有赤裸裸地出现,我们可能意识不到它。所以,要仔细分析清楚事实真相。

无法接受的不公正

对于受害者来说,不公正的创伤可能会给他留下一生的印记。因为,通常当我们做一件不公正的事情后,我们会相互指责——这也是我们提到的内疚或后悔。从某种意义上讲,这样做便公平了。当你遭遇不公正时,请提醒自己:人做的任何一件事,都会有相应的代价和后果。这样,你就会好过一些了。

边缘化，意味着你脱离了社会，游离于社会的边缘。在你现在这个年纪，社会指的是年轻人的世界，因此，边缘化是指你和同龄的年轻人不一样。

正如所有的差异一样，边缘化，始终伴随着不和谐，有时令人恐惧，有时会引发怀疑，有时更多的则是挑衅。

为什么会边缘化？可能是由两个极端不同的原因造成的：一是因为你主动选择脱离社会，将自己边缘化；二是你被周围的环境或人边缘化，而你不得不接受这种残酷的现实。无论是什么原因造成的，你都会遭受脱离社会的痛苦，而更糟糕的则是，你什么都没有做就陷入了这样的境地。

当我们的表现，使别人认为我们已经“脱离”这个社会的话，一般情况下是不利于交流的，如果在青春期，情况会更糟。在向成年人过渡的时期，我们常常会弄不清自己是谁，将来会如何发展，这便是成长中对未知世界的恐惧。同时我们却又希望自己的经历不同于别人。为什么我要和别人一样呢？因此，很多人在这个时期表现的比较叛逆，我行我素。所谓的脱离社会其实就是为了与众不同。但是，一旦有这种倾向时，我们身边可以沟通的人会越来越少，从而会感觉自己越发孤单。由于青春期的我们还不具备良好的调节自我情绪的能力，所以，在青春期时脱离人群比成年时要承受更多的孤独。

如果你正想摆脱边缘化的影响，希望能积极地融入到社会中，那就别再做一些使别人不快的行为了。比如，以前的你也许会跳向美兰达，并对她说：“嗨，你的披肩真漂亮，可是不如我的那条！”恐怕美兰达一分钟后会摘下这条披肩，再也不戴了。然而，现在的你如果这么说：“嗨，美兰达，你的披肩真漂亮，我发现所有三班的女生都羡慕地看着你呢！”那你可能会成为美兰达一生的朋友哦。

无论你是主动还是被动的边缘化。扪心自问，你觉得你的行为正常吗？到底为什么而不受别人欢迎呢？是否因为害怕平庸，才故意地表现出与众不同？即便这么问自己会很痛苦，也要这么做。因为只有这样你才能发现自己的问题所在。不要犹豫，找一个成年人开诚布公地聊一聊吧。这会帮助你更好地融入社会的。

对于每个人来说，身体上总有一部分令我们不喜欢。世界上的所有女人，即便是最漂亮的女人，也会对她们的身体吹毛求疵。

没有人是完美的

注意，我们所说“身体的小缺点”，并不是严重的功能障碍或身体残疾哦。“小缺点”的意思是“身体的一部分不够出色”。在这个世界上，没有人是完美的，即使那些相当漂亮的女人，也会有不完美的地方。

请记住，所有的女孩都有缺点，完美的躯体是不存在的！不仅如此，我们还应该明白，任何人想达到完美都是不可能的。

“零缺点”的意愿

虽然，完美是不可能的，但是，很多人还是不遗余力地想使自己完美。我们生存的社会，充满着大量诱惑，四处可见号称能带给你“零缺点”的产品。那么，进出美容院，真的能获得“零缺点”的身体吗？事实上，这是不可能的。看到广告中的漂亮模特将嘴唇涂得诱惑迷人，我们可能会相信口红可以令嘴唇完美，但当我们把它买回来涂抹之后，又会发现这只是个骗局而已。

时间会淡化一切

其实，身体的“小缺点” 通常都会随着时间而淡化的。不是说你会突然变完美了，而是随着你慢慢成熟，最终，你就不会再把它当一回事了。今天，你也许仍在烦恼着，但将来你一定会轻松很多，相信时间会淡化这一切的。

几个小建议

当你对自己的某些小缺点耿耿于怀时，你可以试试做这些事：

你可以问问与你同龄的女孩，看她们是否喜欢自己的身体。如果她们也想改变一些东西，你就会发现你不是唯一盯着自己小缺点的人。做这个小调查，不是为了从别人的痛处取乐，而是因为这有助于减少你无谓的烦恼。

禁止自己这么想：都是因为你的翘鼻子或你胖嘟嘟的膝盖，你才没有收到同学庆祝活动的邀约，法语老师就会给你的作文一个很烂的分数。这种想法完全不对！告诉你：你所有的烦恼都不是因为这些小缺点造成的。你的同学没有邀请你参加他的聚会，或许是因为你们还不熟悉；你法语作文的分数不高，或许是因为你没有用心写。

最后，学会用整体的眼光看待你的身体。不要只看那些有缺点的部位，整体地看，你会发现，原来你有高挑的身材和合适的比例。千万不要盯住细节不放，努力在整体中寻找和谐，发现你的优点。

如何才能保持冷静

当你情绪激动，内心的情绪如沸水般无法平息的时候，该怎么让自己平静下来呢？其实，有很多方法可以使你平静下来的。让我们一起来看看吧。

唱歌

唱歌是一种很有效的方法哦。即使你唱歌老跑调，也要放声高歌，这是很神奇的，唱完后你会发现刚才的怒气早已不知去向。

听一段轻柔的音乐

躺在床上，选一首自己喜欢的曲子，只要不是悲伤的就可以了，慢慢地听下去，心情自然就平静了。

步行

可能的话，可以跑一跑，或从一个台阶跳到另一个台阶。身体的练习可能会使你疲劳，但走路的节奏也会安抚你的情绪。注意力的集中可以使你不想别的事情，于是就平静了。

抚摸小动物

科学研究已经证明，与小动物接触是可以舒缓情绪的。

洗个热水澡

在热乎乎的浴缸里加入香喷喷的浴盐，或在浴室里点支熏香，这种温暖和香味可以美妙地平静你自己。

做家务

不要惊讶哦，重复的工作所传达的规律的节奏也可以安抚人心。当你打扫一个地方时，要彻底打扫干净，环境干净了，你的大脑也清静了。

每个女孩都有自己的性格。一个人的性格就像自己的指纹一样，非常个性化且是唯一的。和指纹不一样的是，指纹乖乖地呆在你的手指上，永远不会变，而你的性格却时常会因你的改变而改变。要接受性格上的不足，这并不容易。

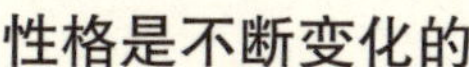

性格是不断变化的

通常情况下，在接受一个事物前，应先从了解开始。但，要了解自己的性格，可能意味着需要很多年，甚至是一生。并且这项任务会越来越复杂。因为你的性格会随着年龄不断变化。你的内心就像一面插在山峰上的旗帜一样，一直在动，没有任何时候是稳定的。

怎么了解自己的性格

怎么才能尽快了解自己的性格？想要了解你的性格，你需要花时间了解你的行为：为什么史蒂芬打你，而你却不敢反抗？为什么你会用光你所有的零花钱去上网？为什么你明知道会惹黛娜生气，却仍然黏着她？试着花些时间考虑你的行为和感受，就像解决生活中的难解之谜一样。

完善自己

有相当多的方法，可以使你一点点地“解码”自己，学着认识自己，并最终接受自己。当然，并不是说你要全盘接受。我们肯定会有一些小缺陷，那就试着改变自己吧。虽然，我们不可能把自己全盘改变，但至少可以修补一些小问题。我们可以完善自己。

女孩，你的心中也有一个完美情结吧。是的，谁不想成为一个完美的女孩呢？但是，这是不可能的。在这个世界上，完美从不存在。

自我满足

一个完美的女人往往是自我满足的。这并不是批评，而是表示她对自己满意。她不需要从别人身上寻求什么，因为她已经拥有全部。

根源是我们与别人的关系

如果我们用心关注一下别人，我们通常会被一些美丽、细心、有趣又出色的人吸引。这是因为我们都喜欢在寻找美好事物的同时，来自我完善。

完善的可能性

回到我们完美的话题上：如果一个人认为自己很完美，已经不需要再自我完善了，也没有任何兴趣去学习别人，那么她注定将孤独地停滞在她的“完美”中。这毫无疑问是可悲的。

自我完善的意愿

面对你的缺点时，不要唉声叹气。生命是一个不断自我完善的过程，它促使你前进。相信我们每个人都可以做到。

这种情况在你身上发生过吧：一个人在国外待一年，或在堂表兄妹家度几个月假。你离开自己的家一段时间，感觉很不舒服。是的，离开自己家的确实会引发一大堆压力，你感到很多不适，并隐隐有说不出的焦虑。该怎么应对这种情况？

极度焦虑的“解药”

为了找出令你焦虑的原因，请尝试一下这种方法：如果你因为害怕错过火车而感到异常焦虑，那么你可以找个记事本仔细记下所有你可能需要的信息：出发和到达的时间，站台号，检票口的位置等。尽管你不会用到所有你写下来的信息，但是充分的准备工作，还是会令你解除焦虑，更加安心的。

恐怖的“陌生”

通常，陌生的事物总是会令人感到恐惧的。面对一个陌生人时，你会想到所有可能发生在你身上的不幸。但其实，你忽略了这个周末或这个假期将会带给你多么美妙的经历！是的，你太过紧张了。放松下来吧，世界这么大，总有我们不认识的人和不熟悉的环境。就把它们当成路边的风景吧，没有什么大不了的。这样，你就会好过多了。

培养“熟悉”

为了使自己少受折磨，顺利地旅行，请在如下方面做好准备工作：行程表，地图，地址和电话号码，手机充电电池，收拾整齐的箱包等。你一定会发现离开的时候压力减轻了很多。

面对偏爱，怎么办？

偏爱是怎么一回事？当我们面临两种或两种以上的选择时，我们通常会相互比较。这时，偏爱便出现了。这是一种无处不在的现象。但是某些时候，你会感到异常痛苦，因为，你很可能因为不被偏爱而承受痛苦。

“我，不被爱”

如果你总是这样想，建议你改变一下自己的想法吧。试着告诉自己：无论是在家里，在课堂上，或是在你家街区的商店里，你并没有比别人少受欢迎。那你为什么还会感觉到自己被贬低了呢？因为你对自身的事情太过敏感了，试着把注意力分散到别的事情上去吧。

自我感觉被喜欢

当你身边的人向另一个人表示友善时，你对自己说：“他不喜欢我，偏爱别人！肯定是这样。”很明显，你忘记了他也曾经对你送出同样友善的笑容哦。所以不能以别人一个行为就轻易做出判断哦。你是否太小看你自己了？拿出点自信来吧。

不要总感觉自己被比较

那些从小看着你长大的成年人，也可能因为你的成长而有点无措，这不是轻视你的意思哦，你也要给他们时间来面对呀。

分离？究竟要说什么样的分离呢？我们这里所要说的不是你父母之间突然的分离，而是父母和你之间正在发生的典型的分离：青春期的分离。为了更好地说明问题，我们通过人类的近亲来说明一下吧。

灵长类动物大致按如下方式进行分离：在早期的很多年里，小猴子和生它的母猴一起生活，几乎寸步不离。大约六年后，猴妈妈觉得孩子已经够成熟了，能够独立生活了，她会毫不犹豫地甩掉她的孩子。一旦孩子接近她，她就跑掉，她不会再负责教他进食，她拒绝他过来挨着她睡觉，总之，她不会再搭理小猴子了。这对小猴子来说是非常艰难的时刻。他们痛苦地哭喊着他们的妈妈，而这只母猴仅表现出一种不舒服而已。这种局面会持续几天。然后小猴子似乎明白了，他会停止呼喊，走开去，开始自己的生活。这就是灵长类动物的分离的过程。

人类分离的漫长过程

当然，你可不是猴子。但和它们的情形类似，你必须离开自己的父母。这件事发生在猴子身上，可能只需几天时间，但对于你，则可能需要很多年。人类的分离是漫长而痛苦的。

青春即是分离

从某个角度来说，青春期的这些年正是为分离做准备的。你可以设想另一幅画面，青春期是一条躁动的河流，有两条河岸。你离开的河岸是孩提时的父母家的河岸，几年之后你要到达的则是成年的你自己家的河岸。而此期间，你独自在两岸之间漂流。对于这一切，没有人真正考虑过——你没有，你的父母也没有。因为我们不愿意去想它。

所以，当我们意识到青春期是在为分离做准备的，我们会觉得很难接受这份分离的痛苦。

分离不是永远的

青春期的分离是你成长的必经之路。你不可能永远和父母住在一起，你也不可能把一生所有的假期都和父母一起度过。相信自己，你会慢慢独立起来的。但是，独立并不代表你和父母不再相见了，你们之间的爱还会继续，如果哪天你想见他们，随时都可以。因为，这种分离不是永远的。

正如帕丽斯先生所说，一个人的名字，是要用一生的，你能找到许多喜欢它的理由。然而有些人却不喜欢自己的名字。

如果你不喜欢自己的名字，这里有几个建议，帮你不要对着你的身份证明哭泣。

一个名字的背后，通常都有一个故事

首先，你可以试着了解你从哪里来。举例说明，如果你的名字叫“Praline”，似乎很难承受。但是如果你知晓了你的父母为你取这个名字，是因为他们在印度洋中 Seychelles地区的Praslin小岛度假时构思的。Praline就不会成为一个不知道哪里冒出来的名字了。这时，你或许会觉得很可笑，这个甜甜的名字将和你的一段故事密切相关。你会发现，你需要再为这个名字负担什么了，相反，这个名字却担负着你，因为它蕴涵着一个属于你的故事。

其他用这个名字的人

如果有兴趣，你也可以试着找一找在你之前使用这个名字的人；通过一番仔细查找，你可能会发现了一个非凡的女人，那么你和她就有了一个共同点了——你们的名字相同。

给自己取个昵称

在你为名字发愁的同时，你也可以尝试为自己起一个你经常使用的昵称。如果你不喜欢“Josiane”，你可以要求大家叫你“Jo”。对那些你信任的人，你可以告诉他们这么做的原因。Josiane这个名字就留给海关和毕业会考的监考老师去叫吧。当然，永远不要忘记这个你讨厌的名字。因为它属于你的一部分，无论你喜欢与否。

耐心一点

最后再给你一个小小的建议：一定要保持耐心。人生中，某些时候，我们不再喜欢自己的名字。但你无法保证下段时间你还不喜欢它。也许，对它的爱之后还会回来呢？所以，耐心一点为好哦。

八 家庭永远是你的依靠

怎么处理与继母的关系

一些事情是你无法把握的，比如，你父母离异之后，你的爸爸又结婚了，于是，你有了一个继母。继母，总是令人难以忍受的，尤其是刚开始的时候。叫人难以理解和接受的是，你的继母有“三重面貌”，或者说，她扮演着三种可能直接冲击到你的角色。要理清这复杂的家庭状况，你一定要试着区分这三种面貌。

首先，这个女人是你的家庭重组之后的父母之一，也就是说，不是天生的，她让你想起你真正的爸妈已经不再生活在一起了。而父母离异，即使时间很久了，即使你现在过得很好，也还是一件令人伤心的事。

其次，她是继“母”。她的地位恰巧介于你父亲和你之间。因此，从某种角度来看，她“偷走”了你爸爸。特别是，假如在你爸妈离婚之后，你一直独自和爸爸一起生活，而且还满愉快的，那情况就更糟糕了。你亲眼看到爸爸和她在一起很快乐，很自然地，你就在心里想：那我呢？爸爸是不是就“不再爱我了”？有这种担心是正常的。但是，我要告诉你，放心吧！一般来讲，你爸爸还是会像以前那样爱你的，毕竟你是他的女儿，而且永远都是。

你的继母取代了你生母的位置。万一你的生母并不乐意接受这个状况，你会觉得自己处于两个女人之间，左右为难。更何况，你自己也正在变成一个女人，你会拿妈妈来当衡量标准，也很容易把自己跟继母相比。然而，与自己的母亲做比较已经是一件很不容易的事了，如果再加上另一个女人，这件事情就会变得非常复杂了！

最后，你的继母本人也是一个活生生的人，有她自己的习惯，有她自己的个性。你们的个性不一定合得来。如果这样，怎么办？很辛苦，但你必须接受现实，尽量搞好家庭关系哦。

为了让这复杂的家庭状况尽可能圆满，你应该跟你的父亲谈谈。和他一起思考这整件事情，请他帮忙分析你的心情。他也必须知道你的感受，重视你的感受，这是很重要的。最后，当你觉得自己做好了心理准备，也别犹豫，直接找你继母聊聊。有时候，不对亲生母亲，对另一个女人，你反而容易说出心里的话。你与继母的关系不会像跟妈妈那么强烈，但同时，你的继母应该也很注意你，而且她也很了解你父亲。总之，她一定有话想对你说的。记住，交流是第一要务哦。

跟继母一样，继父也扮演三种角色，他是一个人（你不一定希望将来做跟他一样的事），他是继父母之一（他的存在提醒你亲生父母已经离异），还有，他是你的继父。

首先，就像所有家庭里突然来了个继养父母的其他小孩一样，你可能会害怕失去亲生父母的爱。特别是在一开始的时候，你的母亲可能会变得比较忙，但不管有没有新丈夫，她都一定是爱你的。况且，你妈妈还跟爸爸在一起的时候，也一样那么爱你啊！

你的继父在日常生活中还扮演着教育者的角色：他可能不会像你亲生父亲那么用心，他的观点不同，标准也不一样，给你很多新的参考点，这些意见对你，尤其是正值青春期的你，也是很宝贵的喔！

假如你和妈妈本来很亲密，现在你却必须痛苦地接受这个事实——你再也不是她“最要好的朋友”，不是她唯一可信赖的人了。她的新丈夫介入你们之间，这就好像常常发生的：有了男朋友之后，两个死党多少会暂时停止往来。一开始的时候，你会觉得一切都很不适应，不过后续发展其实会比较好。有些妈妈以女儿的朋友自居，但对青春期的女孩而言，那是一种沉重的“友情”。无论如何，如果你感到悲伤，一定要跟妈妈谈谈，让她听听你痛苦的心声，让她明白你的困境。

你是家庭的一分子

虽然某些时候，会被阴霾、狂风和暴雨重重笼罩，但家仍然是个温暖的窝，可靠而又快乐。但是，即使家庭气氛始终晴朗和谐，你还是觉得越来越受不了。为什么会这样？该怎么办？

这其实很正常，你慢慢长大了。渐渐地，你向往广大的世界。你也越来越独立。你不再和父母亲持相同意见，你穿的衣服他们不一定喜欢，你听自己爱听的音乐。独立自主是件困难的事，你需要时间、勇气和很大的力量。于是，在有点失去自信的时候，你很容易产生被绑住甚至受到束缚的感觉，然后你就会有不分青红皂白想抛弃一切的念头。这很正常。

家庭似乎是个沉重的负担。悠久的家族历史（没完没了）、亲人间的冲突、家庭的悲伤、家庭的秘密，这些痛苦的真相是青春期的你的大发现之一。但家并不总是代表负担的，家同时也代表着支持，是喜悦的泉源，也是你生命的来源。怎么与你的家人相处呢？你可以尽情依赖你的家庭，同时也保持自己的个性。你有权利和“他们”不一样，你们一家人并不会因此而不相爱。当然，你也有义务为家庭出一分力，毕竟，只在需要的时候才当家庭的一分子，未免太轻松了吧！

因此，你应该告诉自己，独立确实很重要，但最重要的是思想观念上的独立，你不可能和所有人都切断联系的。那样，你就会变得像老虎或蚊子一样，孤单一辈子。

你是不是有这样的感觉：手足之间的关系不好相处？即使有些父母不这么想，但这是事实。因为，一方面，兄弟姐妹不是你自己选的；另一方面，你们总是得分享许多东西，首当其冲的就是父母的爱。所以，如果你和兄弟姐妹之间每天过得不怎么浓情蜜意，也不要太惊奇。有时候，甚至还可能阴霾密布呢！那么，在手足之情的汪洋大海中，如何驾驶你的一叶扁舟呢？

首先，先看看好的一面：兄弟或姐妹的关系是长久的，因为这段情谊中充满共同的故事和回忆。你们一起度过的时光，可不能说完全没有价值哦！

无论你对兄弟和姐妹抱持什么样的想法，他们都是你生活的一部分。在他们的身边，你逐渐建立起自己的人格。从他们的反应中，你得知自己某种形象，而你也把他们在你心目中的模样传递给他们。有时候，他们对你的看法让你不好受，比如，你妹妹认为你装模作样假惺惺，即使你明知她错了，还是应该反省一下，想想她为什么会这么认为，这样你一定能有所进步。

其次，若希望在家里能自在快乐，每个人都应该有确切、明白，且获得认同的地位，包括自己独立空间的位置，例如你的床和衣柜；包括某些时间的位置，例如你的出生日期，在姐姐出生后的几年，在弟弟出生前几年；也包括心理上的位置，家族成员都很清楚你的优缺点，当事情和你有关的时候，他们会询问你的意见等。

然而，兄弟姐妹之间的地位也经常重叠。而且你发现，每当你为手足之情苦恼时，多半都是在争夺位置、角色或“领土主权”等问题。

弟弟擅用你的书桌，还在上面乱画喷火龙；姐姐和你睡同一个房间，却常常看书看到很晚，开灯打扰你睡觉；有时候，你很希望星期三能跟妈妈独处，但你总得忍受兄弟姐妹，甚至半血缘关系的兄弟姐妹的存在。客观地看，这种情况真叫人抓狂。更何况，他们那些行为已经侵入你的“家庭领土”了！还有一些常见的问题，如人家分派你一个你并不怎么喜欢的角色。比方说，因为你年长，所以你就该负责买菜和倒垃圾等。

假如连父母也没察觉到你的苦恼，你会觉得他们好像偏爱其他兄弟姐妹，甚至觉得他们处处否定你。多恐怖的念头！

所以，当你难过的时候，一定不要自暴自弃。当然，也不是要你大吵大闹，而是要你让父母明白你心里所想的一切。保持适当的距离，试着分析现状（尤其是地位方面的问题），并想办法跟爸妈解释，这样才能找到良好的解决办法。

她问你一大堆问题：你朋友的近况，你跟哪个男生交往，到哪里去玩等。她给你很多衣着方面的建议，有时候甚至也穿你喜欢的款式。她对你的朋友总是好到不行，以至于她们都尖叫："你妈妈人好好哦！而且又好年轻！"而你呢，你也很喜欢跟她聊天，征求她的建议，跟她讨论人生。

就某方面来看，这是有好处的，母爱既美丽又可贵。从前辈角度来说，她可以引导你，帮助你去思考，并建立你的人格。此外，由于你的身体逐渐发育，思想也慢慢成熟，你与母亲之间的年龄差距似乎也缩小了：她变得像个好朋友。不过，你要小心哦！这种关系也并非一成不变的。如果，有一天你会很想做一件妈妈不喜欢的事，于是开始觉得必须在母亲的期望和你对自己的期望之间进行交战。

比方说，你最要好的朋友邀请你去她家度周末，你妈妈不答应，因为，那个星期天刚好是母亲节。真烦恼，你很想去死党家玩，可是又不想让妈妈伤心。当然啦！你可以星期天一早就回家，解决这个难题。然而类似的冲突可能会一再重复，因为在这种状况下，妈妈所扮演的不是母亲的角色（你可能会和她对峙），而是一个好朋友（你不想让她难过）。她会表现出占有欲的。

于是，你和妈妈可能过于亲密，用心理分析的术语来说，你和妈妈太容易"融合"，这和一般的情况正好相反。一般来讲，在这个时期，大部分的人为了找到自我，会不自觉和家庭保持距离的。

母亲和女儿生活在身份界线不明的融合关系中，表示这对母女彼此非常相爱，结果生活融为一体，就像两种乐器合奏同一本乐谱。比方说，当妈妈悲伤的时候，女儿也忧愁起来；或女儿什么事都对母亲说，反之亦然等。在父母离异的单亲家庭，或父亲以工作为重的家庭中，常出现这样的状况。

对女儿来说，这样很惬意：妈妈随时都在身边，她不需害怕长大，而且从某方面来看，在长成年轻女郎的同时，她还可以继续当个任性的孩子。对妈妈来说，女儿仍继续询问她的意见，听她的话，她会感觉很贴心。有的时候，母亲会对女儿产生许多期望，她认为这样做或那样做对孩子最好。她是个很用心很体贴的妈妈，但事实上，却不让女儿自己决定事情。

长大成人，意味着成为一个独立的个体，有别于父母亲的个体。所以，必须要和他们有所区别。而要做出区别，就必须站在相反的立场上。不一定要很猛烈地反抗，但还是要"抗拒"。问题来了，面对妈妈这个"好朋友"，你会觉得这样做会让天底下你最爱的人难过，那么该如何鼓起勇气去反抗呢？

你能替对方设想，这是非常难得的。为了改善这种状况，你首先必须做的，就是耕耘自己的"秘密花园"，其中所有想法、故事，你都不对任何人透露。然后，你该试着就事论事，而且把想法说出来："我觉得我所说的话好像让你难过了。但是我之所以会告诉你，目的不是想让你难过，而是让你知道我怎么想。"总之，你必须婉转地让妈妈或自己知道，即使双方意见不同，甚至产生冲突，还是可以彼此相爱的！

天啊！你的老妈！你想到她就烦，全身神经紧绷，容易生气，生自己的气，因为她好像一点也不了解你！她不喜欢你把精力放在除毛、试穿胸罩、月经以及其他和女生相关的事情上。她碎碎叨叨："不要为了那三根毛搞出那么多麻烦！""你年纪还小，穿胸罩太早了！""你根本还没有胸部嘛！人家什么都看不出来。"以及各种残酷可怕的句子。你为此烦透了，怎么办？

首先，别紧张！天下不是只有你的妈妈是这样。跟死党们聊聊，你就会发现，几乎所有的妈妈都这样，她们绝非恶意，但不知不觉地就让女儿心烦。为什么会这样呢？其实，她们只是还无法接受宝贝女儿已经长大了的事实而已。

对少男少女而言，度过青春期很辛苦，而对父母亲来说，这段时期也不好受。女儿变得让他们认不出来，他们可能会害怕去面对这个长成大人的女孩。每天看着女儿长大，做母亲的自己可能会怕因此被评头论足；又或许，她突然发现：自己老了?!

要战胜一个似乎不怎么通情达理的妈妈，你可以试着冷静地告诉她，你和别人差这么多，这样让你很难受，如果腿毛没那么多，或至少穿上一件普通的胸罩，你会觉得舒服些。

若你没有勇气直接跟她说，或你认为她根本听不懂，最好的方式，就是假装不经意地、和颜悦色地问她："在你这个年纪，你都是怎么跟外婆沟通的？"回忆宛如最珍爱的宝贝，能勾起人的回忆，也许这样之后，你与她就能更接近了。

或许，有件事正让你烦恼不已。你听见了妈妈和继父做爱的事。在现今这个时代，这种状况不算少见。首先，若是不小心撞见亲生父母的事，就已经教你紧张得不知如何是好了，何况现在的情况是妈妈和继父呢？真是尴尬！你会这么想是很正常的。

还是先听听我的解释吧。我的解释有点倾向于从“心理”着手，但非常重要。你应该明白，妈妈既是一个母亲（照顾你、呵护你），也是一个女人（把自己打扮得漂漂亮亮，喜欢穿戴珠宝）。而你——她的女儿，若想自己也变成一个女人，妈妈就必须将“女人”的身份“交给你”，让自己在你心目中只是个“母亲”。你听到她做爱时发出的声音，而且是跟另一个男人，不是跟你爸爸，显然地，这时，她是“女人”，而非“母亲”。这么说，你大概明白了吧。

其实，要把这一切告诉妈妈是很不容易的，你可以尝试一个变通的方法，让她明了状况。有时间，到购物店买两个耳塞，放在你床头最明显的位置。一般来讲，只要她看见了，她应该很快就能领悟，然后就会收敛一些了。

小时候，想必你也跟大部分小女孩一样，热爱爸爸，崇拜爸爸，几乎到了疯狂的地步吧！在你眼中，他是世界上最帅、最强壮、最与众不同的男人。但到了青春期，突然间，你发觉自己不再那么爱他了。这种心情让你感到悲伤，有时候，你甚至有罪恶感。为什么？是因为“爸爸”变了吗？

答案是：不，你的爸爸一点也没变。相反地，是你对他的看法改变了。此时，你觉得其他同龄的男孩比较有吸引力了，你可能不再觉得爸爸还是世上最英俊潇洒、最强壮、最特殊的男人。以前，你生命中的男人只有一个，就是父亲。现在，在你的心里，你懂得区分了：将来的某一天，你的生命中（将）有一个男人；另外，你还拥有一个爸爸。这时，在内心深处，你已经脱离父亲了。这种感觉并不好受，但也是必经的正常过程。

此外，你的身体发育和思想成熟的速度并不同调。通常，前者要比后者进展得快。也就是说，你外表看起来已经是个大女孩了，但内心还停留在小女生阶段，喜欢和爸爸撒娇。没关系，不要害羞，会撒娇的女孩最讨人爱了！对你父亲来说，自己的“宝贝女儿”突然变成了个小女人，他一定觉得这个转变非常剧烈。结果，他再也不敢碰你了！所以，这一阵子，充满父爱的温柔举动可能会减少一些，那是因为他需要一点时间来调适，你不必担心。

关于你身体上的变化，还是听从自己的直觉吧。如果在爸爸面前，你突然因为只穿着小内裤而想躲起来，那就躲起来吧。不要觉得以前从来不会这样，或害怕爸爸心里难过而强迫自己。还是小女孩的时候，只要不会不好意思，裸露身体是可以的；但长成大女孩之后，你会感到难为情，所以就不该暴露。你的身体已产生许多变化，你也有权改变想法。放心，你的这种反应不会让爸爸错愕或伤心的，因为这是完全合理的。

最后，你必须知道，在情感上，对爸爸而言，有个正值青春期的女儿可能是件挺烦恼的事。他常常会害怕失去你，即使没有表现出来，所以他其实并不太高兴你爱上其他男生！这其中并没有任何暧昧之处，只是因为爸爸始终把你当成掌上明珠而已！

有些人认为，反正现在离婚已经这么司空见惯了，对小孩也应该不会造成太多痛苦了吧？如果真是这样就好了。事实上，对孩子而言，亲身经历父母离异，被排除在两人之外，感受不到他们的痛苦，还得学着同时在两个地方生活，这些伤痛永远都刻骨铭心。

若不幸你的父母离异了，有几件事你要谨记在心，并时时提醒自己：

●父母离婚绝对不是因为你的缘故，你绝对是无辜的！

●即使你爸妈不再彼此相爱，你还是可以同时爱他们两人的。你有权利反对其中一人的行为，但这并不妨碍你继续喜爱他。

●即使很困难，还是试着不要过度解读你所看到和听到的事情，因为你并不清楚爸妈之间到底发生了什么。所以，我的建议是：父母亲自己的悲伤，让他们自己去想办法解决吧！反正，你不需要苦揽上身。你有你自己的人生，你只要知道，无论他们未来变成什么样子，父母双方都爱着你，就行了。

●他们离婚之后你反而过得更好，这种令人惊讶的情况也可能发生？是的。你有权利感到安心，不再那么焦虑、紧张，也不必为此产生罪恶感。

●有时，你的父母或许实在太难受了，以至于利用自己的孩子去做某些事，比如透过孩子从对方那里取得某样物品，去“监视”前配偶，或请孩子传话等。他们可能不知道，这么做会造成孩子多大的不安，给孩子带来多少痛苦。若你发觉爸爸（或妈妈）正在利用你去传达某些事情，你应该坚决地告诉他：“我希望你自己直接找妈妈（或爸爸）说。”

●在父母协议离婚时，甚至在法官面前，你都有权利表达自己的意见。如果你不想亲自说出口，也可以去相关部门请求帮忙。

●你可以这样表达自己的意愿：希望住在哪里，跟谁一起生活。但是，最后并非由你来决定。你会觉得不公平，但事实上，这是为了保护你。如果必须在父母之间作一个选择，你可能会对其中一方感到非常愧疚，这会造成很沉重的心理压力。

女孩，你和你的堂（表）兄弟姐妹在一起的时间不多吧。如果你们相处愉快，你们可以尽可能多地待在一起，如同和好朋友在一起一样；如果你发现自己不喜欢他们，那也不用非得努力和他们见面。

堂（表）兄弟姐妹是家族的一部分，他们和你有着共同的记忆和过去。当你有困难时，他们可以是你强大的后盾。

幸福生活的伙伴

现实生活中，堂（表）兄弟姐妹关系通常是最近的。我们与堂（表）兄弟姐妹一起度过快乐的时光，比如假期、节日等。然而，正如我们不是整年生活在一起，不是抬头不见低头见，自然比亲兄弟姐妹之间的关系要疏远些。但这并不阻碍我们变得更亲密！总之，堂（表）兄弟姐妹间的幸福是非常难能可贵的！

家庭故事的主角

当你提出一些有关你家庭的问题，而你身边的成年人难以回答时，你可以试着问问你的堂（表）兄弟姐妹。他们通常会给你答复，或者无论如何也会帮助你找到答案的。在青春期时，女孩常常会感到家庭的沉闷（由于独立引发的），那么正好，你可以稍稍远离一点，堂（表）兄弟姐妹间会乐于相互帮助对方的。

一时的冷淡

因为家族联系是恒久的，我们可以长时间地依靠一些家庭成员——即便疏离的感情已持续了几个月或几年。如果你喜欢的堂（表）兄格雷古瓦不愿意再去池塘钓鱼，并以他十九岁的高龄冷漠地看你，别太在意了。目前，他需要与你所处的青春期区别开来——但你还是他最喜欢的堂（表）妹！如果格雷古瓦令你忧心忡忡，这也没什么，请相信一件事情：这种现象只是暂时的，堂（表）兄弟姐妹的感情将维系一生。

女孩，你一定有一个或几个闺密吧？她们是你从未有过的、最亲密无间的朋友：你告诉她你每天的私密生活，你们之间无话不谈。

有一个闺密是件非常美妙的事情，你会觉得，突然之间，你的日常生活有了重点，生活变得有故事了。而且，她评价你的所作所为总是善意的，她有时还会给你建议。当你遇到一些比较棘手的事情时，她是你可以依赖的对象。

不稳定的平衡

有一个闺密是件美妙的事，但是，不得不提醒你的是，闺密间的友谊往往难以持久。为什么呢？因为，闺密之间是有秘密的，而人往往管不住自己的嘴巴。

她是你的闺密，没错，但你是她的闺密吗？不见得。因为某一方某天不小心说出了对方的私密，这种闺密关系就很难维持了。

调整天平

假如，某一天你遇到一个热心的人，你很乐于和她交谈，你对她说了很多，简直希望倾己所有。这时，你应该换位试试，对她的故事表示好奇，要求她也说说自己的情况。这是必要的。这样，你们的关系才会平衡。如果，此时她回避不谈，转身走开了，你也不会想结交她这个朋友的。也许你会有点难过，但是，你更应该庆幸，因为，只有这样，你才不会被别人利用。

顶级秘密

闺密之间最基本的要求，就是彼此要非常信任。当我们向对方讲了一大堆秘密后，我们一定不想在网络上看到她在兜售我们的秘密吧。闺密之间，是需要相互尊重的。而且双方交流时，聪明的闺密知道该如何倾听。

哪些闺密不可交？

你有过被亲密好友“坑害”的不幸经历吗？在被自己的闺密坑害之后，是否会捶胸顿足，愤恨地说“真是当初瞎了眼睛”？如果你曾经在“闺密”的身上摔过类似的跟头，请不要过分执着于报复与诅咒，毕竟人总有好坏之分，再说，我们的眼睛又不是X光，一眼就能将人看透。还是那句话说得好，“报复别人，其实就是报复自己”，过去了就过去，云淡风轻多好。

在这里提供给你几种不可结交的闺密类型，希望已经“哭过”的女孩们，不要为同一件事掉第二次眼泪。

一、直接就去抢你男友的闺密。这样的女生比较强势，看起来很有威胁性。当你带她见你男友时，她总是和你男友眉来眼去的。这样的闺密，还是避而远之吧。当然，注意不要冤枉好人哦。

二、专门在背后讲坏话的闺密。这样的女孩可能在表面上对你很好，使你对她推心置腹。然而，她却在背后说你的坏话。

三、借钱、计算他人荷包的闺密。某个女孩是你的闺密，她总是向你借钱，或者，你们一起出去吃饭或逛街的时候，所有的花费总是由你来出。这表明，她是一个“小气鬼”。这样的闺密，不交也罢。

你是双胞胎的一员？

生活中，我们会经常发现双胞胎，双胞胎的比例还是很多的。如果你是双胞胎中的一员，你是感到幸福，还是迷惑、痛苦？

曾经，有一位“痛苦的孪生女孩”向我倾诉，她说自己很难在家庭中找到她的位置，尤其是“从前的位置”。她说：“当你有一个孪生姐妹时，即便是你的生日，也要与她分享！”其实，这个女孩走入了一个误区。如果你不把眼光局限在生日这种特殊的事情上，你会发现，有个双胞胎兄弟或姐妹并没有什么不方便的！此外，你也不必非得和她唱反调，如果还是经常有些小矛盾，那就顺其自然吧！你可以决定，不要每时每刻都看见对方，如果你们俩住一个房间，你们可以各自安排属于自己的空间。总之，把她当成自己的一个普通的姐妹来看待就好了。当然，如果你们这样做之后，其中一个人为此感到很痛苦，那你们最好沟通一下，也可以把这种状况告知你们的父母。总之，告诉你一个孪生姐妹和睦相处的秘诀，那就是：一定要突出自我！

其实，有一个孪生姐妹也有很多好处的：你将不会再感到孤单，你知道有一个人非常了解你，你也将更容易结交男女朋友。此外，你们还可以互相换穿衣服、鞋子哦。这不是很棒吗？

别让这些事情困扰你
九

跟香烟一样，酒精也算是一种合法的“毒品”。

当然了，晚上聚会时偶尔喝一点酒的女孩并不算一个坏女孩，因为，她们没到酗酒成瘾的地步。然而，就像大麻一样，酒精会让人上瘾的，你永远不知道自己什么时候会上瘾。人的身体对酒精的依赖可以分为两种，一种是身体的，一种是心理的。心理的依赖有可能在瞬间产生，它寻求的是酒精的好处，借以获得舒缓，而这种效果即使只浅尝一点也能达成。但如果因心理依赖而长期饮酒，就有酗酒成瘾的风险。因为，在每天饮用大量酒精饮料之后，身体对酒精的依赖就会出现。

因为心理上的依赖，百分之五十有酒瘾的人会出现颤抖、头痛、心跳加速、盗汗和极度焦虑等症状。种种难受不适，只能靠酗酒来平息，然后越喝越多，长时间下来，酗酒的人罹患肝硬化、肝癌、心脏血管疾病、喉癌、食道癌等的概率大为提高。

统计数字

●二分之一的女孩宣称，十七岁时，至少尝过一次酒醉滋味。男孩方面则有三分之二有过同样经验。

●在法国，一年有两千个十五岁到二十四岁的人死于酒醉肇事车祸。

●百分之三的女孩在十一岁时，一个星期至少喝一次酒精饮料！十三岁的女孩中有百分之五有相同行为，十五岁的女孩中则高达百分之十五。

姑且不说得那么严重，酒精仍具有相当的危险性，因为它能立刻让你脱离现实，让你失去控制能力。所以，要小心酒后开车出意外，以及各种行为偏差，特别是和男生在一起的时候！两杯黄汤下肚，你就会觉得有点飘飘然，别人说什么你都很容易说好。有些男性朋友可能会想利用这种机会，占你的便宜哦。这不需要我详细说明了吧！小心谨慎的女孩才是聪明的好女孩。

最后，提醒你，对于酒，男孩和女孩的承受力天生并不一样！喝下一杯等量的红酒，年轻女孩的血液中酒精浓度每公升高达0.33克，而一个小伙子测出的浓度值却只有0.20克！

你常常觉得自己的钱不够用，或者，你总是想着："我想要更多！"这也是人之常情，大家都希望钱越多越好，很多人和你有一样的想法！

敢于承认自己的家庭不富裕，是件痛苦的事。假如你家的状况就是如此，你可能会觉得不公平，或许你因此很叛逆，羡慕他人，什么都想要，或者，你试着装作不在乎。这种难受的感觉很难平息，毕竟在我们的社会里，金钱的地位还是非常重要的。正因如此，你必须认真地思考一下，金钱的价值究竟是什么。

在法国，二百多年前，仅有少数人拥有足够花费的钱财；绝大多数人没有这种财力。比方说，十八世纪时，有些年轻女孩买得起大衣，其他女孩则不可能（她们能有条披肩和棉被就不错了）。两个世纪之后，人类发明了机器，于是能够大量制造商品了，再加上世界走向所谓"消费型"的社会，于是，所有人都有了购买的能力，虽然这种购买能力还是有大小之分。今天，女孩们再也不必去想要不要买一件大衣这种问题了，她们迟疑的已经是应该买哪一款大衣了。比如哪种风格，哪种材质，哪种颜色，哪个牌子？

事实上，现代人的形象是通过自己所买的东西来呈现的。继续用大衣这个例子吧！有个女孩穿银色太空装，另一个穿羊毛御寒夹克，还有一个裹在海蓝色的厚重长大衣里，你很容易感受她们三者间的差异。人们经常以消费行为来定义自己，有时甚至有些过了头。

这就给现代人一种错觉，好像假如一个人没有了钱，处于无力购买的境地，就没办法描述自己了。多恐怖啊。为了矫正这种奇怪的现象，你可以运用一个办法，那就是尽量发挥自己的才华：写作、绘画、歌唱，或者就只单纯地去玩、跳舞、种花、出游、谈恋爱等。以上这些活动几乎都是免费的，却能促使我们去发现世界，超越自己，创造新事物。

尽管我们说了这么多，你还是可以尽情花用你的钞票的。人有节约用钱的自由，也有挥霍金钱的自由。只是，你需要学会选择怎样去花钱，这是人生重要的一课。

生活中，骗子真是太多了，诈骗的行为也五花八门：在你不知情之前，可能是有人把一个坏掉的物品卖给你；跟你交换什么东西，事后你发现，换来的东西跟你心里所想的有很大出入；或者，对你承诺的事情却从来没去兑现。一定注意这些骗局哦。

从法律的观点看来，有些诈骗行为是十分严重的：诈骗者已经构成犯罪，可以被关进监牢，另外有些行为却没那么严重。不管诈骗的行为严重与否，诈骗仍是一种别人加诸于你的暴力行为。所以，不管是哪种诈骗，即使你并没有受人强迫的感觉，即使你怕被人嘲笑，都不应该任人摆布。那种“随便它啦”态度是极为不可取的。

在此，教给你几种防骗招数：

●如果事态不是很严重，你可以去找那个骗子，把你的立场告诉他，并要求道歉。这需要很多勇气，你大可以找个人陪你一起去。

●假如他嗤之以鼻不理你，你又想不出什么好办法，那就绝对别再像以前那样对待他。今后，避免跟他碰面，绝不要帮他任何忙，忘记他的存在。别让他以为：“这个女孩怕我，我可以随意欺骗她。”

●若是他开始对你构成威胁，快去寻求帮助和保护。不要试图自己伸张正义强出头。

●如果其中牵涉金钱，马上告诉你的父母，或者，至少跟一个大人说。面对不诚实和暴力，你有权利要求帮助。

●最后，不管那个骗子有没有弥补他的错误，你必须客观地看待这一场不如意，恢复自信。有个混蛋欺骗了你，这并不表示你比以前差劲，或比别人笨。在这个世界上，任何人都有可能上当。不过，值得庆幸的是，世界上不是只有坏蛋。你只需要知道他们存在，多加提防就是了。

什么样的行为算性骚扰？当一个人没有得到另一个人的同意就触碰他身体的某个部位，就可称作性骚扰。有些女孩同意男生搂她们的脖子，那就不属于性骚扰。但如果有个女孩不愿意，而男生还是要搂她，那就是性骚扰了。这男孩不见得想做什么卑鄙下流的事。在青春期，男孩们常常很想触摸女孩，他们极度渴望去发掘他们所陌生的女性躯体，有时鲁莽，却没有恶意。不过无论他的行为是不是让人嫌恶，如果女生本人的感受不好，就不能容忍这种行为。

我们的身体属于我们自己，别人能对它做什么是由我们自己决定的。在这方面没有规则可言。譬如说，你不让哥哥在你换衣服的时候闯入你的房间，你完全有权利这么规定，你不让爸爸看到你没穿衣服的样子，你完全有权利，假如你不在乎，那也是你的权利。

你的开放尺度要由你自己来决定。你决定什么可以做，什么不允许。然后你要让别人明白，勇敢地说出来："不，我不要。"这几个字就像一道屏障，能够告诉别人你的开放尺度。有时候，说"不"很困难。你可能不敢说，因为，你怕引起侧目，或不好意思，或者你觉得这样会让别人觉得你很保守或故意找麻烦，你太害羞了，总之，你就是说不出口。这样是不行的。

上某堂课之前紧张得发抖，因为害怕被捉弄、设计或侮辱。这样的女孩我们都认识几个。还有些女孩一想到要回家就恐惧，因为某些大人会对她们做出"奇怪"的举止，可能是她们的兄弟、父亲、叔叔或邻居等。

有两种状况是必须区分清楚的：被与自己同年龄的男孩纠缠，你应该直接去找他，态度要坚决而平静，请他停止。谈论自己的开放尺度并不容易，但设下亲密接触度的底限是非常重要的，甚至是很基本的一件事。你可以先在纸上记下你想说的话，书写能够帮助厘清想法，再说的时候，你也不会结结巴巴，会觉得比较有勇气。假如那男生还是不明白，并继续纠缠，那你就必须寻求协助了。任何人都没有权利对我们做我们所不愿意接受的事。这不是打小报告，而是尊重自己的表现。如果文字的屏障不足以有效保护，你可以求助于权威。你可以向班长、老师或自己的父母发出求助信号。不管你向谁求助，都必须说清楚，你什么时候开始觉得受到了侮辱。绝对不能把"这件事"深藏在自己心底。

假如你被一个成人骚扰了，那更必须寻求协助，而且动作要快。或许这个欺负你的成年人并未意识到自己做出了什么不妥的举动，那你应该告诉他。通常，跟另一个你信任的大人说会比较容易。年纪小的时候，大家总以为大人一定是对的，仿佛他们什么都知道。到了青春期，你却逐渐发现，成年人不见得总是对的，而且有些人甚至会犯下严重的错误。所以，你必须依赖别人，也就是说，借助整个社会体系的力量，才能保护自己。

“不”，千万别小看这个字眼哦，它可是学习好好过日子的基础入门。但是，这个字虽然简单，应用起来却不容易。家长们整天说：“不！”这样能帮助孩子成熟长大。可惜的是，他们很少能教孩子学会说“不！”，他们不知道，其实这对孩子来说也是非常有用的。

为什么说“不”这么有用呢？因为，通过说出“不”，你就能决定什么是你不想要的，什么是你不允许的，你就有能力去定义自己的想法。更重要的是，你还能具体地描绘出自己的轮廓，明白自己是谁。心理医生们都知道：如果一个孩子童年曾遭性侵害（他们当时没能说出“不”字），那他日后会出现很严重的自我认同问题。他们不知道自己的身体究竟属于谁，是自己的？还是侵害者的？

当然，你的情况没有那么悲惨极端了。勇于说“不”，能证实自己的人格，证明自己的存在，是个独特的个体。比方说，别人要替你的房间换壁纸，你并不喜欢，但没有说“不”。那么，你的意见就不会被纳入考虑，因为你没有说出来啊。于是，你爸妈可能就会替你做决定。因此，你只能被迫接受了。

为什么说“不”这么难呢？因为怕伤害别人，怕别人不高兴；因为觉得自己没有权利表达意见；因为以为自己不够强势；因为怕出现不堪设想的后果；因为提不起劲去深思自己真的想要什么；因为不知道可以说“不”。

因此，在现实生活中，你必须学会勇敢地说“不”。当然，怎么说也是有一定的技巧的。要婉转一点，并给予对方一定的尊重。比如，如果对别人提议的事情你并不喜欢，而你这么说：“不要！那好烂哦！”那你可能就会有麻烦，别人也会对你有负面评价（而且他们有理）。相反，假如你委婉地说：“不，很抱歉，我不太喜欢这个”，“我现在没有时间”，或“我已经安排了其他事情”，你就是在表达意见，完全合情合理了。采取立场和批判是不一样的。

最后提醒你的是，当你面临危险威胁，光说“不”已经不足以保障你的安全了，这时，你就必须赶快请求协助，这个人要比你的“不”更强势，迫使骚扰你的人还你尊重。

谁不喜欢有名气呢？谁不想当个魅力十足的名人？但是，就跟钱币有正反两面一样，名人也有悲有喜。且听我详细道来吧！

在大众传媒中，我们经常能看到或听到，记者对名人们说：“哇！您真是太棒了！”“夫人，您真是出色极了！”于是，我们不自觉地相信，只有成为名人，才能证明自己是个优秀的人。这种想法逐渐根深蒂固，甚至已经到了本末倒置的地步。

实际上，人的目标应该是在专业领域上追求精进，而成为名人只是达成这个目标的方法而已。但是，今天的人们却都在追求名气，不求上进了。甚至为了成名，一些人什么都肯做，为了成名，他们可以露点、被捉弄、披露自己的私生活，暴露自己最私密的部分。姑且不管道不道德，只从心理学上来说，这种态度就已经非常危险了：将自己赤裸裸地（包括躯体和私生活）暴露在公众眼前，不就等于是出卖自己以换取某种东西（名气）吗？做出这种等同于卖身的行为，那不也就表示这个人已经一文不值了吗？

再说，人们常以为只要有了名气，钱财、荣耀、朋友都会滚滚而来。仿佛自己就再也没有烦恼，只有幸福围绕了。是这样的吗？我们来分析一下。首先，事实不一定如此；其次，仔细想想，你所谓的“幸福”是什么？你知道你到底想要的是什么吗？是想过名模克劳蒂雅·雪佛的生活？还是想拥有凤凰女茱莉亚·罗伯茨的事业？或许，你的

“真命”是住在乡村一栋大房子里，四周有碧绿的草地，以养驴子为业？或者，你很适合从早到晚，关在密不透风的实验室里，整日进行某种物理研究？又或者，面对上百个小女孩，教她们跳踢踏舞？其实，幸福是多种多样的，每个人都有自己的幸福模式，你以为光鲜的名气就一定能带来幸福吗？说不定那并不适合你呢。

最后，你还会发现，那些你羡慕的行业，其实不一定需要什么特殊才能。演员、歌手、模特儿、主持人，这些绝对是每个人都能做到的。如果，高中没毕业就能当名模，那你要怎么做才能跻身其列？答案是，某一刻，你被一个模特儿星探看上就可以了，也就是说，你不需要靠自己就能成功。就一个少女的未来志向而言，这很平庸，不是吗？

很不幸，你成为别人的批评对象，人家对你再三指责，话语伤人，你陷入痛苦的深渊。生活中的你，是否经历过这样的尴尬?

学校生活是酝酿这场灾害的温床，因为，大家整天一起生活，有足够的时间去观察别人不完美的地方。而且，我们的社会越来越重视外貌，女孩们总是觉得自己不够美，常常品头论足，任何一个细节都不放过，于是，就有可能会基于恶意去互相猜忌。

假如某人经常对你提出批评，你要先反省反省，采取应对行动。千万不要放任他。

首先，试着冷静地分析一下：为什么别人要这样批评你？那个人是怎么想的？他只是单纯地出自恶意、嫉妒你，心情不好吗？他所做的批评有没有道理？还是无中生有？换句话说，你自己是不是真的有需要改进的地方?

我们试着来分析一下各种不同的情况吧。

第一种，无中生有的批评（比方说，人家嘲笑你长得太高或太矮）。如果是无中生有的批评，这时，你应该静下心来思考，想想如何反驳对方，让他安分些。如果有胆量的话，你也可以直接去找他，叫他别再这么做。你也可以跟朋友谈谈，班长、爸妈，也是不错的商量对象。如果你所受到的批评很尖酸刻薄，而且完全不公平，那你就没有必要忍耐。让别人来帮你吧！虽然，说出自己的伤痛是件很艰难的事，但千万不要独自躲在角落里，默默痛苦。

第二种情况，批评很难听，但却是事实（你从不梳头，或你从不敢跟任何人说话等）。如果对方批评你的事情并不严重（如不梳头），你该试着改正自己，而且，拿得出勇气的话，你甚至应该去向批评你的人道谢，谢谢他给你进步的机会。一般来讲，你这样做的话，对方应该会吓一大跳，几乎说不出话来。对于你可比佛教高僧的大智慧，他会佩服得五体投地。而且，他本身也应该学到了教训，不敢再犯了！

如果批评的事情比较严重（如你不敢跟任何人说话），当然会让你很难受，难以面对那个伤痛。在这种情况下，你可以试着乐观一点，抱持正面的态度，对自己说：“我刚好可以利用这外来的伤害解决内心的烦恼。”找个你信任的大人（大人比较有经验），把详细状况告诉他，请他帮助你。无论在什么年纪，人都有无法独自面对复杂难题的时候。这时，必须依赖他人。不要难为情，这是很正常的事。开口请求协助是一种负责且勇敢的态度哦。

第三种情况，批评是恶意的，虽是事实，不过那是你自己的选择（比方说，你是个博闻强识的高材生）。若是这种情况，请大方拿出勇气，告诉对方：你就是喜欢这样，这并没有妨碍到谁，为什么需要改变自己的品味？我们活在一个民主的社会，你有权利叫对方别再来多管闲事。

无论如何，你必须有足够的胆量，才能去面对、迎击、抵挡别人对你的批评。在需要的时候，勇敢一点，总比长时间默默忍受痛苦来得好吧！

你常常觉得，不知道该如何做出选择？很正常，这件事本来就很难。小的时候，几乎没有什么生活难题会轮到你来做决定，通常都是父母帮你决定的。你痛恨这种状况，同时却又感到很轻松。长大成人后，很多事都要你自己做出选择了，而且，做了决定之后就要承担责任。这是现实，是一种自由的表现！

做选择，代表着自由。举个例子，比如，给你一个问题："这里有三块蛋糕，选择你最想吃的一块。"当你做出选择后，也意味着一种放弃："选了这一块，就表示你不能吃另外那两块。"这种放弃有时会给你带来痛苦。比如，星期六晚上，有两个人同时邀你参加派对，两个你都很想参加，但你必须抉择一个，放弃一个，这不是很痛苦吗？

如果你正面对难以抉择的状况，可以试着问问别人的意见，尤其是比你年长的人。他们通常已经有点经验了，而且，狡猾一点嘛！你可以从别人给你的建议中找到其他解决方案哦。

总之，当你左右为难，无法抉择时，就试着释放想象力，创造其他可能性吧，事在人为，没有什么不可能。

虽然，法律规定未成年人也可以自由买烟，但烟仍可算是一种“毒品”。毒物学研究报告指出，香烟的主要构成物尼古丁和海洛因一样，会使人上瘾。十根烟中所含的尼古丁就可以使一个青少年（男女）长期成为“烟虫”。

当然，偶尔抽根烟，享受一下，是很不错的。但如果抽上瘾之后就完全不同了：你对烟的需求会越来越高，但享受的程度却逐日下降。仿佛成为一种摆脱不掉的依赖了。

有了烟瘾之后，大约有一半的女孩会想戒烟。但这很不容易，更别说很多女孩害怕戒烟之后就会变胖了。的确，尼古丁会降低食欲，而且会燃烧卡路里，但是，这不能成为吸烟的借口哦。为什么不干脆趁戒烟的机会，改变你的饮食习惯呢？这可是体内大扫除的最佳时机哦！你可以听从营养学家的建议，建立良好的习惯。然后激励自己，好好戒烟。相信自己，就一定能成功。

香烟，诱惑力的最佳杀手

要赶走身边的男孩，那就抽烟吧！它的效果非凡，它可以老化你的皮肤，使你口臭，患上黄板牙。如果你不想沦落到这种地步，找医生谈谈吧，请他给你一些戒烟的好建议。

不怎么轻淡的淡烟

香烟厂商是操控市场的高手，他们让人误信有了“淡烟”，吸烟的人也能元气十足，也就是说，吸淡烟不会损害身体健康。这种论调特别针对女性而来，但其实是个不折不扣的谎言！因为，淡烟只是增添了许多小孔，使空气流通其中，冲淡尼古丁而已，但正为了这个缘故，为了“吸取该有的尼古丁量”，吸烟的女性开始抽更多的烟，而且每一支烟都抽到很短为止。结果是，经常抽这种烟的人，抽得更深、更频繁，所以对身体的损害也更大了。

避孕药和烟，你选哪一样?

香烟中所含的焦油以及某些主要成分会助长结石的形成，也就是说，吸烟容易长结石，它会阻塞动脉和静脉的血液循环，而且还会损伤血管壁，使血管变窄。

你必须知道，假如结石顺着血液流到大脑，就会有罹患半身不遂（瘫痪）的危险。如果流到肺部，则可能引起肺栓塞（呼吸困难症）。假如流到心脏，即可能终止整个心脏运作，引发心肌梗死。所以，抽烟者罹患心血管疾病的风险比不抽烟的人高出三倍。服用避孕药的女孩假如同时也抽烟，她所承担的风险则更高，因为避孕药会增加血液的浓度，这样，她罹患结石的可能性是仅仅抽烟者的十倍以上！

在法国，青少年专科医生估计，约有百分之二十五的青少年（其中大部分是女孩），规律性地服用过量药物。这些药物，不是偏头痛发作时一天吞下两三颗阿司匹林，而是镇定剂或安眠药、止痛剂等。

当一个人有很严重的烦恼时，药物似乎能很方便地解决问题：吞下一颗小药丸，焦虑障碍好像一下子都飞得远远的！很显然，这是错误观点，因为药剂的作用只让你短时间内不会再去想那些烦心的事，但烦恼并未因此而消失啊！换句话说，面对生活中各种难题，药物绝不是消除苦痛的良方。一旦你慢慢地习惯吃药，然后，就像抽烟或酗酒的人一样，很难戒除。所以，有些女孩不吃安眠药就睡不着！还有人早餐时没吃镇定剂就无法上学！

其实，服药不是万能的。当某件令人痛苦万分的事情发生时，不一定非要服药才行。你要遵循以下两种原则：一、不要感到羞耻，人偶尔感到痛苦属正常的；二、不要自己一个人苦恼。你不可能解答自己的疑惑。所以，最好找一位心理医生谈谈。

有时候，你会觉得自己没有勇气把一切事情说出来，更别说请人帮你渡过这个难关了。然而，是长期活在痛苦之中呢？还是该稍稍鼓起勇气，对医生或家人说出你的不自在呢？要活得快乐，答案很明显：你该把话说出来。

众所周知，毒品如毒蛇猛兽，是万不可沾染的。一旦染上毒瘾，你的心理和身体都将受损，只能依赖毒品或药物度日，最终的下场可想而知。

大麻、摇头丸、古柯碱、吗啡，以上这些都是毒品，是法律禁止贩卖与消费的。而其中，又属大麻的药性最“温和”，最受青少年“喜爱”。

毒品可以分为温和的和猛烈的两种，当然，温和的并非对所有人都温和。对有许多烦恼，“活得很痛苦”的人而言，吸大麻可能很快地成为他们逃避现实的方法。然而，持续使用毒品将会使问题变得很严重：不断地“飘飘欲仙”，可能将自己置于险境而不自知，最后将无法集中注意力。老师其实都很清楚，那些常偷“卷烟草”的学生，其功课终将一败涂地。最后，大麻会彻底破坏人的意志力。于是，吸毒的人有终身丧失意志的危险。年纪轻轻就对欲望迟钝麻木，多么可惜啊！所以，即使对于温和的毒品，也要小心谨慎，因为，它们也一样具有危险性。

吸食大麻并非一件不严重的小事哦。因为它使人失去与现实的接触。一旦完全“脱节”，就可能犯下致命大错。尤其是女孩们，在某个派对上吸上一根大麻，可能导致你一辈子的遗憾。那跟醉得不省人事没什么两样，很容易被不怀好意的男孩侵占身体。

据调查，在一千个吸大麻的人之中，五十五个后来会服用所谓的猛药（如海洛因或古柯碱），而“从来没吸过毒”却直接跳到猛药阶段的，只有两人。嗑药其实是加诸于自己身上的一种暴力。因此，千万不可涉险，以免铸成终身遗憾哦。

统计数字

●十四岁到十九岁的法国青少年中，有三分之二的人宣称知道哪里可以买到大麻。有二分之一的人至少吸食过一次。

●即使大麻药性温和，它还是会使人“上瘾”。上瘾后，它会造成心理上强烈的依赖，尤其是对一个月至少吸十“管”大麻烟的人来说，其中百分之二的人已经染上毒瘾。

●青少年染上大麻瘾的概率比成年人还高出两倍。

●一九九三年，在法国，百分之十七的十八岁少女坦承曾试吸过大麻，而到了一九九九年，其比例提升到了百分之四十三。

如何说服父母让你晚上出门呢？我的答案听起来可能很怪：父母跟小孩一样，是需要教育的！要做到这一点，你必须试着去了解他们。你爸妈想必跟全世界的爸妈一样：一方面，他们为宝贝女儿担心；另一方面，他们却不见得注意到你已经长大了呢。

要除去他们的担忧，你必须表现得很明理并且负责任，就跟你要求他们对待你的态度差不多。他们的担心不一定没道理。所以，不要向他们说出一些无理的要求，例如，答应你晚上沿路搭便车，去一个你不认识的人家里参加晚会。你该做的是，拿出事实，证明你的朋友都是“好人”，是值得信赖的人。留下办晚会的人的地址和电话，请一位朋友来接你，两人一起去参加。跟父母商量计划回来的办法（爸妈其中一人当“出租车司机”在家待命，或请哥哥去接你），协议回家的时间，并切实遵守。到了第三次，你爸妈一定会明白，知道能相信你，就不会那么紧张，也会比较好说话了。

一定不要作假，不要留下假姓名、假地址和假电话哦。否则，一旦东窗事发，你爸妈必然会加倍责怪你的——竟敢去一个陌生人家（或太远、太危险的地方），而且还对他们撒谎！这么一来，以后，你再想获得晚上外出的自由就难上加难了。

你想提醒爸妈自己已经不是个八岁半的小孩，参加小朋友生日派对吃点心的时代已经过去，请婉转地表达：“我已经不是小女孩了。”并且，要身体力行做给他们看。凡事计划周严，随时保持干净，帮忙采买，思想独立。你要主动出击，向父母证明你不是小女孩，而是个不断要求进步的大女孩。然后，告诉他们你完成了些什么事。一旦你这样做了，你的父母就会逐渐对你信任有加了。

在法国某些学校里，女孩没办法穿裙子和女性衬衫。她们如果不把自己打扮得像个男生，就会不得安宁。只要走到黑板前面，马上就有人以充满大男人主义的字眼讥讽她们。更别说还会被吃豆腐、被偷摸屁股，或用色迷迷的眼光盯着看了。

做出这种行为的男生是性别主义者，也就是说，他们有性别歧视。根据法国新刑法的两项条款，所有针对人身所做的歧视行为都必须受法律制裁。这种行为也是不被允许的，性别歧视属于一种对他人心理施暴的罪行。

如果你就读的学校有上述情形，那所有的女孩应该团结起来，试着叫男生尊重两性平等。你们可以组织社团、策划展览、办份刊物。为了增添行动的分量，请学生代表、他们的家长、班主任和老师等伸出援手，特别要邀请生理卫生老师帮忙哦，因为，他所教授的科目涵盖了两性教育以及人与人之间的爱！

在我们的社会，勒索这种犯罪行为似乎越来越常见了。那我们就能因此对此淡然视之吗？这显然是没有道理的。从法律上看，勒索相当于诈骗他人钱财。法国刑法规定，这种犯罪行为最多要判七年有期徒刑外加十万欧元罚款。无论勒索是否成功，刑罚一样严重。

若你遭人勒索，或有人想勒索你，在此给你三项建议：

第一，千万不要试图反抗。即使你身材魁梧，是柔道十段高手，也千万不要自己一个人去解决问题。因为，这非常危险，有些匪徒身上带有武器，而且非常残暴。

第二，假如你乖乖投降了，也不需为此而有负罪感。你受到别人的威胁，害怕是正常的。因为，匪徒利用的正是人的恐惧心理。

第三，千万不要将被勒索的事当成秘密隐藏起来，你应该说出来。当然，这需要过人的勇气，因为你怕遭到匪徒报复，不知会引来什么样的后果。然而，基于两个理由，你还是必须说出来。

首先，因为你遭人勒索，成为一名受害者。不要默默忍受，无论受到多大的伤害，倾诉是治疗伤口的唯一途径。

再者，只有证词能彻底消灭这种犯罪行为。通知你的父母、监护人和可靠的老师。他们会帮助你提出诉讼并保护你的。别忘了这个千古不变的道理：团结力量大，人多势众，一定能击败暴力行为。

对于女孩子来说，强暴这种行为的伤害可能是最大的了。强暴是一种性侵害行为，它是指以暴力、束缚、威胁或出其不意的方式，经由嘴巴、阴道或肛门，强制入侵他人的身体。换言之，所有未经对方同意的性行为皆属强暴行为。

在法国，强暴是一项重罪，犯人至少会被处以十五年拘役徒刑。罪情严重者，如对未成年人施暴或向多人施暴者，刑责可延长至二十年有期徒刑。

强暴不仅使受害者遭受极度的身体疼痛，更让受害者的心灵受到创伤。强奸犯为了自己的乐趣，糟蹋受害者的身体，把她当成性玩物。她身心皆受玷污，感到羞耻。因此，很多受害者受到侵犯后，不敢告诉他人。这不是很容易了解，然而也有的受害者会告诉自己："有人之所以把我的肉体当做玩物，就表示我的身体只是个物品。"

遭受强暴，受到难以忍受的痛苦时，被害者有可能会发生"脱离肉体"的现象：她不再反抗，漠然以对，仿佛灵魂已经离开，身体没有包裹任何人。她受到过度的惊吓，以至于假如没有得到妥当的心理辅导，日后她将经常受所谓的"灵肉分离"现象煎熬：空洞的躯体，已死的灵魂却早已不知飘向何方。

统计数字

在法国，对未成年者施以性暴力的罪犯中，有百分之七十二来自受害人的同一家庭（根据二〇〇一年由国家受虐者救援专线所做的研究）。只有百分之四十的受害者敢于事后立即谈论发生在她身上的不幸。

百分之二十到三十的性犯罪伴随着肢体暴力。

如何有效避免强暴?

●尽量以安全的方式出入，避免走夜路和僻静的路径；

●避免单独与陌生男子乘电梯，如果非要如此，尽量站在靠近报警器的位置；

●要信任自己的直觉，感觉有人心怀不轨，立即躲避；

●与家人朋友多照应，外出时，要让他人知道自己的行踪；

●小心门户，拒绝任何陌生人进入自己的房间；

●避免与初次结识的男子独处，不要服食别人提供的药物或饮用不知名的饮料；

●明确以“不”表达自己不愿意的态度；

●平时，学习一些有效的自卫术，善用随身物品（例如钥匙、戒指、雨伞或鞋子等）做反击武器；

●遇事时，保持冷静警觉，随机应变，大叫“救火”比叫“救命”更有效，快速准确地攻击行暴者的弱点（例如眼睛、耳朵、鼻子或下体等部位）；

●牢记犯案者的特征，并与对方谈话，尽量拖延时间，以等待别人的搭救。

被强暴后该怎么办?

年轻少女若遭受强暴，应立即告知父母或亲近的人，一定要能得到关怀、支持与照顾。同时，她应该马上报警。女警大队是专门接待性侵犯受害者的机构。假如受害人未成年，应由她的父母提出“公诉”。公诉成立之后，受害少女将必须尽可能详细描述发生在自己身上的事。依其意愿，她可以事先将证词录下呈堂，避免在法庭上受到二度伤害。受害人也将受到医生检查，医生会递交一份检验报告。为了不消除强暴证据，很重要的是，在医生检查之前，受害人务必不要清洗阴道。

暴力的出口

在这个世界上，充满了暴力，暴力有各种各样的形式，它会波及一个人的整个身心。它处处皆是，充斥在校园、家庭、企业和街上。

暴力的形式有许多种，有身体暴力（侵害）、心理暴力（侮辱、批评、忽视）、言语暴力（辱骂）、性暴力（强暴、乱伦），还有歧视所造成的暴力（种族主义、性别主义）、侵袭他人财产的（偷窃、破坏）、勒索，以及施加在自己身上的暴力（吸毒、自杀）等。

我们不能完全根绝暴力，一个没有任何暴力的社会是并不存在的。每个人的身上都有暴力因子。当没有其他方式能表达不满、仇恨或愤怒时，暴力就会显现。出现这些感觉是人的本性，每个人都有需要发泄、爆发、呐喊的时候，而简单地说，这就是暴力的表现，不可能避免。但是，暴力并不是非用来伤害人不可的，学习如何在不伤害他人的状况下，将负面的情绪表达出来，是非常必要的。

因此，一个公正公平的社会不该放任让暴力无止境地显现，而是必须对之引导疏通。比方说，宁愿看竞争者在体育场上“斗技”，也不希望敌我双方在战场上厮杀。这就是一种疏导的方式了。

动物和人类相反，从来不会无缘无故发作暴力。它们之所以攻击，是为了保护领土，是因为子女处境危险，是因为饥饿，而被攻击的人被视为可能的猎物。熟悉动物的人士懂得解读它们所发出的威胁信号，预测它们的攻击时机。因此，即使是最危险的猛兽，这些人也不害怕。那种“就是这样”没有理由的突发性的暴力，只有在人类身上才会出现。

有时候，即使没有受暴，但你仍感觉得到暴力的威胁。假如你觉得它随时可能出现，你就不会有安全感。这样会使你产生恐怖的情绪，恐惧也是一种具破坏力的情绪，也可能衍生暴力的！

若你因受暴而苦，千万不要听之任之、任由摆布。一定要说出来，以便让社会执法，让你所受到的暴力从此不再发生。同时，说出来，也是为了你自己。通过诉说，你的痛苦能获得缓解，你能客观地看待事实，或许因此就能找到解救自己的办法。记住，千万不要认为受到暴力侵害是你的责任哦，也不要感到可耻。最后，提醒自己：团结力量大。施暴的人是懦夫，面对比他强大许多倍的力量，暴力就会低头。如果你没有这样的超强力量，就必须向拥有这份力量的人——大人去求助。

你或许有过一两次被偷的经历吧，或许是事后才发现有人偷走了你的财物，或许是遭到“抢劫”，比方说，当街被人抢走手机或背包。在法国，偷窃属于轻罪，可判处拘役，即使未成年人犯罪也可能坐牢。

一般来说，有过被偷或抢劫经历的人都会在心里留下一定的阴影。就算你事后才发现被偷了，而且你的身体也没什么伤害，偷窃仍会在你心里留下暴力阴影，原因有三：

一、因为偷窃行为侵犯到了你的私人领域。比如，如果你藏在书包最里面的CD被偷了，那表示窃贼曾翻过你的包包。一般来说，除非经过你的允许，否则任何人都没有权利搜你的私人用品，无论是在你家，或是你的房间、背包或口袋里。

二、因为窃贼偷走了某件属于你的东西，那可能是你心爱的物品。偷窃行为触犯你的财物，也波及你的心情，影响到你的人生故事。这些东西对你来说很重要，是你人生的一部分，没有它们，你就不是现在的你。

三、跟所有暴力一样，侵犯者把痛苦强加在你的身上，置若罔闻，他完全藐视你的存在。

假如你曾遭窃，千万不要有羞愧的感觉。是啊，做坏事的人是小偷，又不是你，你有什么好羞愧的？不管失去的财物值多少钱，你都应该立刻通知大人——爸妈或老师，甚至直接去报警。只要证据确凿，他们都可以帮你提出诉讼的。

无论如何，偷窃行为必须遭到惩处。假如你什么都不说，那等于是变相鼓励这种犯罪。这是令人无法接受的。因此，遭受到偷窃行为，一定要说出来哦。

假如小偷是你

假如小偷是你，不用说，你做了坏事，或许也对某人造成伤害，请尽快认罪，并向当事人道歉。这首先是对被害者表示尊重，再者也是对你自己的尊重，因为认罪是一种负责的表现。然后，你应该仔细思考一下：你为什么会去偷东西呢？因为你很想要那样东西，克制不了自己的欲望？还是因为“就这样，没有特殊理由”，随便就把人家的东西偷走？还是因为想给某人颜色瞧瞧吗？如果是这样，你在惩罚谁呢？你自己吗？要直面自己并不容易。每个女孩心底都有一块“黑暗”的角落（只是程度不同），每个人都需要勇敢去面对。你可能需要大人帮忙，那就别犹豫，赶快求救。若想与自我和平共存，并成为一个好人，你就必须知道自己有多少力量，并勇敢地去迎击自己的弱点。

女孩，你有宗教信仰吗？一般来说，接受每种宗教的固有仪式都不是件容易的事。有些规矩看起来很麻烦。那些仪式、信仰、流传千年的传统，有时确实会把人弄得糊里糊涂的。而且，若世界上真有个领域让人无法轻易接纳异己，那这个领域就是宗教信仰。

不管是去基督教堂、清真寺、犹太教堂还是佛教寺庙，信仰的虔诚处处一样，你无法决定自己是信还是不信。父母亲可能用他们的信仰态度来教育你，解说世事，强迫你相信。你也可能出生在一个宗教信仰非常虔诚的家庭，但从不信教。或者，相反地，你的家庭是无神论者，但有一天，你突然开始信教。宗教信仰是一件非常自我的事，必须获得尊重。诚然，信教的人对他人的信仰或不信也同样给予尊重，不能强迫别人。如果信徒本身不能容忍他人，而是自以为高人一等，或强求他人相信自己所听闻的事，那他受到别人的责怪也就不足为奇了。

基本上，每种宗教都有其仪式。这些仪式代代相传，流传至今。对于无信仰的人来说，他们无法了解这些仪式。一些行为看起来甚至颇具侵略性！

你觉得这种仪式不可理解吗？其实，这也没什么神秘的。对这些仪式，我们可以这样解释：这些仪式其实就是人类的习惯构成的一种共通语言，借此以拉近彼此的距离，于是人才能够成为社会性的动物。通常，他们只会对人类有作用。假设有个火星人刚登陆地球，对他来说，握手不具任何意义。假如你向前跟他拥抱亲吻致意，他可能会吓个半死。因此，别对这些仪式太敏感了，你每天晚上跟爸妈或你的德国牧羊犬亲吻道晚安，这也可以被归纳成一种个人仪式的。

少女与宗教

很多宗教都有一些特殊规定，比如，某些伊斯兰教地区要求女性戴面纱，女天主教徒不可能成为神父等。诸如此类的规定，以今天的眼光来看，宗教对于女性的限制实在是老旧过时了。要去改变这些千古不变的习俗是很困难的。我们可以试着发表感想，和一些自认可以了解的人讨论。或许事情能逐渐有所改变。

总而言之，你不一定要同意某种宗教行为，也有权去批评它，但前提是你对该宗教要有深入的了解，不存偏见，评论时需留心尊重该教的教徒及他们的信仰。

宗教与战争

有时候，人类打着宗教的旗号，犯下可怕的罪行。这时你不要搞错了，以为那种宗教不好，宗教不会杀人，杀人的是人类自己。而且，以宗教的名义发动战争，通常只是借口罢了。

附 录

简易体操教室

为了让该结实的部位能够紧绷且富有弹性，每个星期两到三次，将你房间变身成健身房吧。找个死党和你一起做会更好玩哦！

注意：假如你有背痛问题，请不要做这些运动。此外，也不要急着第一天就一次做完，可以渐进式地慢慢来。

腹部运动

1.平躺下来，眼睛看天花板，双腿从膝盖弯曲成直角，双脚着地。

2.手臂尽量往前伸，双手置于两腿之间，抬起肩膀，离地。缩紧小腹，背部尽量与地板贴平，维持两到三秒，使腹部缩紧。然后放松。

3.从头开始做十次左右。然后慢慢放松全身。

1.采取和A一样的躺姿。

2.手臂朝右腿旁伸出，直到肩膀离地。收缩腹部，维持两到三秒。放松。

3.从头开始做十次左右。

4.换边练习，手臂改朝左腿伸出，其余步骤相同。

腰部运动

A

1.站立姿势，双腿张开与肩膀同宽，手臂自然置于身体两侧。做这项体操时，上半身应挺直，与双腿保持在同一直线上。

2.左臂顺着左腿下垂，越低越好。

3.拉直身体，腹部保持紧缩。你腰部的肌肉应该有被拉扯到的感觉！

4.重复这个动作十五次，然后换边。

B

1.站立姿势，双腿大开，双臂顺着身体两侧垂下，双手握拳。

2.上半身向下弯，右拳触碰左脚，左拳摆向后上方。同样地，左拳触碰右脚，右拳朝后上方摆荡。

3.触碰两脚各十次。放松全身，之后重新开始。

臀部运动

A

1.面向天花板平躺下来，双腿弯曲成直角，脚掌贴地。

2.抬起臀部，直到你觉得十分紧绷为止。保持这个姿势两到三秒。轻轻放下臀部，但不要触碰到地面。重新抬高、放下，做十次左右。

3.从头开始再做两次。

B

1.双手握紧门把两侧，双脚微微张开，各置于门的两边。臀部应该在脚跟后方，背部必须挺直，手臂伸长。

2.身体不可弓起，腹部尽量向内缩，臀部往下坐，仿佛要坐在椅子上。保持这个姿势，抬高、坐下，重复十次左右。

3.从头开始再做两次。

腿部运动

1.侧面躺下，着地的那条腿微弯，用同侧手臂支撑重心。另一只手则置于身体斜前方，手掌贴地。

2.悬在空中的那条腿尽量伸直，抬高之后轻轻放下，重复十次左右。放松落地。

3.双腿轮流各做两次。

1.躺下姿势如A，换成着地那条腿伸直，另一条腿交叉，脚掌位于下方大腿前方。

2.下方那条腿伸直，抬高之后轻轻放下，重复十次左右。你的上半身必须挺直。

3.双腿轮流各做两次。

快速缝补法

你正要去参加一生中最重要的一场派对，却临时发现，你最心爱的毛衣上破了个洞，迷你裙的下摆脱线，或最喜欢的衬衫钮扣脱落了。怎么办？请阅读下文。

补缝钮扣

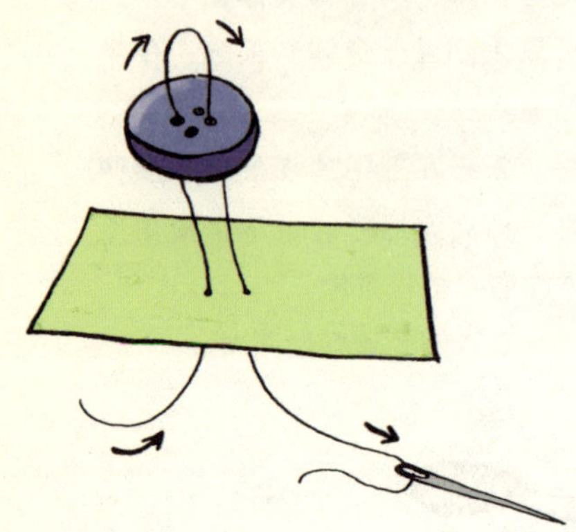

1.穿针引线，线尾不打结。然后照附图那样下针。

A：第一针落在预定固定钮扣的位置附近。

B：第二针将钮扣定位。

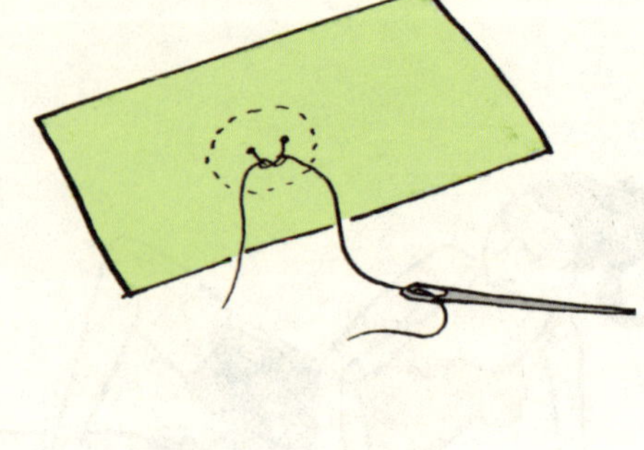

2.打两个结，注意线还是穿在针上。

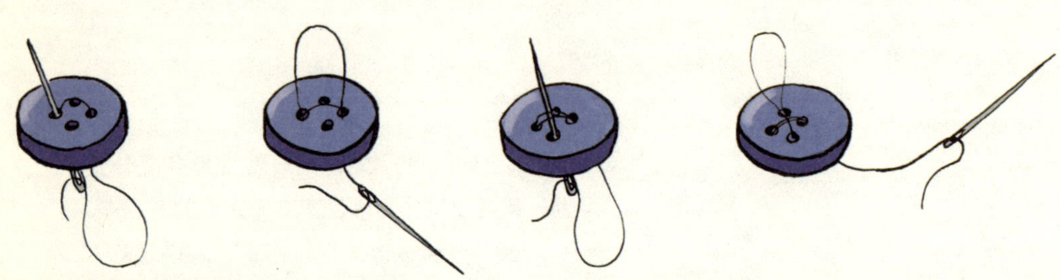

3.如图所示，针线穿过钮扣的四个洞。

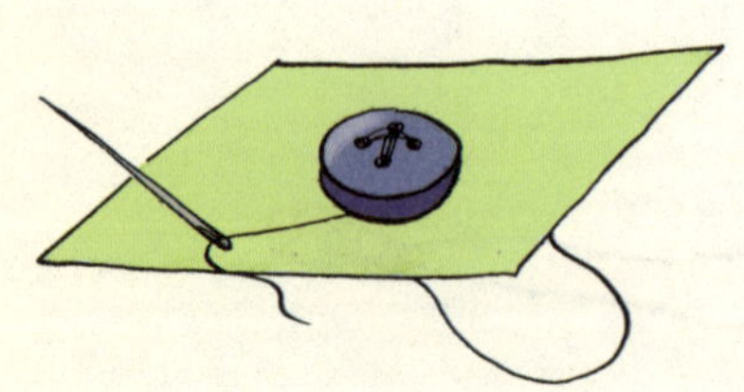

4.如图所示，针穿过钮扣下方。

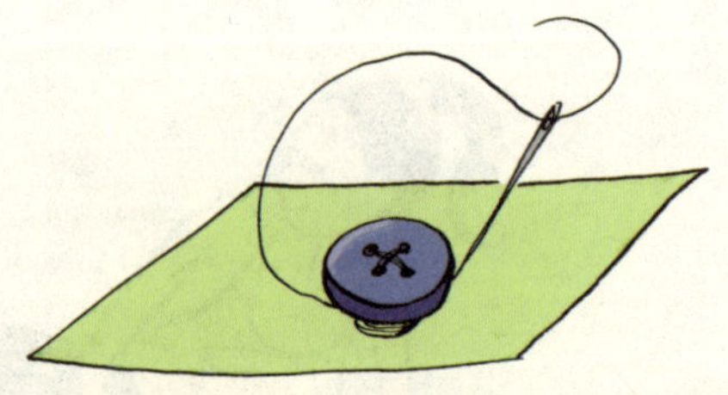

5.线绕着钮扣缠几圈，做出一点厚度。从钮扣下方将针刺到衣服反面。打结，剪掉线头，就大功告成了！

缝补毛衣脱针的地方，以免小洞变大洞

1.准备一条十五厘米长的线，穿针之后不打结。

2.将毛衣脱落的线头和这条十五公分的线结在一起。

3.先从毛衣的内侧下针，引过线头，然后尽量多缝几针，以便缝出毛衣的厚度。

4.将针从衣服反面拉出，剪去多余的线头，就完成了。

缝布边

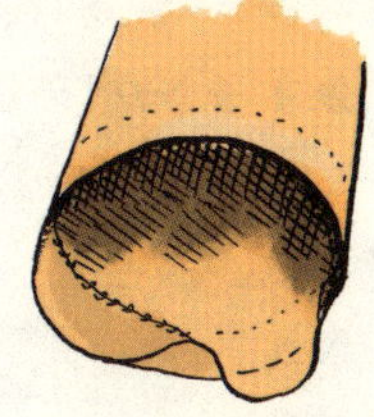

1.先把褶摆的部分折好，收拢布料，用大头针固定。穿针线，尾端打上结。

2.下针的方法如图（a）所示，往上拉出针线，固定线尾（b）。

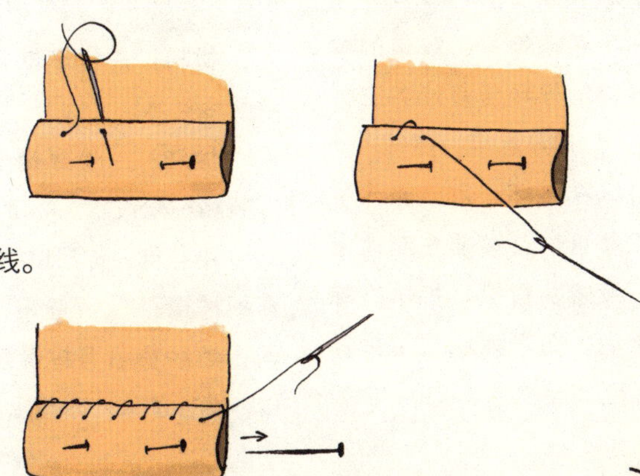

3.照附图的方式缝线。

4.继续缝出需要的针数。取下大头针。褶摆就缝好了。

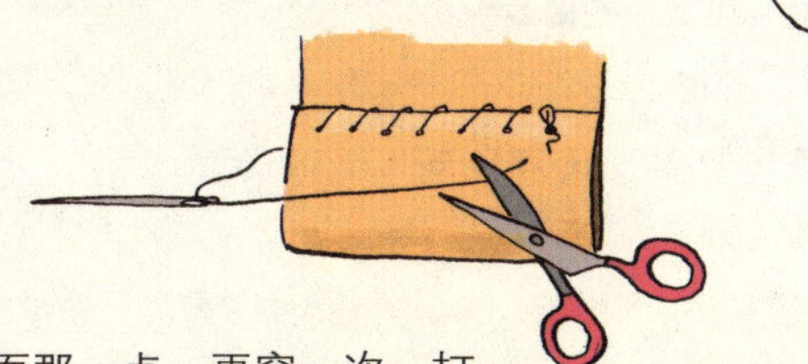

5.完成时，将针折回前面那一点，再穿一次，打一个结。针刺在褶摆上拉出，剪掉线头，大功告成！

教你调制几种鸡尾饮料

大部分的鸡尾饮料都可以事先调制，只要在端出饮用之前摇几下即可。

假如你家没有调饮料用的摇杯，可以用空的矿泉水瓶代替。你可以撕掉矿泉水的标签，这样看起来会比较漂亮。

当然，你也可以为以下这些鸡尾饮料取别的名字：鸡尾饮料之所以好喝，不仅是因为美味，最引人入胜的还是那些别致的名称！

“古铜美人”

材料：石榴糖浆、柠檬汁、柳橙汁、葡萄柚汁和菠萝汁。

随意选材：罐头樱桃、制冰盒。

做法：倒入一份石榴糖浆、等量的柠檬汁、柳橙汁、葡萄柚汁和菠萝汁各三分之一。上下摇一摇，或用汤匙用力搅拌。

小花样：你可以在每杯“古铜美人”里加一两颗“黄昏落日”：事前在制冰盒的每一格里放入一颗罐头樱桃，加水冷冻几个小时（结冰之后，每颗冰块里都会包着一颗红红的樱桃）。

“谁想中头彩？”

材料：苹果汁、棕色与金黄色的葡萄干。

随意选材：纸、笔、牙签。

做法：往塑料香槟杯里撒一把双色葡萄干，倒入苹果汁。

小花样：在每张小纸片的正面写一道有趣的谜题，反面写上答案。每张纸上别一根牙签，两端各插一颗葡萄干：一端棕色，一端金黄色，小纸条就不会脱落。

“玩具箱”

材料：石榴糖浆、柠檬汁、柳橙汁、甘贝熊和其他种类的水果软糖。

做法：石榴糖浆一份，配上三分之一量的柠檬汁，三分之二量的柳橙汁。用汤匙搅拌。然后在其中放几颗彩色软糖。

“黑嘉丽柠檬茶”

材料：黑榛子糖浆、柠檬汽水、不太浓的冷茶水。

做法：一份黑榛子糖浆，配上等量的冷茶和柠檬汽水。冰凉后饮用。

小花样：你可以制作糖霜杯来装盛“黑嘉丽柠檬茶”：将杯口朝下浸入柠檬汁里面，然后将沾有柠檬汁的部分埋入砂糖碗中，将杯子放入冰箱里，冷冻一小时。

速成头巾包发

一个大冷天，你洗完头之后，长长的头发不停地滴水，把背都滴得湿淋淋的，这时，这个“速成头巾包法”就很有用了。提醒你：最好用质料薄一点的毛巾，因为那比较好打结。

1.把毛巾披在肩膀上，头发拢在后面。

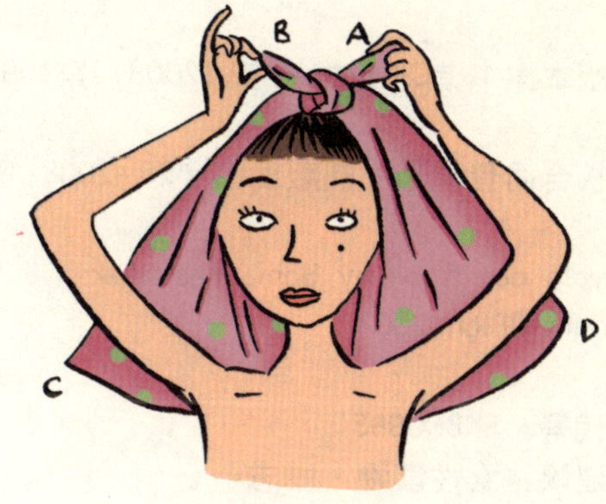

2.拉起A角和B角，在头上打个结。

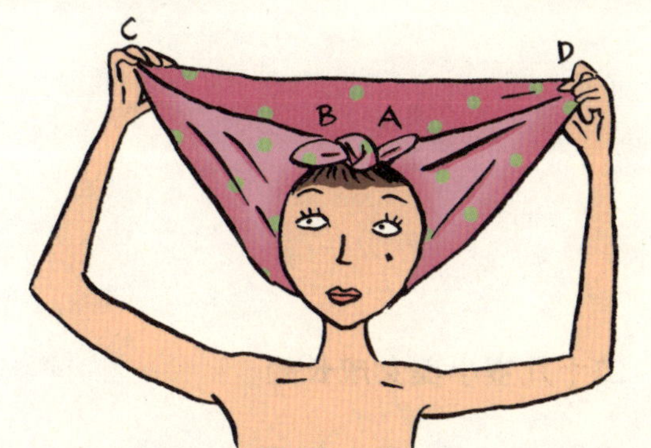

3.提起C角和D角，你的头发就都被包在毛巾做成的“篮子”里了。

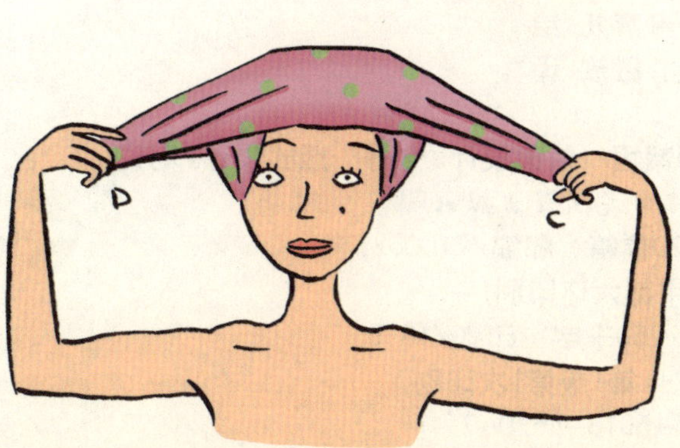

4.把毛巾从脑后往额头覆盖。

5.C角和D角往后拉，在脑后打个结。大功告成！

图书在版编目（CIP）数据

二十几岁小美女成长经/（法）菲查克著，陈太乙、戴玫译.—西安：陕西师范大学出版社，2008.11

ISBN 978-7-5613-4520-7

Ⅰ.二… Ⅱ.①菲…②陈…③戴… Ⅲ.女性—修养—通俗读物

Ⅳ.B825-49

中国版本图书馆CIP数据核字（2008）第159713号

著作权合同登记号：陕版出图字25-2008-073

图书代号：SK8N0983

上架建议：女性读物·励志

二十几岁小美女成长经

（法）索妮雅·菲查克 著

（法）卡黛儿 绘

陈太乙 戴玫 译

责任编辑/冷湖 特约编辑/刘丹 柳絮恒 封面设计/金丹 版式设计/利锐

出版发行/陕西师范大学出版社

（西安市陕西师大120信箱 邮编/710062）

印刷/北京京都六环印刷厂

开本 1/16 字数/250千字 印张/18.5

版次/2008年12月第1版第1次印刷

ISBN 978-7-5613-4520-7

定价：39.80元